隐于辽阔的时光

艾平◎著

天津出版传媒集团
百花文艺出版社

图书在版编目（CIP）数据

隐于辽阔的时光 / 艾平著. -- 天津 : 百花文艺出版社, 2021.12
ISBN 978-7-5306-8228-9

Ⅰ. ①隐… Ⅱ. ①艾… Ⅲ. ①散文集-中国-当代 Ⅳ. ①I267

中国版本图书馆 CIP 数据核字(2021)第 262222 号

隐于辽阔的时光
YIN YU LIAOKUO DE SHIGUANG
艾平　著

出 版 人: 薛印胜
选题策划: 汪惠仁
编辑统筹: 徐福伟　　**责任编辑:** 李　跃
特约编辑: 王亚爽　　**装帧设计:** 郭亚红
出版发行: 百花文艺出版社
地址: 天津市和平区西康路 35 号　**邮编:** 300051
电话传真: +86-22-23332651（发行部）
+86-22-23332656（总编室）
+86-22-23332478（邮购部）
网址: http://www.baihuawenyi.com
印刷: 山东临沂新华印刷物流集团有限责任公司
开本: 880×1230 毫米　1/32
字数: 180 千字
印张: 7.5
版次: 2021 年 12 月第 1 版
印次: 2021 年 12 月第 1 次印刷
定价: 60.00元

如有印装质量问题，请与山东临沂新华印刷物流集团有限责任公司联系调换
地址:山东省临沂市高新技术产业开发区新华路 1 号
电话:(0539)2925886　邮编:276017

献给我的家乡呼伦贝尔

目录

你就这样把草原交给了我 / 001
呼伦贝尔银色的春天 / 006
时光走上了草原的神情 / 012
草原的湖 / 029
在阿敦乌拉的天上 / 036
你见过猞猁吗 / 040
风景的深度 / 057
聆听草原 / 065
赫尔洪德 / 070

原始森林中的路 / 073
逍遥熊 / 079
黄狗谢尔的孩子们 / 085
在呼伦贝尔的雪中 / 089
羊群中的一只雁 / 095
守候黑嘴松鸡的爱情 / 103
俄罗斯来的丹顶鹤 / 113

你从草原来 / 130
你做的鞍子在说话 / 148
煮手把肉的女人 / 153
血液的源头是水 / 158
额布格的秋天 / 167
锯羊角的额吉 / 177
游猎之地的你 / 184
萨丽娃姐姐的春天 / 193
我的两个额吉 / 197

美食如书 / 210
上海的绸缎,草原的香开 / 215
五彩羊明镜 / 220
不能在一起喝奶茶的日子 / 226

你就这样把草原交给了我

“我马背上长大的孙子啊，你这草原上人人夸赞的牧马人啊，是否还记得小时候的那些事？”

我看见月光跳进了老祖母的眼睛，把往事照亮。

在我六岁的那一天，你把我举在马背上，我的腿够不到马镫，你就用红缎子把我捆在马鞍子上。一条蓝色的哈达在我胸前飘，你手牵着马缰绳在前面走。我们从晨雾中出发，走到星星眨眼的地方，一连走了三个屯子，你的腿肿得褪不下靴子。你带我拜见了三个可靠的人。你说的话，我当时不知道有多重，现在每一次想起来，总是忍不住流眼泪。

“我把这没有阿爸的孩子交给他的好叔叔了，请你教给他套马的本领吧……”“我把这没有阿爸的孩子交给他的好舅舅了，请你教给他养牛的手艺吧……”“我把这没有阿爸的孩子交给他的好姑父了，请你教他当一个勇敢的男人吧……”

我一直记得那个早上，我闻到了你锅里喷香的奶茶味，睁了睁眼睛，又闭上。你说：“我的小马驹呀，你赶紧给我打个滚儿爬起来。”你把我拎出蒙古包，一直带到牛圈里。你两腿夹着奶桶挤牛奶，让我去把半个月大的小牛犊抱过来撞撞奶，你说只要它在母牛的乳房上吸吮几口，母牛的乳汁就会像山泉一样喷出来。

那小牛犊在草原上伸开四条腿跑，就像一条肥壮的大黄狗。我追上它，却拦不住它，我拦住了它，却抱不住它，我抱住了它，却抱不走它……你脸上的慈祥变成了冰,起身抱起小牛犊,就像抱起一只小狗崽那么轻松。你把小牛犊撒在草原上,让我每天去抓、去抱,直到我把小牛犊抱到母牛的身底下,你紧锁的眉头才舒展开。我就这样在草原上跟着你度过了一春又一秋,一头头小牛犊长成了大奶牛,我也练成了臂力强壮的小牧童。

小草在冰壳子下面冒出了嫩绿色的芽,你把羊群交给了我,一遍遍嘱咐我:"遇到事情不要慌。那几只大肚子的母羊要生了,你就远远地看着它。如果遇上难产的母羊,你就慢慢地帮着它。"我有点不耐烦:"我亲爱的老祖母呀,你都说了三遍了,难道你的唠叨是雪花,要从早晨下到黄昏?"

阳光温暖。几只待产的母羊一个冬天都没有闻到新鲜的牧草味了,吃得好入迷。我看见一只母羊正在分娩,第一次使劲,没动静,第二次使劲,终于出来一对小羊蹄,可是不知道为什么,小羊蹄吊在母羊屁股上不往外出了。我按着老祖母教给我的办法,用中指和食指顺着产门,夹紧了羊小腿往外拽,果然一只湿漉漉的小羊羔在我的手里诞生了。我满怀喜悦地把它放在草地上,它很快找到了母亲的奶头。

不一会儿,又有一只母羊生出了一只黑脑袋瓜的小羊羔。

我正想把羊群拢起来往回走,却发现一只小个子母羊也有了生产的迹象。也许是头一次生产,它显得十分惊慌,一个劲在原地打转转,就是不知道背风。我帮它转过身体,它还是不生,直到把自己累得气喘吁吁,却只出来一寸小羊羔的蹄子甲。天色暗下去,羊群仍然散漫地撒在草原上。老鹰出现了,它闻到了母羊生产的血腥味,在羊群上空盘旋着,如果不是看见了我和我的大红马,可能就要动嘴掠食小羊羔了。我的耐心变成了急躁。当我使着劲把小羊羔从小个子母羊的身体里拽出来的时候,我听到了母羊异样的叫声。它的子宫被我给拽脱落了,后面耷拉着一团黑乎乎的肉，开始还是热的，很快就凉了，还沾上了不少草屑和泥土。

老祖母，当我急吼吼地求助于你的时候，你不慌不忙，让我按住那只母羊，自己轻轻地托起母羊的子宫，用温水冲洗干净，一点点送回母羊的腹腔。你又令我提起母羊的后腿，往下扽了几下，最后还在母羊的下腰处系上了一条皮带，然后你把母羊放在蒙古包里照看了一夜。第二天，那小个子母羊就像一切都没有发生那样开始吃草了。

老祖母，你两天没有给我一个笑脸，第三天的时候，你一边给我系紧长长的袍子腰带，一边耐心地告诉我，好牧人是会跟草原说话的人。牲畜冷了，你也知道冷；牲畜饿了，你也知道饿；牲畜疼了，你也知道疼……你说牛羊和我一样，都是草原的孩子。

记得那个冬天的雪花好大，像白蝴蝶似的慢慢地落在草丛里，遍野的牧草像金针，插在银色的雪地上。早上一推开蒙古包的门，我就看到了那只灰色的大母狼。它离我们的蒙古包不到五十米，面向我们趴着，支着脑袋，看到人，好像并不害怕，一动不动。

我急忙翻身上马，操起套马杆。我的心里有谱了，知道一出手就可以套住狼脖子，然后拧紧套子，拖着它，在草原上跑出几里地，它就会变成一堆血淋淋的肉。就在这时，我的肩膀被你甩出的放羊鞭击中了，一阵火辣辣的痛。亲爱的老祖母，你不让我去擒拿这只闯入我们家园的狼。

老祖母，我从一个满地爬的孩子长成跑遍草原的牧马人，没有听你说过一句凶狠的话，没见过你抽牛打马骂羊，这可是我有生以来第一次挨鞭子，我菩萨心肠的老祖母，你这是为什么？

它掏你的马群了吗？

它叼你的羊羔了吗？

它向你发出凶狠的吼叫了吗？

它阻挡你赛马的道路了吗？

老祖母，你的眼睛是明亮的镜子，夜里能看见云里的星星，白天能抓住马鬃上的风。你告诉我这只狼不是来祸害人的，它肯定是遇到难处了。

细看，那只狼虽然两只眼睛瞪得很大，精神头挺足，可是它吃力的呼吸和凌乱的皮毛，暴露了它的虚弱。牧羊犬冲到了它的跟前，汪汪地叫，试图要赶走这只狼。这狼眼睛里装满了紧张和警惕，照旧趴在原地一动不动。

老祖母你拎着一块羊腿肉，走到离那只狼五六米远的地方，把羊腿肉往狼跟前一扔，就退了回来。

那狼只要站起身走两步，就可以够到那块新鲜的羊腿肉，可是那狼仍然没有动。

草原的夜晚，每一棵草摆动的声音都显得非常清晰。我的心跟着那只狼的呼吸在跳。它为什么不离开？趴在我们门前要干什么？

你在等，我在观察。

"嗥……嗥……"那只狼终于发出了非常微弱的叫声，甚至你拴在羊圈前的牧羊犬都没有被惊动。我看见，清冷的月光下，地上有两个影子在颤动，一个是你佝偻的背影，一个是那只狼的身影。突然，我听见狼微弱的叫声被放大了不知多少倍："嗥……嗥……嗥……"那声音凄厉又高亢，打破了寂静的夜空，幽幽地升起，又渐渐向远方传去。我定神一看，啊？竟是你，我的老祖母，你在帮着那只狼大声地叫着！

三对绿色的狼眼睛，像小灯笼那样，越来越近。这是母狼的伙伴听到了呼救声，赶来了。那母狼把头低向身旁的草丛，叼起一只小狼崽。接着，每一只狼都叼起一只小狼崽，飞快地离开了。原来，那母狼一直一动不动地卧着，是为了守护身子底下刚刚出生的孩子。在人类的威胁面前，它冒死从早晨坚持到夜晚，才敢发出呼嗷向同伴救助，可是它太虚弱了，几乎发不出声音了。幸运的是，它遇到了你，我的老祖母，草原万物的母亲，你知道如何帮助它。至于它为何把小狼崽生到咱们家门前，就成了我猜不出来的谜。

事实证明你说得对，这群狼的家就在周围的草场上。有时候我们会看见雪地上的狼脚印，畜群却不曾被袭击。

我亲爱的老祖母，你就这样把草原交给了我。

呼伦贝尔银色的春天

三月，朋友从晴光绿蘋的南方来。降落在呼伦贝尔大地，他不由一脸惊讶——哎哟，这不是回到了冬天吗？“雨足郊原草木柔”在哪里？“马踏春泥半是花”在哪里？的确，这里看不到绿色，积雪一如冬季，覆盖在无垠的草原上，旧年的牧草从雪里钻出来，随风摇曳，马群的后面，冰碴儿和霜花飞扬而起……我告诉他，这里的春天在银装素裹中。

呼伦贝尔二十五万余平方公里，位于祖国版图的“鸡冠”处，大兴安岭群山，由西南向东北纵贯其间。在大山的西面，就是茫茫十万平方公里的呼伦贝尔大草原。我们驱车，走向草原深处，一路看烟雪浩渺，苍穹浑然，感觉行进在一个永无边界的银盆里，而传说中的“山舞银蛇，原驰蜡象”，通通被平坦旷远的地势摊平，遥看有，近却无。

走出一百公里，伊和乌拉山像巨人一样，平地而起，出现在我们面前。此山诞生于远古的某一次地壳运动，海面成为草原，礁石升腾成山。和草原上的所有丘陵一样，这山的形状使人想起馒头，不同的是，在这个馒头的顶端，兀立着一排高大的岩石，像是长生天信手将一段长城放在了这里，恰好挡住了西伯利亚来的寒流。这里的牧民年年在山顶垒石插柳，建成敖包。每到六月，他们从四面八方而来，带着美酒和全羊，祭祀祈福，愿草原风调雨顺，万物吉祥。此时，那些鲜艳的经幡凌空飘扬，把云染成了宝蓝色、明黄色、翠绿色。我们攀上岩石，向敖包献上洁白的哈达，以顺时针方向，绕敖包三圈，每人垒上一块石头，以示敬意。

春天的信息如期而至。

我指给朋友看，在南面的石缝中，溢出一缕缕苔藓样的污渍，那是鹰的粪便。鹰在这里坐窝孵卵，是因为这里险峻又有阳光。这岩石南北两面的温差很大，一块面包，在南可以晒成干，在北可以雪藏到夏天。朋友背靠岩石南面而立，果然感到一片温热，瞬间将身上的寒凉驱走。我拨开脚下的草丛，让朋友看——一抹嫩嫩的绿，已经在泥土里洇出。

一切仿佛都是长生天的杰作，伊和乌拉山脚下，九曲十八弯的海拉尔河缓缓流过。海拉尔河发源于大兴安岭，那凛冽而又野性的河水，从山间泉涌直下，到了平坦的草原，就没了脾气，乖乖变成了绣女手中的丝线，慢慢地在天鹅绒般的大地上缠绕，不知道绕了多少道弯，方依依不舍地离去。

谁说季节还在沉睡？西来的风撒下一把冰冷的钢针，为河道除了积雪，掀开了盖头，让春天由此崭露美颜。看那河床吧——长长的蓝冰在雪原上闪耀光泽，犹如蓝宝石的无数切面，反射着太阳的光芒，熠熠楚楚，美不胜收。下山走去，我们远远就闻到了河水的气味，是灌木浸泡在水中的清香，是干草在冰雪中酥软的冷香。蓝冰的边缘已经融化，河畔弥漫着温情的潮湿。我们拥抱蓝冰，听到河底微微的水声。

我要在这里找一朵花给朋友看。那花是从雪窠里长出来的生命，是寒冷中色彩的童话，是一个渺小的奇迹。果然，在柳树下的残雪中，我找到了她。这学名叫细叶白头翁的小花，已然含苞待放！她是那么矮小，几乎是贴在地皮上长着。她是那么低调，浑身是毛茸茸的灰，只有花蕾上泛着一抹幽幽的蓝。朋友啊，你可知道，这小小的蓝花，是草原花海的第一声呐喊，也是季节赐予草原生灵的头道美食。

行至大兴安岭脚下的林缘草甸，我们骑上骏马，去看牧民斯仁道尔吉家的春牧场。

黛绿色的松林，把群山涂抹得深深浅浅。风被山林阻断，炊烟像水墨一样袅袅升起，天地犹如曲终人散的水晶宫殿，澄明而寂静。耳边是马蹄敲击雪壳的声音、雪块从松枝上坠落的声音……好在我们的马匹有记忆，它们闪转腾挪地躲开树根和雪坑，走得机敏又从容。当我们到达山顶的时候，一道阳光猛然袭来，像无数金箭，射入遍地白雪。风景一泻千里，到处积雪暄腾，如蝴蝶在马腿前纷纭。远来的朋友情不自禁，任由冷空气穿透肺腑，张开双臂，大声欢呼起来。然而，他的声音很快被一部激昂的合唱曲淹没，那合唱来自山阳坡上的开阔地。

斯仁道尔吉和妻子娜莎选择了这里作为春牧场。在高寒的呼伦贝尔，三月到五月初，虽然天气已经转暖，但是也会有-20℃以下的寒流，时常出现暴风雪。尽管家家都有了过冬的棚圈，有经验的牧人还会借助日照的温暖来接羔保育。斯仁道尔吉和娜莎正在接羔，他们跟前有一只母羊正侧卧在干草上，身子不停抽搐，已经分娩出两只羊腿，却老是不见羊羔的脑袋出来。夫妻俩的脸被冷风吹得黢黑，手上布满皴裂的口子。周围待产的母羊、趔趄着要站起来的小羊羔、正在用舌头舔初生羊羔毛皮的羊妈妈，异口同声地咩咩叫着；两头小牛犊在羊群里乱窜，引起羊群一阵阵骚动。不远处的几匹马，也像凑热闹似的打着响鼻。有一匹母马即将分娩，每当小马驹在它的肚子里蹬腿，它便不安地四处徘徊。这对年轻的夫妻忙得不可开交。

斯仁道尔吉看到我们，一笑，用肩头的毛巾擦去脸上的汗水，示意我们不要再往前走了。我知道，如果惊扰了刚生了宝宝的母羊，它就会拒绝哺育自己的新生儿，那么阿妈和嫂子们可就辛苦了，她们要坐在雪地里给母羊唱劝奶歌，一唱或许就是几个小时，直至那哀婉的曲调唤醒母羊身体里的母爱多巴胺，它们才会回心转意，允许自己的孩子吸吮母乳。

不远处，两只棕黄色的狗也发出了叫声，那是一种混浊而尖锐的叫声，叫人感到十分异样。天哪，看到那两条蓬松的大尾巴，我们才意识到它们竟然是两只狐狸，野生的！它们一直在羊群的外面转悠，既不靠近，也不远离，当忙碌的娜莎从它们身边走过，它们似乎并不害怕。这两只狐狸每天捡食羊羔的胎盘，吃得肚子浑圆，皮毛油亮，便优哉游哉地玩耍，或者回到洞穴里播种生命。娜莎说："那只母的有了，应该是快生了，你没见它们捡到食物就藏到灌木丛里吗，那是做准备呢。"

这时，两只狐狸突然用后腿站起身来，靠近娜莎转圈，叫人非常奇怪。斯仁道尔吉抬头示意，原来空中来了一只巨大的草原雕，它飞得很低，在地上已经能看清它尖利的鹰嘴和铁钩般的鹰爪，真吓人！我想起一张照片——草原雕叼着一只狐狸飞在天上，张开嘴欲将狐狸扔下来摔死，那是草原生物链上一个无情的镜头。现在，谁是草原雕的猎物，是羊还是狐狸？却见草原雕盘旋了一圈，渐渐飞远了。娜莎说，它看到有人，也害怕。这时两只狐狸早已没了影，原来是飞也似的钻进了自己的洞穴。

真没想到，狐狸的洞穴，就在一条自然路旁边，洞口露天，有一堆土围着。由于牧民不伤害它们，它们便不怕人，还学会了利用人来保护自己。不知道它们深达三米的洞穴里，藏着什么秘密。

一群喜鹊呼啦啦腾空飞起，我们才发现它们的存在。喜鹊是吃腐肉的动物，一年四季都会跟着蒙古包走。它们成帮成伙，每每赶在狐狸之前，把食物抢走，狐狸一来它们就远远地躲起来。现在，狐狸已经进洞，草原雕也飞走了，是谁让它们惊恐万状？

斯仁道尔吉指着雪地上的一串动物脚印说："它是不会让人看到的。"原来，除了狐狸，不远处还有狼。可能是洞穴中的母狼生了小狼崽，所以公狼常常出现在羊群附近，但是它没有袭击羊羔，也没有袭击小马驹，只是踅摸那些母羊流产遗弃的死羊羔。怪不得那两只狐狸不敢靠近死羊羔，它们明白，要是去抢狼的"奶酪"，自己会被狼咬死，最后成为喜鹊的食物。娜莎说，狐狸应该快点生，然后带着小狐狸崽转移，不然小狼崽长大了，肯定来占领狐狸洞，那时候可就惨了……

一个大洗衣盆扣在雪地上，里面有一只夭折的羊羔，三四斤重的样子。娜莎把它搭在马鞍子上，拍了一下马屁股，马跑向灌木丛，不一会儿便空着鞍子回来了。喜鹊落了一地，继续喳喳地叫，它们闻到了马背上羊水的气味，就飞到马背上一阵乱衔，马也不慌，继续用蹄子刨雪，吃雪底下的干草……朋友问，接羔结束，狼和狐狸吃什么呢？娜莎说，那时草就长出来了，旱獭和鼹鼠到处跑，有它们吃的。

朋友，这就是呼伦贝尔。大雪无痕，周天寒彻，然而每一种生命都不曾屈服，都勇敢地活着，顽强地延续着。物竞天择，永不放弃。正是这些强有力的生命，构成了生生不息的春天。

忙了一天，数一数接下的羊羔，真是叫人高兴，足足十七只！再看看羊群里那些肚子大大的待产母羊，斯仁道尔吉美滋滋地端起了浓香的奶茶。

丰收了！这是斯仁道尔吉和娜莎从农牧大学毕业，回到草原接手父母的牧场以来，第二次取得足以告慰父母的好成绩。前年，赶上大旱，在呼伦贝尔不足一百天的无霜期里，牧草来不及长高结籽，就枯萎了。缺牧草，斯仁道尔吉和妻子组织各家各户，用卡车拉着羊群，翻越大兴安岭，租用黑龙江农民的玉米地，让羊吃秸秆过冬。适宜的气温和丰足的食物，使羊群返回呼伦贝尔的时候保持了良好膘情。去年水草丰美，羊肥壮，他们又早早地把种公羊放到羊群里，今春新羔就提前出生了。等到六月草长莺飞，这些羊羔会长得比往年大，觅食能力更强，可以汲取多种牧草的营养,到入冬出栏,它们差不多和小二岁的子羊一样肥壮,那羊肉一定是芳香酥嫩,让人尝一口一辈子忘不了的。

斯仁道尔吉说:“我们牧人的幸福就在羊身上,羊好,日子就好。去年秋天,草原上终于又出现了丝丝缕缕的晨雾秋霜,这就说明地下水的水位在渐渐恢复。看来国家实施退耕还牧、禁止乱开矿的政策很有必要。这真是叫人喜悦的事情啊——盼只盼,牧草上挂着珍珠的草原早日回来!长生天再赐予我们一场瑞雪吧,草原有了银色满满的春天,就有一碧千里的夏天,就有遍野金黄的秋天。”

时光走上了草原的神情

一

这不是一次说走就走的旅行，也不是一次枕戈待旦的出发。应该说是一个心心念念却不疾不徐的常年行程。想来在老迈耳顺之年，竟能够开着车，如一头兀自前行的骆驼，随时抵达某一处藏在心中的远方，启程之时便平添了几分悠然自得。

先回溯一下我的路线图。

呼伦贝尔面积二十五点三万平方公里。著名的大兴安岭山脉从西南向东北，纵贯呼伦贝尔七百余公里，至额尔古纳河右岸，恩和哈达镇为最北端。山脉东陡西缓，东南渐渐过渡到松嫩平原，西连著名的呼伦贝尔大草原，如此形成呼伦贝尔地形主体，也是呼伦贝尔的生态核心区。我从大兴安岭西侧的海拉尔发出发，三十分钟就来到了草原深处，也是大兴安岭山地的边缘。

我熟悉的是，曾经多次走进这片深远的大地，从不同路径有过不同程度的切入；陌生的是，每一次都像是第一次，都会让我欣喜若狂，脑洞大开，而每次离开，都留下一些遗憾，未等转身已经想着再来。作为一个呼伦贝尔之子，我离不开这里铺天盖地的植被，更痴迷于这片土地对万物生存的诸多启迪。头上碧蓝的天，脚下碧绿的草或者银白的雪，还有那清冽甘甜的空气，是对我永远的召唤。

想念着那种隐于草原密林深处的感觉——把手伸进白桦树下的草地，瞬间就触摸到了万万年前的潮湿，万万年前的温度，万万年前的气韵。所以，我所说的深远，指的是这块土地上如初生婴儿的原生态，前于史学典籍的文明，泥土一样质朴的价值观，这一切，在如此遥远而洁净的森林母体里浑然永恒。

拿上手机充电器，一脚油门，我的行程便开启了。从草原开始，第一站，在莫日格勒河畔。

二

许多年过去，我越发觉得呼伦贝尔人，当然也包括我自己，好像莫日格勒河畔那些牧草，壮硕却也柔弱。只要有了太阳，有了雨雪，就啥也不怕了，每天都挺直了身子，仰起头，迎风而立，舒展胸襟，脸上一派兴高采烈；相反，一旦天公不作美，或气温骤降，或白毛风呼号，或旷日干旱，就显得无精打采。你看那个牧马人吧，找块云的影子就坐下喝闷酒，问他五句话，能回答你一句就不错了。即便你给他一匹会飞的骏马，他也不出行，一天天仰卧在马绊跟前，呆呆地看着远处的天空。的确，气候不仅决定生态，决定历史，还决定了人的秉性和气质。

这不，久囿于鸽笼一般的空调房和空调车厢的我，心里渴望着莫日格勒河边清爽的风景，从海拉尔出发，一路风驰电掣，行驶四十分钟，来到莫日格勒河畔的草原上。

莫日格勒河发源于大兴安岭西麓，穿过陈巴尔虎旗腹地，经呼和诺尔湖入海拉尔河，随后汇入额尔古纳河，掉头向东，经黑龙江入海。河流两侧，是大片的湿地草原，是呼伦贝尔牧民逐水草游牧的夏营地。

可是我一推开车门，立马就蔫儿了。

这一天是二〇二〇年的七月十五日，多日没下雨，北纬49°的高原骄阳变成了无数烧红的钢针，一口气扎在皴裂的大地上，每个汽车轮子后面都跟着一场沙尘暴。

这场大旱是年年都会有的旱情中很严重的一次。没有雨水，草原上生机勃勃的景象便找不到了。百草夭折，黄着尖头，野花的蓓蕾一个个落在地上，就像干瘪的羊粪蛋。那些生灵们，通通都拥挤到窄窄的河道里纳凉，甚至狐狸夫妻也出现了，人类的生态保护意识普遍提高，它们的胆子也大了起来，此时正拖着红色的大尾巴，在河床一隅绕来绕去喝水抓耗子。河岸是断崖式降落的，它们怎么到的河里。纵身一跃？牛羊平时不露功夫，那是因为不需要这样跳跃，此刻，它们的潜质被挖掘了出来。马群、羊群还有几头牛，久久站在水里，水已经很浅，细长的河水慢吞吞地流着，就像一条电力不足的牲畜传送带。

没有桥，平日牧民都是找浅处骑马过河，我找到了那个过河的位置，按喇叭，河里的马和几头带着小牛犊的母牛，无动于衷，一点没有让路的意思，因为它们知道汽车不是狼，无须理睬。马和牛一个劲地甩着尾巴，以往它们可以把河水甩到身上驱热，可此时作用不大，河水浅得刚没蹄子，它们的尾巴够不到水面，有几匹马和几头牛索性就卧在了河水里。

我停下车，打通了苏和的电话。苏和是个放骆驼的牧人，他养着四十多头威武雄壮的骆驼，每每成为草原上令人赞叹的一景。苏和说他出去拉牛了，叫他妻子娜日莎来接我。于是我熄了火，坐在车里读微信，等着她。

远远地，一匹马从地平线上升起来，到我看清马上的女人和孩子，用了五六分钟的光景。苏和的妻子娜日莎，带着他们的女儿阿娜日赶来接我。到了岸边，她们没有下马，只是对着畜群吆喝，那是他们家的畜群，很听话，便一点点散开了些，我只要慢慢将车前移，就可以过河了。

我正要打火开车，对岸马上的小女孩突然大喊大叫起来，她见我听不懂她的话，就换了汉语喊——羊羔、羊羔，底下有羊羔……啥意思?我下车一看，我的天!六七只小羊羔，也不知道啥工夫，已经钻到了我车的底盘下面。它们极不情愿地钻了出来，怨声载道地咩咩叫着，似乎在说，好不容易凉快凉快，都被你搅和了。

苏和不是陈巴尔虎旗人，他的牧场要从这里向西南走出去将近二百公里，莫日格勒河边的丰水草原是他夏季游牧的营地。苏和不仅是呼伦贝尔赫赫有名的养驼高手，还是最先把牧业和旅游结合起来经营的牧民。如果你在呼伦贝尔看到最大的一群骆驼，那就是他家的，如果你在那达慕大会上看到一头威武雄壮的骆驼拿了赛驼冠军，那一定是他驯养的。呼伦贝尔的民歌中常常出现类似的歌词："一千匹马的马群里，顶能跑的有一匹；一千个人的人群里，顶勇敢的青年就是你。"娜日莎脸色微红，双眸闪闪，身材矫健又不失婀娜，上穿玫瑰色带金丝的针织衫，下着蓝色弹力牛仔裤，配一双黑色马靴，在蓝天白云的映衬下，美得沉鱼落雁。过了河，到了她家的蒙古包前，她轻盈地一跃下马，又将女儿抱下马，向我静静一笑，我的心里立马就浮出了"宝骏配金鞍，骑手配牡丹"这句谚语，苏和和娜日莎真是天造地设的一对佳侣。

这片曾经绿草如茵、鲜花如海的地域，似乎进入了魔幻片的某一个段落。烈日之下，大地的呼吸枯竭了，土地板结，灰白无色，直直地反射着太阳的光和热，地上弹起一种无形的光晕，景物一闪一闪地模糊着。有一些骆驼在附近伫立，想来一定是苏和家的，它们的身影十分接近土地的颜色，我看不清楚到底是多少头。无意中一低头——哎呀，地上密密匝匝的鼠洞连成了串，大大小小的老鼠肆无忌惮，时而蹿出来，时而钻回洞，就差爬到人的脚面上了，我立马起了一身鸡皮疙瘩。

牧场经历了一场海潮般的浩劫，没了草的遮掩，一切鲜为人知的不如人意，都变得那么触目惊心。蒙古包不远处，堆积着破碎的啤酒瓶子、建筑材料、纷乱的塑料包装残骸，垃圾堆旁边有一头小牛犊孤单地徘徊着，它的母亲呢？苏和说迁徙的路上丢了三头牛，现在他正开着车往回拉呢，但愿这三头牛中就有这头小牛犊的妈妈。母牛如果没有牛犊吃奶，没有人挤牛奶，它的乳房会胀痛的，小牛犊吃不到母乳，也会饿倒。

一辆粉红色的儿童自行车和一排太阳能电池板，赫然立在蒙古包的门外，小阿娜日手里一直拿着平板电脑，时而我会听到奥特曼、艾莎公主之类的声音。无论如何，草原的现代生活已经来了。

娜日莎邀请我进蒙古包喝茶。我问起旱情，娜日莎似乎并不显急躁。几只小羊羔扒着门槛叫，她便一只只把小羊羔拎到蒙古包里，任由它们在地上和阿娜日一起跳来跑去地嬉戏。就像所有在草原长大的人那样，不管她的心里有多么郁闷，娜日莎也不会对天气的喜怒无常缺少耐心。谁看到过在暴风雪中铲雪的牧民？没有。谁见过天旱的时候抽地下水浇草场的牧民？没有。我只见过这样一个额吉（母亲），当蒙古包被大雪覆盖的夜晚，她让孩子们用鞋带捆住裤腿袖口，用被子和毛皮裹住身子，把最后的火柴和牛粪用皮子苫好，避免潮湿。她说，都不许睡觉，然后领着大家唱歌，一直唱到救援车来到。草原太大了，人怎么能够走出风雪，也没有必要冒险去推门开路，因为雪还会再一次把门堵死，开门还有可能导致蒙古包坍塌。草原人心里明白着呢，人是不可以战天斗地的，正像没风种子就不会传播，没有雪就没有春天，长生天给你的风霜冷暖都是恩赐，一切都合情合理。比如说老鼠，对于生态来说，也是不可或缺的。干旱时老鼠满地，下大雨的时候，鼠洞里蓄水，就会将它们淹死一大部分，死鼠便成为肥料，剩下的老鼠除了松动土壤，利于牧草生长，还可以成为雪鸮、苍鹰的食物，在生物链的低端为生态平衡做贡献。牧民知道，该来的，或早或晚，都会来；该去的，或早或晚也会离去。老祖母叮咛过，老祖父教导过——草原上的水日夜在流淌，顺山而来，依山而去，要知道在天边的贫瘠之地，在山谷里的富裕之地，那些牛、马、羊，那些小草，那个在马背上为天气发愁的牧人，正盼着呢。母亲要把乳汁分给每一个孩子，谁要是太贪心要得太多，下辈子只能变成鱼，永远见不到阳光。地上的一匹马或水里的一条鱼，谁不想做一回驰骋千里的骏马呢？

时光世世代代走着，走上了蒙古族牧民脸上沉静的神情。

草原上慌里慌张的牧民非常少见，除了套马，他们从容走路，从容赶羊，庖丁解牛，对酒当歌，哪怕饿得肚子咕咕响，还是轻轻挤奶，慢火煮肉。我想，万事顺其自然，不逆天道，不可谓落后，正是人类早期的智慧，那么，那些整日急功近利之人，是不是应该到草原看看另一种生活，并从中悟出点什么？

眼前的娜日莎，她依然在静静地微笑。我问起牧场上的垃圾是怎么回事，娜日莎说："那垃圾，不知道是什么人随意倒在草原上的，白天你看不到他们，他们总是在晚上偷偷摸摸来倒垃圾。怎么办呢……"娜日莎带我走到蒙古包的后身，那里放着四五个装满垃圾的塑料袋，她告诉我，这是自己家的生活垃圾，放这里是等着苏和开车出去的时候，顺道投到二十多公里外的陈巴尔虎旗的垃圾回收站去。她说："过去吧，家里的剩饭剩菜啥的简单得很，倒在草原上也就被喜鹊和狗吃干净了，现在可不得了，垃圾里面又是塑料盒，又是胶带，又是玻璃瓶的，可不敢往草原上倒，要是牧民都像那些人似的，草原就真保不住了……”

“唉……”轻轻的一声叹息。娜日莎转身去了另一个蒙古包,不一会儿,就端来一盘自己炸的白面果子、一盘水灵灵的西瓜,招呼我进蒙古包里休息。

我说:“稍后再回蒙古包里,我方便一下,也走走看看。”话音刚落,我的衣襟突然被一只小手拽住,还挺有劲的。原来是小阿娜日从后面追了上来——“你别乱走,你要跟在我后面走。”俨然一个不容置疑的小主人。

我说:“好呀。”

她说:“你要尿尿吗?那你去牛粪垛后面吧,别去我的小花那里。”

“咦?今年整个花海都消失了,哪里有什么花?”

“你没看到不等于没有呀。”

“那你就带我去看看呗。”

“那你要答应我一件事。”

“什么事啊?”

“不许在我的小花跟前尿尿。”

“有意思,为什么呀?”

“她会害羞的,她会不好意思的,她会生气的……”

在一个干枯的草墩子背面,果然开着几朵比山丁子还小的小黄花,俯身去看,金灿灿的。

小阿娜日说:“你别摸我的小花宝贝,也别踩我的小花宝贝……”

我说:“你是她的妈妈吗?”

小阿娜日说:“你错了,我只不过是她的保护神,她的妈妈是土妈妈,她是土生的,她的土妈妈会心疼的……”

多么纯真的孩子!我焦躁的心情立马被她萌化了。小阿娜日伶牙俐齿，蒙语说起来犹如大珠小珠落玉盘，汉语也说得不亚于电视里的小童星。她的汉语很标准，并没有受生活的局限，受到当地牧民说汉语的口音影响，而是直接从手机和电视里学来的。蒙古包里有了网络，孩子一迈步便走进了外面的大千世界。

苏和回来了，卡车上拉回来了三头牛。丢失了十几天的牛还可以找回来，说明路不拾遗、夜不闭户的生活，还留在草原上。原来是公路周边的牧民发现这些牛在高速公路上徘徊，就把它们赶到自己家的草场上，他们知道失主会来找，而失主呢，也不慌，因为自己发现了别人家的牛羊，也会帮着照看一段时间的。

正所谓三句话不离本行。一碗奶茶下肚，苏和便和我聊起了他的“骆驼经”来。我骑过骆驼，喝过骆驼奶，有过一次坐骆驼爬犁的雪原行，但从未如此走近一位牧驼人。

多年前，苏和在像小阿娜日这么大的时候十分淘气，苏和的阿爸驯养出一头高大聪明的骆驼王，小苏和常常在骆驼王趴着的时候爬到它的两峰之间玩耍，因为那个地方温暖又柔软。有一次，趴着的骆驼王突然直立起身子，驮着小苏和，迈开大步飞奔起来。五岁的孩子，深深陷在驼峰中间，前后被驼峰遮挡个严实，只感觉自己在高高地飞，并不知道害怕。后来，父亲骑着马在草原上四处寻找，发现骆驼王卧在雪地上，小苏和已经在骆驼王背上睡着了，仿佛在妈妈的怀抱里，嘴角上挂着梦中的笑意。骆驼这生灵，原是长生天派来帮助草原人的，最适合和牧民一起过活。骆驼长于咀嚼粗硬的灌木，酸辣苦麻不在话下，它那强壮的胃口，好像可以把所有季节变成脂肪储存在驼峰里，而它四个小铁盆一样的大蹄子，毫不畏惧荆棘坎坷，在芦苇丛、石砬子、冰面上一往无前……它从不到牛、马、羊觅食的草场腹地踩踏，也不去抢牛、马、羊喜欢的碱草、冰茅、野韭菜，它向大自然索取得最少，为人类奉献得最多，堪称五畜中的老大哥，简直就是长生天给干旱草原量身定做的造物。

看看苏和的手掌，老茧厚实。他告诉我，他八岁就开始牵骆驼羔子去找母驼吃奶，十岁的时候就赶着骆驼爬犁去旗里送羊肉了。小骆驼羔子自幼记住了他的声音，记住了他的模样，也记住了他的呵护，所以一辈子都服从他的调遣，他就这样成了草原上的驯驼高手。

当年草原上没有人家卖骆驼，骆驼奶也都给小骆驼留着，骆驼除了套车套爬犁，可用的只有骆驼毛了。阿妈在骆驼脱毛的时候，把散落的骆驼毛收集起来，擀成毡子，放在爬犁上，爬犁上的人，走得再远，也冻不坏身子。因为不挣钱，很多人家早就不养骆驼了，但是苏和家的草场上一直养着几头骆驼，不是为了赚钱，而是为了圆满。在蒙古族牧民的词典里，五畜不可缺一，一个幸福美满的牧人之家，一定要同时养着绵羊、山羊、牛、马和骆驼，这是祖宗留下的习惯，也是牧人眼睛里的希冀。如果仔细观察，我们会发现一种更深层更奇妙的生态结构。简单说吧，绵羊迟钝，山羊机警，绵羊在风雪中簇拥短毛的山羊，山羊会把嫩草留给绵羊，自己爬山上树去吃粗糙的杂草。如果有一个转场的畜群出现在茫茫草原上，你会看到，马群永远走在最前面，因为马只能消化草尖，而后是羊，羊吃草的中段，牛吃草根，最后会是骆驼，骆驼往往是不用刻意经管的，它们就是草原上的大坦克，七天不喝水吃草，照样分泌乳汁，在-40℃严寒中，它们生存了百代千年。

让我们在草原上向大自然顶礼膜拜吧，向苍穹之下所有的生命致敬吧，给曾经风餐露宿的一代代游牧先人献上最美好的祝福吧，只因为他们留下了一个颠扑不破的道理，让我们人类明白，一旦顺从了大自然，就会获得幸福，永远吉祥，万事如意。

某一天，正值秋风镀金，大地草香醉人，在路边看车队疾驰的骆驼们，突然成了车上人的风景。苏和听着游人的照相机咔咔直响，不由灵机一动，他的骆驼特色旅游项目从此开启。

阿爸回来了，小阿娜日欢天喜地，各种撒娇。她在阿爸的怀里和肩头扭来扭去地粘着，听我们说着骆驼，她便嚷着要骑骆驼唱歌。在一次那达慕大会上，一个歌手在骆驼背上拿着麦克风演唱，小阿娜日记住了。

娜日莎事前没有一句客套话，已经把热气腾腾的手把肉端到了桌子上。

我发现闷热的天气里出现了一丝突兀的冷风，凭经验，我决定在大雨来临之前过河返程。

当我过了河，回头一看，小阿娜日正在骆驼的背上侧出身子向我挥手，她稚嫩的童声和星星点点的雨丝一起飘过了美丽的莫日格勒河。

三

草原复苏，白云如洗，阳光给如纱如雾的原野镀上一层淡淡的金辉。空气清爽而温暖，这是草原最美的时节。网上的年轻人动不动就爱使用“美哭了”来形容醉人的风景。莫日格勒河两岸的美，在这次自驾独行的过程中，就像不停运化的醇酒一样，徐徐注入我的心怀，让我如醺如醉。我一路走走停停，几乎是含着眼泪与画卷般的草原对话，与清朗的空气拥吻。在这远离喧嚣的山峦之间，一切都是那么完美。一个人看到了难以置信的美，会产生莫名的压抑之感，会因为生命的弱小产生巨大的孤独感，语言也必然进入绝境，眼泪是不由自主的。

旷野好像是无边的绿地毯，山峦圆润饱满，找不到任何破绽，仿佛是藏在地毯下面，却已经被人传说了一百遍的故事。山河如此温柔，将我拥入怀抱，我在一个人的风景中深深沉醉。除了远处拖着套马杆，穿着呢子大氅的骑手和他的羊群，天空中没有鹰，路上没有车，当我熄火的时候，甚至可以听到蝴蝶在花瓣上扇动翅膀的声音，可以听到蝈蝈在呼唤伴侣的声音。莫日格勒河边的哈吉苏木（乡）地段，已经接近大兴安岭，地形呈现丘陵状的起伏，那水墨线一般抒情的远山，那母体一般恬静的原野，那出嫁女一般不愿离去的回环碧水，那绝尘透明的蓝天，全然静默，构成巨大的绝尘之境。我开车不便拍照，又想到，即使拍了，恐怕也拍不出这里隐秘的气韵，反而将这美的一切扁平化……

虽然，呼伦贝尔历史上热闹非常，一直被称为游牧民族的后院和演兵场，是蒙古族乞颜部的发祥地，鲜卑人也曾从此地出发，直至入主中原，但是这里毕竟天寒地冻，遥远闭塞，地广人稀。一七三二年始，清政府调遣大兴安岭以东的索伦部、巴尔虎部落来此戍边，此后又因为诸多因素，一些游牧民族从贝加尔湖等地陆续迁徙而来。

远远地就看到哈吉苏木模仿鄂温克族帽子造型建设的民族博物馆。

哈吉是陈巴尔虎旗的一个鄂温克民族乡。这里的鄂温克人，自称哈木尼干人，是一九一八年为避战乱从贝加尔湖畔迁徙来的。他们从事牧业生产，住着用柳条编织外墙的蒙古包，很早就使用牛奶分离机，服装带有鲜明的西伯利亚地域特色，女性帽子为兽皮加红缨，蒙古袍使用绸缎或毛呢面料，收腰细褶，外罩同色坎肩，镶嵌金丝云卷织锦边。已婚女性的袍子为泡泡袖，未婚女子的衣袖则为普通连袖，配饰喜欢用银镶红珊瑚或者绿松石，色彩华丽典雅，如果你参加一次哈木尼干鄂温克人的民俗活动，会感觉靠近了托尔斯泰、屠格涅夫们的庄园，娜达莎·罗斯托娃或者娜塔莉亚的身影不时在你眼前晃动。男人的便帽是厚呢子做的，三角形可折叠，可遮阳挡雨，风雪来时可以护脸。哈木尼干男人的蒙古袍喜欢使用蓝色，他们说那是天的颜色，他们对天的敬畏和尊重是无处不在的。考究一下哈木尼干鄂温克人的服饰，也是顺其自然的产物。比如，牧人的袍子一般都非常宽松，胸襟里可以保护三五只刚降生的小羊羔，使它们不会在雪地上受寒凉，更重要的是上马下马的时候，人不受羁绊。还有，他们冬季里套在手臂上的马蹄袖，更是独具匠心。人在马上，把缰绳抓在马蹄袖里，手不冷，需要套马时，手保持着温度，灵活有力，毫不僵硬……哈吉苏木民族博物馆是一个需要反复参观的所在，这里珍藏着哈木尼干鄂温克人的昨天和今日。他们漫长而沧桑的生存故事，也是一部活生生的生态文化巨著，正如"哈木尼干"四个字的含义——团结和谐，人与人团结和谐，人与自然唇齿相依。

我开车沿着海拉尔至额尔古纳高速公路一路向北，在第二个加油站便道下了高速，向东走草原小公路，到达哈吉苏木小镇。一个人安静地走路，往往会从原本司空见惯的地域上，发现些许新鲜的微妙之处。我途经一个个牧区的苏木、嘎查（村），发现所有的苏木、嘎查都是从原始的游牧落脚点渐渐形成的，而这些落脚点往往靠着河套、泉子、泡子。蒙语中的同义词"高勒、阿尔山、诺尔"，是游牧地区使用频率最高的名词。逐水草而游牧，不仅是游牧民族生活的依靠，更是游牧民族文化的由来和支撑。

我走出博物馆，在苏木政府门前的水泥路上遇到了一个马群，有三十多匹马，由一匹鬃毛飞扬的儿马子带领着，正在水泥公路上旁若无人地海逛。马蹄原本与有弹性的草地相配，即使上了铁马掌，马也不适合在坚硬的水泥路上奔跑。随着牧区的城镇化，如今的马似乎也有了些进化，那纷纭的马蹄声在水泥路上嘚嘚响着，像是给周边的汽车轮子伴奏。年轻的母马们不时尥个蹶子，不知道是什么意思。小马驹都快一岁了，还紧紧跟着母亲找奶吃。路旁正营业的商店门前有片阴凉，马便在那里扎了堆，把商店的门窗堵得死死的。一辆奥迪轿车开过来，年轻司机下车，白色T恤衫，牛仔裤，摔跤手的走姿，耳朵上还戴着耳机。看着他脚上的马靴，我猜他就是马群的主人。他朝我一笑，咖啡色的脸上牙齿显得很白，高高的颧骨上方，眼睛眯成两条线，让我想起巴维尔或者肖洛霍夫小说中的人。传统的生产生活总是在与现代科技的和解中获得新生，这是一个开着汽车的牧马人，他说用手机监控马群很方便，随时去调动马群，让它们及时吃饱喝足，避开危险。他还说，自己刚刚出手了两匹小公马，有点想得慌，不过马驹子一年比一年多了，价钱也上去了，而作为一个牧马人，他也不必顶风冒雪，看视频已经成为他放牧的常态。这个年轻人似乎要告诉我他依旧是个好骑手，在我上车系安全带的工夫，他上了马背，骣骑，没有鞴鞍子，轻松自如，好不矫健——蒙古族人还在马背上，奶茶还在蒙古族人的血液里……逆光中，我看着他白色的背影和马群一起飞起来了，脚下是柔软潮湿的草原，那浓黄色的蒲公英花，在马蹄下倒了又立起来，竟如一片繁星闪耀。

汽车不准下道碾压草场，我停车，目送这个灿烂的早晨。

出了小镇，我才想起来此一站的目的原是探访阿达盖冰泉的。一泓泉水事先不露声色，突然在浓郁的花草脚下溢出，直到那白玉般的涓流显现在几十米外的马路边缘，你才会发现它的存在，真真是润物细无声。我摸一下泉流浸润过的泥土，很凉，原来那些鹅黄的、蓝莹莹的、雪白的、紫红的花草是在冰冷的水里长着的。行走在草原上，就像读一本自然的秘籍，翻到哪一页都会遇到新问题。我想不明白，那些草和花，是怎么在冰冷的湿地生根发芽的？绵延一千四百多公里的大兴安岭，身躯里贮藏着丰富的地热资源，形成了各种富含矿物质的温泉，有的微烫，有的温和，但是到了北部，热泉就都变成了冰泉。想来这大地深处的热能，虽然强大，但是随着纬度的升高，到了永久冻土层附近，也会渐渐降温。高温的地下水，顺着大地缝隙涌出，受地表层温度影响，一点点冷却，几乎结冻却尚未结冻，夏天给人的感觉是冰凉，冬天依然汩汩涌流，白雾升腾，就这样成为冰天雪地里的不冻之河，成为草原生灵的源源乳汁。

我停下车来，一杯阿达盖的泉水下肚，感觉水中丰富的矿物质簌簌地在血管里流动，接着满身的燥热溢出，冰水带来的透心凉也一并消失，并不在体内淤积，这就是阿达盖天然矿泉的妙处。

阿达盖，蒙语的意思是泉水的末端。可不是，泉水到了哈吉苏木找到了它的归宿。哈木尼干鄂温克人觉得这是长生天独独赐予他们的礼物，因此除了珍爱，他们对阿达盖还敬重有加。每当节日，他们要在泉边献上哈达，尊贵的客人来临，他们会用阿达盖矿泉水表达最美好的祝福。你看，我身旁，有一个素颜白皙的鄂温克姑娘，手里拿着一个玻璃瓶，正弯腰接水，她玫红色的袍子铺在绿草上，长发垂在水面上，时而收回被泉水冰麻的手，往自己脸上拍着水珠。难怪她的皮肤是那样姣好，定是得益于阿达盖丰富的矿物质，看惯了城市的浓妆艳抹，久违了这淡淡的颜，天生样的美……她头上、脸上的水珠子在阳光里闪烁迷离，仿佛一幅印象派“冰泉冷涩洗凝脂”的美图。

我接了一桶阿达盖冰泉水上车，选择从东南草原小路离开哈吉小镇，过阿尔山嘎查，返回海拉尔。嘎查是蒙语音译，意为牧村。呼伦贝尔草原的牧村，说是一个村，由于草场辽阔，一家家离得其实很远，往往串个门就要走几公里。

放眼望去，绿野无边，唯有达力玛奶奶那间簇新的红砖房，那座洁白的蒙古包，那排天蓝色的铝合金瓦盖青储饲料库房，那给晚霞染红的羊群、马群最夺目，很像一个童话的引言。

我驾车驶入草场的大门，停车走进蒙古包。达力玛奶奶正在床上摆扑克牌玩，见多识广的鄂温克人，不习惯喜形于色，她见到突如其来的我，慢慢起身让座。达力玛奶奶今年七十五岁了，身子很硬朗，年轻时骑马放牧，现在给放牧的儿子做后勤。她褐红色的脸上皱纹密集，一双手却柔软细嫩，是位挤了一辈子牛奶、打理了一辈子肉食、手不时闲的草原母亲。她笑声朗朗，说起草原以外的事情头头是道。她告诉我，蒙古包外是太阳能发电机，还有电视接收器，虽然眼下冰箱里的东西，有时因为电力不足冻不透，但是有了这两样设备，过日子基本不用担心了。她的大孙子在呼和浩特上学，她经常通过视频与他对话。她说她大孙子学的是美术，画的画很好看。她拿出手机给我看，脸上就先变得神采奕奕。

蒙古包里锅碗瓢盆擦得铮亮，地上的桶里装满油润润的牛奶，看来正预备做奶食。还有一台旧式手动缝纫机，放在柜子上，虽然给人以沧桑感，却没有一丝锈迹，我想最少也应该有四五十年的历史了。现在只有达力玛奶奶这样年纪的人，才会使用它。在蒙古包的西墙前，供奉着一个老寿星，案前香火缭绕，水果飘香。古老的鄂温克族原是狩猎民族，走出森林后在草原上游牧，他们信奉萨满教，也信藏传佛教。我问达力玛奶奶为何供着老寿星，她似乎怕我不明白，赶紧说不对——不对——这是土地爷啊。我不由费解。她带我走出蒙古包，指着四周碧绿如锦缎的草原告诉我，有土地爷护佑着草原最好。

或许她心中的土地爷就是老寿星的样子。土地爷像老寿星那样永生不老，他庇佑的草原定然千古不衰。这是达力玛奶奶的心愿，也是游牧文化最质朴、最神圣的精神祈盼。

告别了达力玛奶奶,我沿莫日格勒河向西折回。草原上地势缓慢起伏,就像缠绕在绿色戏袍上的白水袖,只是比那戏曲舞台上的水袖更是缠绵柔软,更是悠长不息。二〇一四年,我陪蒋子龙先生来到这里看莫日格勒河,他站在河畔的山上激动不已。莫日格勒河虽然并不波澜壮阔,但在呼伦贝尔的三千多条河流中,却是名气最大。她美,就像一匹亮丽的缎子,在从大兴安岭西侧的小尖山急流而下,到了草原却突然缓慢持重,流过来折回去,不知道打了多少个弯,结了多少个结,婀娜前行三百一十九公里,若是把她的河道拉直了丈量,足足有一千余公里长,其周边滋养的草原湿地达到了四千零八十七平方公里。只有向源头回溯,越过喧哗的旅游景点,直至静谧的阿尔山嘎查附近,河流的真颜才会渐渐为你打开,草原的非凡景色才会纷纷涌来。老舍先生登上附近的山冈,俯瞰莫日格勒河,赠予了她"天下第一曲水"的美称。她奇,"天下河水皆向东,唯有此溪向西流",莫日格勒河盘旋西流而去,往往让人看着惊喜有加,浮想联翩。当然,人们只知道长江滚滚向东方,却因为位置的关系,一时间看不到"水流千里归大海"也是有的;这里是富足的草场,莫日格勒河湿地和周边草原水草丰沛,植被繁茂,野花弥漫,百鸟栖落,是远近牧民逐水草而游牧的夏营地。

这是隐于辽阔中的风景,也是旷世犹存的地理记忆。

前面是莫日格勒河的浅滩,河中的鹅卵石清晰可见。过了大旱天,河水没过马蹄,我想过河摘些野韭菜花,回去制作吃羊肉的蘸料。于是我把车停在河边,等着在河中纳凉的马让路,谁知它们一匹匹没事人似的,尾巴甩来甩去,兀自悠然,我只好轻轻一按喇叭,它们听懂了,让开几步,回头看看我,又停下了脚步,我前行几米,再按喇叭,它们又温和地让开几步,我就这样一点点地蹚过了河。

只有草原人知道,其实马很少躁动,就像草原的山丘一样,原本是安详不慌的。人们并不懂得欣赏马在大自然中静谧又安宁的生态，乐于欣赏的是它们生命中的壮烈时刻，所以经常有人设置一些让马暴跳如雷的境况。

这就是活生生的草原，是人与自然密不可分的有机体。人在大自然的怀抱里，大自然在人的生命中。大自然润物细无声，我们无法用恒定的公式去演算旖旎的风光，也不可能预知她瞬息万变的“下集”，草原和草原上的人告诉我们，需要细心地体会自己的眼泪和心跳、自己的喜悦和哀伤，那点点滴滴、稍纵即逝的细节或许可以说明，大自然早已把万物养育成了有血有肉的果实，原来人类和一草一木、一马一鹿同时带着她的意志和温度，繁衍生息。

悠悠万事，唯此为大。

草原的湖

呼伦贝尔在中国版图最北部。大兴安岭山脉从西南到东北纵贯这片土地，山脉逶迤起伏，大片的森林、湿地、湖泊、河流散布在山里山外，是中国北部最大的生态系统。如果说，纵贯呼伦贝尔的大兴安岭山脉，犹如一位携千山清泉为玉佩、披万树绿叶为霓裳的仙子，那么位于她西侧的呼伦贝尔大草原，就是从仙子腰际徐徐展到中蒙边界、中俄边界的巨大裙裾。

一

在这奇妙又富庶的裙裾上，缀满银链和宝石，那就是发源于大兴安岭山脉的三千多条河流和五百多个湖泊。呼伦贝尔的河流，往往都是从山上下来时湍急，到了山脚下的林缘地带变得静水深流，流到草原上就开始流连迂回，看上去像飘落在那里的一条缎带；而呼伦贝尔草原上的湖泊，无论大小，都有共同之处，那就是清澈、宁静，波涛暗涌。

置身呼伦湖岸边，你一定会被这里的天宽地阔所震惊。看吧，云霞和墨绿色的大地吻合得天衣无缝，水倒映着天，水的界面平缓圆润，也与那墨绿色的大地浑然一体，天、地、水构成的苍穹博大无际，当你急切地向远方奔去的时候，远方却渐退渐远，永远无法企及。呼伦湖位于呼伦贝尔草原的西部，面积两千三百三十九平方公里，是中国第五大湖。

从呼伦湖向南，沿乌尔逊河上溯，是其姊妹湖——中国和蒙古国的界湖贝尔湖。春季，贝尔湖的鱼群会游过两湖之间的乌尔逊河，到呼伦湖周边的广阔湿地里产卵。

呼伦湖还有一个名字叫达赉湖，达赉为蒙语，是海的意思。呼伦湖烟波浩渺，齐天而来，人的视线看不到水穷处，看不到彼岸的风景，的确颇有大海的气象。如果在湖里航行，这种感觉更明显。水的力量来自湖的深处，看似平静的水面上，隐现朝潮晚汐，看不见波涛大起大落，而你的船头有时被那无形的力量高高推起，有时被一只看不见的手送到谷底，你在颠簸中走得很远很远，迎面而来的是无休止的汪洋，这与在海上航行是不是很相似?

呼伦湖的春天最为美妙。春风送来暖意，冰雪从湖边缘开始酥软，流水漫入岸边柔软的草地。没有人能看出来，那湖的底部，也在悄然融化。这时候，浮在水上的冰慢慢漂移，一旦风起云涌，刹那间轰然迸裂，大大小小的冰块撞在一起，形成数不清的冰峰、冰塔、冰墙，以诸多姿势在水中矗立，装了满满一湖。蓝天之下，阳光打过来，那竖起的冰块，表面是白色的，底层是透明的，只有巨大的蓝冰翡翠或者多米尼加琥珀可以与之媲美。草原的气温往往突然降低，这壮丽的风景就冻成了雕塑，往往能持续一个星期左右。周边的牧民把熬过了冬天的马群和羊群放到湖边，游牧的脚步又一次轮回到起点，湖水的脉动天长地久。

晚春和夏季是呼伦湖奉献给这个世界的盛典。原野上蓝的细叶白头翁，红的萨日朗，黄的蒲公英，白的灯芯草，还有千千万万无以名记的野花，犹如睡梦中的美人，幡然登场，在浓重的绿色中弥漫成片，迎风摇摆。芦苇丛中悄然出壳的小鸿雁、小天鹅、小蓑羽鹤齐刷刷地探出头来，它们跃跃欲试，扬起了小小的翅膀，纷纷跌落在水面上，不一会儿竟翻过身来，不知不觉地完成了由漂浮到游弋的转折。你在湿地边上漫步，用双手挡住耳朵后面的风声，刹那间稚嫩的奏鸣曲就会撞入你的心怀，有多少新生命在渴望着明媚的春光，有多少好日子在迎接着新生命的来临！悄然之中，刚刚落地的小羊羔、小狐狸、小狼崽、小旱獭，开始在阳光下撒欢，不过人们很少能看见它们，它们总是像幻影那样一闪而过，但是长生天知道它们的存在，召唤来了好多爬虫和鼠类，给它们当儿童蛋糕。

生物链为呼伦湖缔造了活生生的景观。当大银鸥张开那两只一米长的翅膀，冲撞开众多的小鸥鸟，追着湖面上的渔船索求食物的时候，鲤鱼已经完成了生命的壮举：为了产卵，它们远行将近两百公里，弹跳而起，越过种种藩篱，或许它们已然把天空当成了水域。小白鱼浮游在湖的浅表，鳞光闪闪地追逐着阳光。那些透明的秀丽白虾和不知名的水草也准备好了，随着潜流在岸边晃来晃去……万物相生，谁都不知道自己是因为另一种生命的需要而存在的，大家在齐心协力地编织着生态大网。呼伦贝尔只有不足一百天的无霜期，呼伦湖的春夏也很短暂。

到了冬天，呼伦湖就完全凝固了。初冬时，她就像一块铺在草原上的墨玉，微弱地反射着太阳的光芒。落雪了，雪花一层层地蒙在她的脸上，她变成了一幅巨大的黑白写意图。渐渐地，那些留白也看不到了，整个湖被雪蒙住，和呼伦贝尔大雪原融为一体，在人们的视野里消失了。于是，冰面成了通途，一下子为往来的动物们省去了许多路程。多年以前，在这块洁白的平面上，动物们的足迹清晰并且驳杂，映照出它们有趣而率性的灵魂，那是因为它们身后没有汽车和武器的追赶。后来一切都远去了，人们在这里捡到一团狐狸的绒毛都会惊喜万分，湖上除了汽车的轮胎印什么也看不到了。我常常面对湖水沉默，呼伦湖的呼吸在衰弱。

直到有一天，我看到一个来自呼伦湖自然保护区公安局的视频。

隆冬还没有到，呼伦贝尔草原的气温已经降到了-40℃，呼伦湖冰面上的雪尚不是很厚。一支黄色的队伍从湖的西侧，风一般进入湖面，雪花被扬起，一团团跟着这黄风飞舞。啊？久违的黄羊子回来了！它们靠独具的嗅觉发现，在湖的东岸飘来一阵阵枯草的幽香，那里正是它们梦寐以求的美食家园。于是它们一往无前，径直奔去。由于黄羊子离开这里的时间太久了，到了它们这一代，基因中有关呼伦湖冰面的记忆已经淡化。它们忘情飞跑，没想到冰面还裸露着，所以它们常常无法站稳，前腿出去了，后腿却向后滑去，它们一只只连续劈腿受伤，当公安干警来救助它们时，它们原地卧在冰面上，两只大眼睛无邪地转动着，像受了委屈的女孩子。

呼伦湖周边，是一万一千年前古人类的家园，出土过“扎赉诺尔人”头骨，还出土过和“扎赉诺尔人”生存在同一时代的巨型猛犸象化石。鲜卑人在入主中原的长征中，在这里停留了一百多年，当年成吉思汗从这片草原迎娶了他尊贵的夫人孛儿帖，至今这里不难看到鲜卑人留下的石板墓，捡拾到蒙古大军的残剑断戟……所有来过的都已经远去，只有这草原的湖永不褪色，光泽如初。查阅史书，呼伦湖在历史上曾被称为大泽。一切都和水有关，大泽的恩泽依然葳蕤绵延。

在呼伦湖的西岸，有一个曾经的小渔村，现在是半农半牧的嘎查，嘎查达(村主任)是一位年轻的蒙古族妇女，她带领牧民经营着设施农业，在阳光温室里种出了来自内地的草莓，这是草原人从前想都想不到的事情。她是个渔民的女儿，但是她不会打鱼，她小的时候这里就见不到鱼了，现在她是呼伦湖生态资源的守护者。她告诉我他们的祖先原本是不吃鱼的。这话让我想起草原上的一句谚语——岸上一匹马，水里一条鱼。在草原人的眼睛里，湖里的鱼像草原上的马一样尊贵。

我的朋友苏德夫自幼生活在呼伦湖岸边，他告诉我，他的老祖母去世前，嘱咐他们，一定要把她的骨灰沉入呼伦湖。

呼伦湖对于人类来说是一个永远温暖的怀抱。

二

诺干湖，绿色的湖。当初游牧民族用母语赋予她这个名字，是源于她的清亮，源于她倒映着草原的碧波。人们这样说——静谧的诺干湖、纯净的诺干湖、明镜似的诺干湖、翡翠般的诺干湖，种种溢美之词，不胜枚举。

诺干湖在哪里?似乎很远，其实也很近。你登上由海拉尔出发的“呼伦贝尔号”草原森林旅游专列，在车上的阅读吧里坐下，接过车厢管家递上的一杯热茶，打开一本书，读过十页八页，无意间向窗外一瞥，你的目光便触摸到了诺干湖周边的风景群。

诺干湖位于呼伦贝尔新巴尔虎左旗西南部，离蒙古国边境线约七十公里。周边一万余平方公里，美轮美奂，宛若仙境。看吧，草原绵延起伏，樟子松鳞次栉比，天际开阔而剔透，白云掠过山峦的肩头，缓缓游移。季节轮回，大地变换底色，时而迷离，时而璀璨。夏时这里晨雾拂荡，野花盛开，百草繁茂，松林如墨，勾画出大地的曲线，骏马的长鬃在阳光中镀金……冬日，白雪青松，原野无声，漫漫长路上，莫名的动物脚印由深变浅，一阵急雪舞回风，世界大梦初醒，瞬时天空银蜂展翅，犹如万物窸窣而语。直升机从天上俯瞰这片神秘的大地，隐于辽阔之中的那片晶莹的美玉，便是诺干湖。大兴安岭的小溪汩汩而入，草原腹地的泉水日夜滋养，诺干湖得以日益丰盈。大地如圣洁的母体，哺育了这个婴儿。诺干湖在草原的仙境里安睡，百代千年，酣然如初。

诺干湖方圆三百余公里，她那幽深的湖水，犹如草原的母乳，引来南来北往的候鸟，还有所有会奔跑的草原生灵，在这里流连驻足，绵延生息。一位美丽的巴尔虎姑娘，在湖边聆听着芦苇荡中雏鸟稚嫩的啼叫，突然，呼啦啦一片浓云涌来，仿佛黑夜来临，她仰脸看去，竟是一大群银鸥飞过……几匹骏马站在水边，湖心的波浪袭来，马蹄下盛开一团团透明的花朵，那调皮的小鸿雁，肆无忌惮地在马肚子下踱步……划上小船，你可以登上湖心岛，驻足水中一方。此刻你凝神远望，但见那绿野长风，苍茫天地，皆在若隐若现之中。诺干湖的湖心岛，绝少有人留下踪迹，唯有柔软的植被，淡淡的草木馨香，欲滴欲落的星星与你相伴。今夕何夕，人在何处，都市的喧嚣恍若隔世，只有蜻蜓扇动翅膀的声音和湖水的歌唱，与你的心跳应和。你曾经来过，在许多年以后，你将一遍遍回味。

在巴日图站走下"呼伦贝尔号"草原森林旅游专列，驱车十五分钟之后，我便来到了诺干湖畔。正值元月，踩着脚下簌簌作响的雪地，不由想起海涅的诗句："一棵松树在北方，孤单单生长在枯山上。冰雪的白被把它包围，它沉沉入睡。"一切这般似曾相识——大雪把草原覆盖得严严实实，只有那些高大的樟子松，栉风沐雪，昂然矗立。樟子松是呼伦贝尔的独有树种，生得威武不屈、沧桑遒劲，枝如铁、干如铜，满头的松针织成一团黛绿色的树冠，在严寒中呈现不可战胜的生命力。她们在诗歌中给予我们生命的力量，在现实中是人们寻找诺干湖的路标。

雪花落在诺干湖畔，便获得了不衰的冻龄。她们来自旧年，静悄悄地把身体砌在同伴的间隙里，忽而，扶摇而起，又悄悄坠落，却是不肯轻易融化。你捧一把雪在手中攥紧，松开手，雪花棱是棱，角是角，丝毫不改芳容，晶莹如初。一片薄薄的雪花，像是一个弱弱的音符，当所有的雪花汇集起来，却会变得遮天蔽日的强大。

此时，大雪埋藏了湖面，靠风的冲击力，我们找到一块裸露的冰面。

冰面如黑色的水晶,坚硬而光滑。一个眼尖的同伴,突然趴在了冰面上,我俯身一看,原来由于水质纯净,一米多厚的冰层下,仍然可以看到鱼在游动,冰下的鱼缺氧,一见光亮,纷纷游来,形成逐队成团的景观。当渔工把我们带到事先凿开的冰洞跟前,收网就开始了。诺干湖多年保持原生态,没有遭到超量捕捞,鱼类为天然野生,储存量也很大。只见一挂大网慢慢浮出水面,一条条鲤鱼冲出网口,在冰面上不停打挺弹跳,大的竟有十来斤。

湖边的蒙古包里,大锅炖鱼上桌了,雪地上的烤炉前也传来了烤鱼的香味。我忙不迭地吃了炖鱼,喝了鱼汤,又尝了烤鱼。久违了,如此好吃的鱼,喷香绵软,鲜滑如饴。多年前吃过很多野生鱼,那时候不会品味,现在细品,发现口中竟然有丝丝缕缕青草的芳香。

在阿敦乌拉的天上

草原上真的有那座山，但是山的名字我不能告诉你。阿敦乌拉是我在写作时给那座山起的名字，用汉语翻译过来就是马群般的山。我在山上遇到一个蒙古族老哥哥，我们就叫他孟和沙吧。孟和沙是永恒的意思，他的真名我也不能告诉你。一切都因为这个时代变得太好奇，好奇的汽车喇叭会吓走天上的鹰，好奇的汽车轮子会把绿色的草原碾成沙地，好奇的游客会把老哥哥的故乡变成熙熙攘攘的市场。

仿佛你走着走着，眼前突然站起个又高又大的人，在平坦的草原上，阿敦乌拉是一座令人仰止的山。山脚扎根在茫茫的草浪里，山头栖落着久远的艳阳和冷月。山的肩膀上，岩石突兀而起，远远望去像小马颈上的硬鬃。那岩石的顶端有一座敖包，是虔诚的草原人按照“垒石为山”的习惯建造的。橘红的、宝蓝的、棕黄的、洁白的绸子缭绕在敖包上，和早晨的霞光在一起，变成了五彩祥云；那一簇簇柳枝，插在敖包的石隙中，生出了根，发出了芽，长成了一棵棵高高的柳树。

敖包的上面就是阿敦乌拉的天。阿敦乌拉的天，幽蓝剔透，金光灿烂，像蓝蜻蜓翅膀组成的海洋，正在太阳下面舞动。鹰用翅膀划开天上的云，俯冲而来，落在岩石上，开始巡视四野。它的双眸冷若两粒褐色的冰，它的长喙紧紧闭合着，呈现出青铜器的气质。它以君临天下的心态，获取想要的一切。

人们都说，登上了阿敦乌拉，你就在天上了，你的目光因此变得很远大，你能看到大地升腾，云朵飞落，渐渐在远方吻合，形成银盆一样的苍穹。敬拜了阿敦乌拉的敖包，你的双手就能摸到远来的春风，你的耳朵就可以听到明年的福音。所以人们总是在接完羊羔的六月把酒香留在冰茅草的须子上，把长调挂在银丹花的蓓蕾上，然后把喜悦揣在蒙古袍的胸襟里，带到风调雨顺的下一年。除了祭祀的这三天，这里的一年三百六十二天，牧马人孟和沙每天在马背上看天，看鹰，恍然之间就度过了一个人的六十年。

不知哪年哪月的哪一天，鹰从巢穴里飞出来，在阿敦乌拉的天上盘旋了一圈又一圈，孟和沙感到套马杆的尖头开始动，像白枕鹤的羽毛那样轻飘飘地晃起来，他知道那是鹰俯冲时的气流过来了。天上空了，鹰在哪里？原来鹰躲在孟和沙的头顶上。孟和沙将身子仰在鞍韂上，看见了鹰腹部黄褐色的绒毛，看见了鹰肩胛骨上铁色的光，还有那一双粗壮的螺旋爪，甚至看见了鹰屁股上灰色的屎渍……眼看那鹰直往下落，孟和沙一个鲤鱼打挺站起来，两腿木桩一样立在了马镫上，说话间他手里的套马杆已经甩出一个来回。原来鹰是瞄准了孟和沙身边的那匹小马驹。小马驹刚刚诞生在阿敦乌拉的山坡上，身上的羊水还没有干，血腥味吸引了饥饿的鹰。鹰被套马杆一击，立刻像爆炸的烟花一样弹起来，但是那双爪子比闪电还快，瞬间抓走了孟和沙头上的皮帽子。鹰很快发现那顶帽子没有血肉，就把它抛在了云朵上，帽子滚下来，像一只狐狸跌倒在孟和沙的马蹄前。

孟和沙一夹马肚子，就冲上了山顶，随后他的马群也跟着上了山顶。他掏出马鞭子直抽在岩石上，发出哐哐的回声，马群接着开始了惊涛骇浪般的嘶鸣。孟和沙相信鹰巢里的鹰听了之后一定魂飞魄散，那褐红色的眼皮一定会突突地跳。孟和沙是一个放牧过一千匹马的牧马人，那时候他多么年轻。

当年轻的孟和沙变成了孟和沙大叔的时候,那只鹰也到了中年。一只中年的鹰不再孟浪，虽然它看见牧马人的马群已经变成了比棉花还听话的羊群，但却没有忽略牧马人手里的套马杆、牧马人腰间的牧羊鞭。曾经桀骜不驯的鹰,低下高贵的头。它的勇敢变成了一支锁住了扳机的枪。这支会飞的枪,飞过阿敦乌拉敖包,在远方射击。远方的水面上有折戟沉沙的银鸥,远方的田野里有大腹便便的豆鼠。鹰把这些美食,垂吊在鹰爪上,高高地从孟和沙大叔的头顶飞过。孟和沙大叔久久端详鹰在天上飞翔的样子,细细琢磨鹰留在地上的影子。他知道每年都有两三只雏鹰,走出岩缝中的那个家。它们探出小脑袋,像一颗颗松果那样滚出来,或者落在岩石上摔得粉身碎骨,或者像一把伞似的撑开身子,两翅飘摇蹁跹,片刻后猛然高扬而起,从此一去不回头。孟和沙发现,留在阿敦乌拉的鹰是一对悲伤的父母,它们一遍遍地围绕着空巢滑翔,不时发出凄凄的鸣叫。但不久,它们就忘记了心中的创伤,恢复了以往的坚强。那只雄鹰一如既往,像牧马人般勤奋,每天远飞觅食。它的身姿永远那么壮硕,它的气势永远那么凌厉。对于鹰来说,或许磨难就像淬火对于蒙古刀那样,只能使它更坚硬、更锋利。在孟和沙的心里,满是对鹰的敬意。

鹰的疆域没有百灵鸟,没有旱獭,即使霸气十足的狼也不敢轻易露头。马站立在自己的影子上睡着了,红蚂蚱亲吻着露珠沉醉了,鹰兀立在嶙峋的岩石上,阿敦乌拉静极了。孟和沙坐在鹰的视野里不说话,他的心跳到了耳朵上,又从耳朵上跳到了岩石上。他隐隐约约听到雏鹰细嫩的叫声,一声声越发殷切,不由想起蒙古包里开饭时的情景:孩子们急吼吼地要吃肉、要喝茶……这时候,仿佛有一条湍急的河来到了平缓的草原上,绕成了一首九曲十八弯的歌,孟和沙的心情变得比水还柔软。

羊群里的一只母羊流产了,死羊羔在草窠里慢慢风干着。在羊羔雪白的身体上,绸缎般的绒毛一绺一绺地打成漂亮的卷。孟和沙抱起渐渐僵冷的小羊羔,摩挲着那柔软的羔皮,想着用这张羔皮做一双马蹄袖,放牧的时候戴在手上,又暖和,又软乎,可以保证两只手灵活自如,要是雪后的天太冷,就把马蹄袖扣在口鼻上,将自己呼出的热气留住,暖脸又暖手。可是,到了牧归的那一刻,他看看阿敦乌拉上面的岩石,看看落日映照下辉煌的草原,便把那只卷毛的羊羔尸体从马鞍子上卸了下来,留在鹰的眼皮底下……

我在一场暴风雨后来到阿敦乌拉,看到天地如此高深辽远,深感人渺如沙粒。我无声地仰望天空,与自己的心灵长谈,我发现自己已经被大自然融化,变成了风雨中的一滴水,在个体的存在感消失之际,需要重新认识自己。

一声沧桑的长调,让我看到还有一个人与我同在。他的两眼已经昏花,他的双手已经干枯,他像岩石的一部分那样坐在岩石下,他就是暮年的老牧人孟和沙。他说他已经不是牧民了,小区的车库不能拴他的马,高高的楼房里看不到雨后的彩虹;他说他的草原不知道为什么都躲到了电视里;他说他的家园只有长长的水泥路,闻不到青草的香味。他说:"人们叫我老阿爸,叫我活化石,你可千万别这样称呼我,你就叫我放马的孟和沙吧。"如此,以我的年龄,我叫他放马的孟和沙老哥哥。

放马的孟和沙老哥哥说,他在每一个夏天开始的时候回来。他的耳朵还行,还能听见鹰在飞翔。他确信,在阿敦乌拉的天上,飞翔着他年轻时候见过的鹰。

是的,阿敦乌拉的天上闪动着一个小小的黑点,飞得离我们越来越远了。

没有人知道那就是鹰。

你见过猞猁吗

一

岁月如烟。记忆的丝线上保留着一些寥落而夺目的珠子,原初的光泽令它们历久弥新,就像一部名著中那些扛鼎的细节。

你见过猞猁吗? 我仰着脸,问高大的父亲。

父亲的手里是一件黑色礼服——呢面的猞猁皮大衣,领子是拔针水獭的。母亲也有一件同样的猞猁皮大衣,咖啡色华达呢面,领子的颜色稍深一些,是带针小水獭皮的,与父亲的这件大衣相映生辉。

父亲把这两件漂亮的大衣一一提起来,然后将其府绸衬里套向上一拉,再向外一铺,这样便罩住了大衣的外面,至于大衣的毛皮内胆,并不多么珍贵,况且因为其涂了油似的顺滑,几乎一尘不染。父亲把它们挂到衣架上的时候,我的眼前一道炫光。

猞猁皮毛朝外,呈现秋麦般成熟的颜色,金辉隐隐,一抖,又闪出些许小黑点,再一抖,小黑点变成了许多不规则的图案。父亲用手指轻轻一拨,皮毛的根下绽放出一层灰白色绒毛,亮如丝绒,其柔润仿佛凝结的羊脂。接着,他拿起我的手,放在猞猁毛皮之上轻轻一顺。于是,此后人生中,我的手常常本能地寻觅这种别致的质感。猞猁,成为我独有的、回到童年的秘籍。

六十年过去,此刻,父亲的猞猁皮大衣虽然已经破旧,但仍然在我书桌旁边的椅子上，陪着我进入文学。母亲的那件大衣莫名丢失，我正执意寻找，不惜任何代价，只为追忆似水年华，纪念万物丰盈的时代。

父亲告诉我这是山猫的皮张，山猫比地板上的那只公猫大多了，高矮和草原人家的大藏獒差不多，不过不像藏獒那么憨壮，它腰细身长，活动起来像猫那么轻盈自如，像豹子那么迅捷，是大兴安岭森林中数一数二的猛兽，常常像长白山的东北虎一样占山为王。它们平时喜欢待在树上，像猴子那样来回攀缘，如果从地面起跳，它可以跳到三米高，直接跳到其他野兽的背上厮杀，抓住一只森林狼很容易。它长得的确有点像猫，但是细看又有点像虎和豹，林子里的人们叫它山猫，猞猁是它在书本上的名字。

你见过猞猁吗?

它是不会和你打照面的——父亲摇摇头。

读过海拉尔肉类联合加工厂的厂史，我回溯出，父母定制这两件大衣的时间应该是在一九六〇年到一九六三年期间。那时三十岁出头的父亲，是海拉尔肉联厂的生产厂长。这个工厂当时名扬中外，是亚洲最大的肉类联合加工厂，每天要屠宰一万多只羊或者三千头牛，其产品有白条羊、分解牛肉、牛羊肉罐头、羊肠衣等，出口苏联和多个阿拉伯国家。父亲经常穿着一身白色工作服，在车间搬运产品，操刀卸骨剔肉，每年初冬时节，他还要骑着马，背着猎枪，和工人一起到千里之外赶运畜群。工作使父亲成为猎人，他多次穿越大兴安岭西麓的林地和草原，打狼，驱赶狼群，顺手打个草狐狸，打个狍子都是常事，他竟然没有见过猞猁，我的兴致有些黯然。

一切都是为了工作需要。我的父亲母亲花掉两个人一个半月的工资，专门到海拉尔著名的高台阶服装店，定制了这两件和他们日常生活极不匹配的皮大衣。记得母亲说过，裁缝是从苏联回来的专做俄式大衣的老师傅。这两件大衣做得很是精美，使用非常优质的进口面料不用说，单看那垫肩的硬朗造型，硬麻布支撑出的挺括，手工扣眼针脚的缜密，便足以叫人啧啧赞叹。我的父亲和母亲，因此自信满满，面对咄咄逼人的苏联客户，越发器宇轩昂，义正词严。我清晰地记得一个镜头——母亲陪父亲从贸易会晤现场回到家，像京剧里刚刚下场的巾帼英雄，恋恋不舍地卸下身上的大靠，坐下，依然神采奕奕。后来父亲几杯小酒垫底，常说："老大哥也是纸老虎，不过鼻子大一点。"

父亲伸出手掌，从上而下，在猞猁皮毛上一捋，又一捋，猞猁毛楂在他的手掌下俯倒又立起，有了生命一般。

父亲说："一上冬的猞猁，最肥实……"

你见过猞猁吗？

我的童年到读图时代的到来还需要最少四十年的距离，我十分好奇。

父亲告诉我——猞猁这种动物，在大兴安岭林子里，除了少见的貂熊，谁也不敢惹它，兔子、松鼠、狐狸、松鸦……啥都能吃。它们尖利的爪子好似匕首，平时扣在脚丫里面，用有弹性的脚垫着地，跑起来马都追不上，在冰面上也滑不倒。猞猁又会游泳又会上树，耳朵上那两撮迎风立着的黑毛，就是它自带的无线电，老远就能听到你来了……

二

二十世纪六十年代初，呼伦贝尔人烟稀少，草原林地平均一公里不足三人，生态可以用"棒打狍子瓢舀鱼，野鸡飞到饭锅里"一言以蔽之。狼掏羊群，棕熊到猪圈抢食，春季开河的时候，大鱼被冲上岸，人都吃不过来，直至晒成鱼干，拿来当柴烧。政府经常组织老百姓打狼，工厂宿舍的木栅栏上常常挂着狼皮、旱獭皮、狐狸皮、紫貂皮和熊掌、犴鼻子、鹿角之类的山货,父母用来做大衣的猞猁皮当然也不是稀罕之物。

谁也没有想到,有一天大地会落得个白茫茫真干净,猎人在山林间遇到的只能是另一个猎人,如果有人发现了一串熊迹或者狼脚印,这个消息会变成空谷足音,在猎村或者牧场的上空久久飘荡。

林子憔悴了,就像一个妙龄女子顷刻间被掠走了满头乌发,任由颟顸的阳光和风走进亘古之境,结果是林间腐殖层水分蒸发,草木干枯,树冠的繁芜,熊仓狼洞的幽暗,鸟巢的隐秘,不幸纷纷曝光,百兽惶惶不可终日。一个边防战士告诉我,他曾看到成群的驼鹿在额尔古纳河右岸惊恐狂奔,它们毛皮无光,叶状的犄角断裂欲坠,到达悬崖,径直跳下去,有的凫水而去,有的终成河滩上的白骨;当年的伐木人告诉我,他看到一家貉子突然爬上运材公路,走着走着,后面七只小貉子的身子开始偏斜,渐渐地就不动了,留下一条死亡斜线……

草原呢,迅雷不及掩耳之势的快速开垦,造就了无数大块麦田,却破坏了植物的多样性,动物也开始锐减。夏季一碧千里,使人们一时还感觉不到无数昆虫、小鸟和小啮齿动物的消失。到了秋天,拖拉机开始翻地,草原鼠的家被掘出来,那些在黑暗中蛰居的大小鼠辈惊恐万状,全无目的地在黑土上逃窜, 最后, 一个个把脖子卡在草木的枝杈上自杀。冬天过去,它们的干尸在风中互相碰撞,咔咔作响……放下猎枪的猎手,在候鸟返回的春日,绝望地瞭望天空,头雁的咕咕鸣叫哪里去了?蓝水雪岸天鹅优美的舞姿哪里去了?突然,他的心被刀剜了一下,很痛很痛,因为他在低头的一瞬,看见刚刚出苗的麦地布满了油绿色的反射光,是数以千计的绿头鸭,吃了农药浸泡过种子的青苗纷纷绝命。

谁之罪?生存抑或吃饱,是最容易找到的借口。

看看世世代代在冰天雪地里以狩猎放牧为生的族群吧,自遥远的呼伦贝尔有了人类学家留下史料以来，没有他们猎杀怀孕野兽和幼小野兽的记录，没有他们因生活引发森林大火的记录，也没有任何牧民挖毁草原、污染河水的记录，他们所在的中国之北、苔原以南的森林草原，不曾存在生态退化的问题。他们在靠近北极圈的泰加林中游猎，在草原上逐水草而游牧，走走停停，一杆猎枪、一座撮罗子、一座蒙古包足矣。对于自然，他们占有的很少，索取的也很少，他们崇尚万物有灵，相信生死轮回，希望在深邃的密林中和芬芳的草原上，与万物共享季节的盛宴，永续苍生。

我认为也不应该把人类的狩猎欲望视为原罪。人性，除去文明的包浆，还不可避免地受本能驱动。这不是有善和无善的问题，更不是"人之初性本善"的问题，不能用各种大道小道的后天之见来解释，这应该是一个生物学的问题。事实上，狩猎者一旦冲向猎物，生命的力比多立马喷薄而出，让渺小的自己瞬间变得如狼似虎，而搏斗获胜，人类会获得一种幸福的多巴胺，感觉自己已然气壮山河，无所畏惧。这就是古往今来，人们痴迷刀枪剑戟的原因，也是黑泽明的电影《德尔苏·乌扎拉》因其中那个能辨众兽踪迹、能懂百鸟啼鸣的猎人形象而轰动世界，海明威作品中的硬汉气质迷倒大片读者的奥秘。我敢说，人类中的一半——所有男性，身体里都潜伏着左牵黄右擎苍的梦想。狩猎是人类获取自信的一种本能。

二〇一一年，我认识了一个叫塔如梅的鄂伦春族猎人。那时候他已经快六十岁了，已经放下猎枪多年，耕种六百亩土地，成为远近闻名的致富带头人。他见到我，完全不在意我要问什么，开口就切入了那个早晨的故事："林中的五月冰雪酥软，杜鹃花刚开，我没发现大野兽的踪迹。谁知，走着走着一抬头，就看见一头从冬眠中醒来的大棕熊，它已经爬出熊洞，正在树上蹭毛皮上的污垢。距离太近了，好在它还没有发现我。怎么办？我屏住气，趁它俯身树干的当口，轻轻在枪架上支起枪，猎犬也懂事，一声不吭。我一勾扳机，刹那间林中冰雪四溅，大棕熊被击中心脏，等它扬起熊掌扑过来，已经没有了力量，就像一块石头似的栽倒在雪地上。这时候，我突然听到身后传来“吭哧、吭哧”的声音，近得好像耳语，似乎有只魔爪就要搭在我的肩膀上。我没慌，不回头看，向前方慢慢移动脚步，猎犬急了，冲上去拦那个东西，我提着枪疾跑，跑到快二十米的地方，一闪身躲到一棵大树的后面。我的天！原来是一头长着獠牙的大野猪，它好像被刚才的枪声吓傻了，正呆呆地看着我，我有了合适的站位，一枪轻松解决了它。我没觉得，干掉这两个被天神怪罪的傻瓜是了不起的本事。正打算离开，又来了头大棕熊，有一米六七高，它迎面走过来，张着大嘴，扬起一只前掌，冲着我吼叫着，看样子是来复仇的。大棕熊越来越近，我已经闻到它嘴里腥臭的气味了……说时迟那时快，猎犬箭镞一般冲了上去，大棕熊的注意力一分散，我稳立双腿，举枪就打，第一枪穿透了它张开的大嘴，第二枪打中了它的天灵盖。这么说吧，当天神给猎人送礼物的时候，你要是没本事接住，就只能当天神送给野兽的礼物了……”

说完这一切，他陷入沉默，眼睛里的光彩依旧，久久沉浸在记忆的高光里。

在多布库尔河畔的猎民乡，我还结识了两个曾经的猎人。一个是正值年富力强的全国劳模白色柱，一个是骑马而来的鄂伦春老奶奶林杰。他们和塔如梅一样，都有很长的故事，而不同故事的结尾，传递给我的是同一个信念——无论何时，猎人的精神堪比群山，至尊无上。

我不由得问道：“现在你们还想着打猎的事吗？”

白色柱珍惜地抚摸着他手中的一杆用于旅游表演的道具枪，慢慢地说：“生态好了，总有一天……林子里下头一场雪的时候，数不清的野兽会到河边喝水……”

野兽与人，都是生物链上的一环，也许永远不会彼此握手言欢，但是互为生存的环境，你中有我，我中有你，这并不是说互为食物，而是大家都在用生命酿造着自然，再生着自然，以腐泥和大气的样式循环着自然。如今，人已经成了自然的霸主，可以为所欲为地对待那些隐秘的同行者，轻而易举地切断它们的生存之路，的确亟须静下来想一想自己到底都做了些什么，从而达到理性的回归。当然，如果野兽有一天繁衍超载，让人类民不聊生，人们重新拿起猎枪，亦是无可厚非的。

森林和草原给了人类和万物生命和营养。

有了暴富的私欲，为了利润，人类陷入贪婪的梦魇，疯狂到罔顾一切的程度。

三

每一年的夏季，母亲都要打开久久关闭的红松木箱子，晒她和父亲的那两件猞猁皮大衣。曾被抄走的这两件大衣终被归还了回来，尽管已经遭到严重的损伤，依旧被父母视为珍宝。父亲生病的那些年，他坐在阳光下，看着母亲一绺一绺地从大衣上摘去纷乱的猞猁毛，目光沉沉。

我明白了，守护好父母的这两件大衣终将成为我的责任。

你见过猞猁吗？

我心里回荡着这个问题，无声地陪伴父亲。

猞猁，你这鬼魅般地老天荒、如影随形却未曾谋面的生灵，你在哪里？还在草原，还在森林，还在窗外的群山之巅吗？

父亲似乎在自言自语——再没了，这么好的猞猁，我是见不到了……

猞猁一直在我的大地词典里隐现。当我走遍二十五万多平方公里的呼伦贝尔，熟知了那底蕴无穷的森林、草原，熟知了永不融化的冰雪、永不凝固的河流，以及四处流传的民间记忆之后，我知道了，父亲所说的——这么好的猞猁，我是看不见了，是多么沉重的一句话。

世事沧桑，不可名状。

两只大鸨在湖边盘旋，就是不肯降落，并不是鸟的大脑中出现了幻象，而是湖中的水和湖畔的土变成了古铜色，小鱼小虾消失，水面散发着生锈金属的气味，故园消失了。大鸨在五月里要飞得更远，历经更多的艰苦卓绝，到寒冷的西伯利亚北部产卵繁育后代。可是你听，有人仍在如此愚昧、无耻地说——它们的肉又白又嫩，吃完好几天，还从鼻子眼儿里冒香气呢，现在抓一个尝尝太难了……

灌木丛中的套子上，一头逃命棕熊断舍离的熊掌还在流血，盗猎者自己的马腿就被另一个盗猎者的铁丝缠住了……

边境线外着火了，漫天都是浓烟和毛皮烧焦的气味。一群黄羊如风而来，到了铁丝网前被阻挡停步，黄羊的语言密码人类无从知晓，只见一瞬间，烈焰中，所有雄性黄羊用脊背搭成一座桥梁，让怀孕的雌性黄羊踩着爬上界桩，然后跳到没有荒火的境内，可是它们跳下来之后，却不敢前行，不敢深入曾于数年前遭遇扫射的故地……

我来到原始森林的腹地，来到灌木丛生的林缘地带，来到界河沿线，来到北纬53°20″的外兴安岭对面。我多么希望，前方狭窄颠簸的路上，或者白桦、偃松、落叶松混杂的林间，突然闪过一道麦田色的光芒，与猞猁不期而遇。哪怕只有一个短短的镜头，甚至那机警的动物都没有回眸一瞥，这华彩的瞬间也将定格在我此生的永远里。

夏季招揽游客的木屋民宿，没有油漆涂壁，满屋散发着林间的芬芳。原木窗台上曼陀罗盛开，原木楼梯的下面堆积着桦树皮篓、柳条筐、打饼干的手工模具之类的旧物，使人想起这块土地的过往。夕阳从花朵的间隙穿进来，斑驳地铺满促狭的空间，我在两眼昏花之时，突然发现自己正对视着一张狰狞可怖的脸，吓得差点没从楼梯上摔下来。它是什么——灰暗的皮毛说不出是黑还是黄，逆鳞一般胡乱戗立着，褴褛着，脊背上有一块块小破洞，其头颅像豹又像猫，脸面上是扭曲、抽搐、凶恶地埋着仇恨的那种神情；耳朵失去了一只，剩下的那只耳朵上垂挂着一缕黑毛，像一棵枯树上唯一的叶子。在这满是死亡信息的怪物身上，两只眼睛却贼亮到令人匪夷所思。当人从楼梯上走过，它就跟着楼梯颤动，仿佛是只活物，于是吸引了客人们惊诧又畏葸的目光。

老板告诉我，这是猞猁。说不出来当时是什么感觉——天旋地转，目瞪口呆，恶心反胃，难以置信……这就是自己魂牵梦绕的猞猁？

看来这只丑陋的猞猁标本早已成为卖点。老板熟练地一托它的腹部，猞猁散架般地晃悠了一下，顿时提高半尺，它插在塑料草丛中的四条腿暴露了出来，只见其中一条腿缺失了足部，还有一条是用木棍穿在腿皮里撑起来的；另外两条腿也是残缺破裂，尽显历经磨难。原来这不过是一张残缺的猞猁皮勉强包在泡沫塑料上的效果。标本的两只眼睛是用塑料球填充的，光怪陆离，卖相有如魑魅魍魉。

生态搭台，旅游唱戏？

老板的聪明令人发指，却不能说是欺公罔法。

原来是多年以前，一个护林员看到雪堆里冒出一截带毛的腿骨，便用铁锹挖出了这个动物的残尸。它半身冻在冰里，逃避了苍鹰和雕鸮的蚕食，让护林员勉强认出它是一只不幸的猞猁。它露出在外面的部分已然面目全非，是老板七拼八凑地做成了这个古怪瘆人的展品。至于猞猁之死，是个众口不一的传说，或者它失足陷进了深不可测的蚁洞，或者它落入了盗猎者设置的陷阱，或者它刚刚壮士断腕甩掉了铁夹子，却赶上了无法躲避的山洪……反正，森林已然洞开，当人类的脚印和动物的足迹叠印交叉，万事皆有可能。

这是我二〇一四年的所见。我因此痛苦地闭上眼睛。

人与野生动物，擦肩而过，一别两宽，相忘于江湖，应该是各得其所的选择。

所谓和谐相处，何其难也！一群狼出现在你周围，你敢闭着眼睛吗？征服与被征服，在丛林里，是个铁定的动势。平衡的唯美，就像钟摆不可能在某一个点位驻足，只是难以成真的梦想。

这样说吧，动物可以不越雷池。比如——猞猁靠灵敏的听力随时藏入荫翳蔽日的树端，对人类避而不见；雁群永远不会降落在有人收割的地方；雪鸮落在冻结的塔头墩子上，沐雪兀立一动不动，成功地扮演大雪的一部分；最有趣的当数狍子和瞪羚，它们在人前总是如灵光乍现，即刻闪电而去，留给狩猎者的只是如花绽放的白臀，这更是生命进化史上可圈可点的一笔。猎人说，在大雪覆盖万物的狩猎季，阳光斑驳地在林中反射，一旦狍子群中有一只屁股奓毛，它所有的同伴都会获知危险的信息，你看吧，无数白色的狍子屁股，瞬间悬浮错落而起，并箭镞飞镝般远去。你根本就无法瞄准：太晃眼睛……

然而，人类这种具有巨大理性和高度文明的动物，面对诸兽却不可能淡定无欲。博尔赫斯说，枪支是手臂的延长。的确，人类的手臂已经够长，几乎无所不在，子弹航行于地球皮肤的表层，终日不止，于是动物那些亘古进化而成的智慧，顷刻间兵败如山倒。

四

你见过猞猁吗？

远在一千四百年前，猞猁已经脖拴皮绳，乖乖地坐在了大唐狩猎者的马臀上。悲乎哉，何等桀骜不驯的猞猁，已然俯首帖耳，成了王孙武士的侍从，那一身的虎胆绝技变成了自己作为帮凶的工具。它时而腾空而起，降至猎物脊背上疯狂虐杀，时而扫听周边异样的声音，并以谄媚的音律提醒主人。作为回报，它或许可以得到一箪肉食、一次温和的爱抚。起初，我没有认出它们，以为是狗，可又奇怪，狗怎么会安坐在骏马滚雷般耸动的臀上呢？后来，我看到一个仕女狩猎的唐三彩造像，精致、逼真、生动，确认那个在其马臀上机警张望的动物是猞猁无疑。

近在当今世界，猞猁甚至沦为某些人家的宠物。我随便在网上一搜，就找到了一连串精灵古怪的视频。无所不能的人类和无所不能的网络联手，把我的想象力推到了尽头——一个金发碧眼的女郎，正与一只猞猁相拥而卧，脸对着脸。接下来她不停地亲吻猞猁，把嘴唇紧紧贴在猞猁口鼻处，像一个无状的情人在逗弄自己的伴侣，带着真爱，却走偏到不可理喻。我忐忑不安地看着，生怕猞猁瞬间启动它的两颗獠牙，把美女弄成一个三花脸五花肉之类。但是没有，金发碧眼的女郎多次把手指伸进猞猁口中，轻轻点击它鲜红的小舌头。它习惯性地仰接，似乎还有点快感。我注意到，整个画面，除了枕头床具，在猞猁的身边有一个女孩子喜欢的布娃娃，还有个用纺织品做成的小猞猁玩偶，显然女郎是按照白富美过家家的节奏，设计了猞猁的生存环境。画面中有一男子和女郎在用俄语对话，男子好像在摄像，女郎配合地冲着镜头捋着猞猁的毛皮，腔调温情柔和。诡异的一幕出现了，女郎咬下来一块苹果，放到猞猁嘴上，猞猁无动于衷，一副饱食终日的慵懒模样。女郎一次又一次地递上去，猞猁终于张嘴一舔，大概是尝到了甜头。可女郎却飞快地把苹果块拿回。几个来回，猞猁显然不快了，但是没有想象中的剑拔弩张，它竟然像现在小青年见面时互相击掌那样，用两只前掌慢慢推开了女郎的双手，把苹果块不是抢而是拿到手中，翻过来调过去看了看，放进嘴里吃了。就是在这个关节上，我看清了猞猁的掌底：五个肉乎乎的灰色脚垫之下，千百年间暗藏的杀机犹在，此刻，它的爪子变成了锈在剑鞘里的剑。

去动物园看猞猁的想法，至此烟消云散。

对圈养宠物，施以人类的一厢情愿，貌似温情脉脉，实质上在逆天行道。看看我们身边的大千世界吧，乌龟、鹦鹉、企鹅，乃至老虎、鳄鱼、巨蟒、雄狮，哪一种不是在劫难逃，而落入于人类的宠爱之中？如果说子弹的硬暴力早已不得人心，那么软暴力的悲剧却愈演愈烈。

人类或许出于孤独，出于怜悯，出于柔情，却不知不觉地开启了温水煮青蛙的程序。

初冬，本该是棕熊入洞冬眠的季节，可是由于觅食困难，棕熊下山了。在大兴安岭的一个林场，棕熊进入村民的仓房，大熊掌一拍，捣毁一袋子白面，里里外外留下了痕迹。人们许多年没有和熊打交道了，一肚子电视里的超现实心态，便想这天冷得要死，熊饿着也怪可怜的。后来这家杀了年猪，故意往院外倒了一些油梭子给熊吃。这可倒好，从此棕熊每天来村里觅食，各家也忙着给它提供食物，结果，它吃得毛皮油亮，似乎一个冬天都没有冬眠。长此以往，正如我们经常忘记走过的弯路和前人的教训，动物身上的记忆密码将不会一如从前。试问，棕熊如果忘记了冬眠，每天尽享人类的施舍，对其自身习性，对森林生态，对人类生存，意味着什么？

二〇二〇年夏天，我收到了大兴安岭北部原始林区森林管护局办公室副主任张超发来的视频。一切是那么搞笑，又让人哭笑不得。一大一小两头棕熊，进入了管护站的房车，拿起酒瓶就喝，结果小棕熊醉倒了，不能动了。那大棕熊离了歪斜地下了车，雄赳赳地进了原始林区森林管护站，直奔冰箱，一抱而起，出门，光天化日之下，往院子里一摔，里面的食物撒了一地。大棕熊大快朵颐后，还没有忘记带上剩余食物，不慌不忙，扭扭搭搭地离开了。人类的宽容和俯就，对于动物来说，即是为所欲为的开始。

蒙古族小伙双龙，是呼伦贝尔草原的动物保护志愿者，十多年来，救助的兔狲、狐狸、天鹅、大雁、白琵鹭、草原雕不计其数。今年的九月份，他发了个朋友圈视频：现场放飞一只救助成功的草原雕。我曾经见过这只草原雕翅膀折断、大腿皮开肉绽的惨状，当时它气息奄奄，斜仰在地上，唯有一只朝上的眼睛圆睁着，冰冷无畏，就像透明的琥珀。双龙十分细心地给它敷药包扎，我在一旁忧心忡忡。殊不知两年后再见，它不仅业已痊愈，还将展翅高飞，翱翔于万里蓝天。然而，现场的情形完全出乎意料。这只被双龙称作闺女的草原雕，就是不肯离开，把它放出去，它盘旋一圈，又飞回来，落在双龙脚边。双龙离开放飞地，这只草原雕随后也不见了，好像已经离开了此地。几天后双龙再次来到放飞地，这只草原雕倏一下子就落到了他跟前。两年的朝夕相处、精心喂养、强化野生训练，留在动物记忆里的是对人的依恋。双龙离开它，暗中通过监视器观察其行踪，发现它一直在原地待到大雪纷飞、千鸟飞绝的时候，才排空而上，围着放飞地绕几圈，再向东南飞去。双龙含泪的目光一直没有离开过它，其间它身上的监视器信号中断六天，双龙寝食难安。后来这只草原雕从尼泊尔飞回中国境内，出现在定位视窗里，双龙才放心。

无论鸟类的大脑皮层和海马体进化得多么精密，决定动物行为的不外乎是食物和安全感，诗意的形而上属于人类的哲学情怀，不要给动物戴上这么大的一顶帽子。

双龙说，让它饿一饿、冻一冻，它就会往南飞了。

圈养野生动物的结果，只能是万物成刍狗，百兽皆绵羊。也许我们个体的人生，无法跟踪生物圈演化全过程，但生物链分崩离析绝对在所难免。一个物种的蜕变或消亡，牵一发而动全身——物种决定生态，生态决定气候，气候决定历史，不是危言耸听，事实上，偌大的地球，禁不住一只蝴蝶翅膀的扇动，旦夕祸福，不可知也！

前述视频中的俄语提示了我，眼前被金发碧眼女郎宠幸的是一只西伯利亚猞猁。细看，它的毛皮和当初父母做大衣内胆的猞猁毛皮很相似。这只猞猁个头不大，体态也不够丰满，应属尚未成年，如果不是人工饲养繁育，那么它一定是于北部泰加林深处猎获的。呼伦贝尔和西伯利亚毗邻，地理和生态基本相同，由于天然林保护工程杜绝砍伐，严禁狩猎，二十余年过去，大自然强大的修复能力应该已经奏效，猞猁会不会霸气回归？

五

你见过猞猁吗？所到之处，我不无焦急地询问。

猞猁？太稀罕了。

在莫尔道嘎林场，在穿越北方原始森林的车上，在蒙古族祖地乞颜山谷底，我一无所获，找不到一个见过猞猁的人。无论是当年劈山开路的老林业人，还是现今开着雪地摩托在冰河上穿越无人区的探险青年，没有人给我肯定的回答。

终于，猞猁开始崭露头角。

二〇一八年冬季，在额尔古纳河右岸原始森林的开阔地上，大雪无痕，一串动物的踪迹突兀而清晰。首先映入眼帘的，是一些花尾榛鸡的羽毛，这些褐色的羽毛竟然摆放有序。头翎，颈羽，脊羽，双翅，腹羽，花尾羽，依次排着，远看就像一只花尾榛鸡散开翅膀，趴在地上。然而，这花尾榛鸡已经血肉全无，连一根骨头也没有剩下。向导小周，是爱鸟志愿者，常年在森林草原勘察。他说，这一定是紫貂的残席。紫貂嘴尖牙利，善于嗑松子，剥野果，吃东西特别精细。天寒地冻，紫貂幸运地抓到一只花尾榛鸡，却并不知这是自己最后的晚餐，厄运正悬于头上三尺。果然，沿着紫貂细小的脚印寻觅，就在不远处，我们看到了紫貂的尾巴，正如黑红色的火焰一般，摇曳在银色大地上。周边散碎的貂绒稀疏一片，像是水墨画中淡淡的洇染。紫貂的身子哪里去了，不得而知。下手如此干净利落，一定是不可抗拒的天敌。小周让我看那些脚印——拳头大小，深扎雪底，时隐时现，显然行走的过程伴有跳跃。是猞猁。

还有一件事更为蹊跷。二〇一九之秋，林中的杜香繁茂且成熟，香气浓郁扑鼻。一个年轻的管护站工人，无意中薅了几棵杜香，想带一些下山回家做香饵。咦，秋日的杜香怎么是湿的？他随即在裤子上擦干了手，又被脚底略湿的腐殖层滑了一下。他好奇怪，扶着树站起来，往四处望了望，未见异常。可是，当他回到管护站，却发现坏事了，平日里和他十分亲昵的几只狗，通通翻脸不认人了，都冲着他狂吠，拦着他不让进屋。做饭的大师傅说："你身上有味，由于被杜香味混合着，你自己闻不到。"他急忙脱下衣服，挂在院子外，狗才消停。大师傅是老林区人，帮着他分析，结论是他可能踩了猞猁尿。这意味着，他无意中进入了猞猁的领地。

大兴安岭北部原始林区森林管护局副局长刘立平告诉我，近两年，他两次在原始森林里看见过猞猁。第一次，他看到了猞猁在路旁一闪即逝。第二次，一只猞猁蹲在他汽车的右前方，似乎对汽车充满好奇。当刘局长手提相机下车时，猞猁一动没动，两眼直勾勾地看着这个不速之客。新生代的猞猁，看来还不知和它们的祖辈打过多年交道的人类为何物。

终于，我在乌尔旗汉的生态博物馆里，看到了三只完美的猞猁标本。亿万年滴水穿石之功力，大自然母体绵绵细雨般的养育，结成美轮美奂的正果。正如父亲所说，上冬的猞猁，最肥实。只见它们通身饱满油润，坐卧在雪地上，每一根毫毛都闪闪发光，脑袋警觉地前探着，一张脸，似乎是哪个工笔大师的杰作，眉眼鼻翼，嘴唇耳轮，法令线，抬头纹，深深浅浅，曲曲弯弯，无一不笔触精致，无一不出神入化，可谓婉转舒畅，楚楚动人。再看那三只猞猁的姿态身形和前后四肢：修长而茁壮，舒展又轻盈，似腾似挪，欲奔欲飞，活生生地灵动到极致。

三只健康壮硕的猞猁，集高贵、沉静、威武、睿智于一身，生命的深邃不言而喻。

猞猁，猞猁，真真乃万世不解之谜！你怎么能漂亮到这种程度呢？

木屋民宿的那一幕，在我心里一扫而光。

张超又给我发来了视频。密林深处，他们布置的远红外摄像机两次共拍到了三只健壮凶猛的成年猞猁。

我在心里默默地告慰父亲，岁月回来了，猞猁回来了。

父亲去世三十六年之后，母亲也走了。母亲生病期间，整日无声地坐在轮椅上，我想，以往的岁月，一定像电影似的浮现在她的眼前。我不敢提及任何一个和父亲有关的话题。

妹妹们为母亲搬了家。父母的家，已经很老了。

当我打开老箱子，一股呛人的气味飞扬而出，母亲当初放入的樟脑丸已化为齑粉。父亲的大衣出现了，拔针水獭的领子，绒毛脱落，猞猁内胆也尽显残旧，奇怪的是母亲的那件大衣不翼而飞，遍寻不见。我去问和母亲常住的两个小妹妹，去问照顾母亲的小表妹，她们看着我，一脸茫然。她们如此年轻，记忆苍白。

我想，找到母亲大衣的那一天，就像父亲当年一样，把两件大衣的里子翻过来，挂在自己的书房里。

风景的深度

夏天的草原，那身背“长枪短炮”的摄影家，开着带行李架的越野车，就像刚出巢的百灵鸟一样，在旷野中盘旋。他们来自水泥成林、尾气如雾的都市，面对草原的风景，手中相机的快门咔咔作响，已经大量“出片”，并借助网络媒体，弄得遍地流传。他们因此名扬四海，乐此不疲，认为自己走进了自然，捍卫了生态，已经成为经典。

呼伦贝尔草原由大兴安岭西麓铺展到与俄罗斯和蒙古国交界地带、额尔古纳河右岸。曾经有三千多条河流和五百多个湖泊在这块土地上滋润万物。绿野和缓无垠，河流婉转飘逸，蒙古包时隐时现，骏马如风掠过，羊群似云朵栖落。牧歌唱晚，少女的剪影楚楚动人，奶茶的芳香中，母亲的老珊瑚耳环隐隐生辉……于是，那些来自别处的审美眼光，开始了生吞活剥般的采撷。呼伦贝尔的风景就这样缺失了深度。

如果能在蒙古包的干草铺上踏踏实实住上几天，在大雪笼罩的日子跟牧民出一天牧，最好，就像当年的上海知青一样，住进一个个牧民之家，做一回阿妈阿爸的儿子，人们或许才可以真正了解一下草原，才会明白草原不只是一幅风和日丽的画，不只是一种远在天边的逍遥。呼伦贝尔大地，写满了草原的智慧和沧桑，写满了草原的浑厚和博大。

二〇二〇年四月，得知牧区遭受十几年未遇的白灾，我赶着去草原看望达喜老哥哥一家。草原路的两边，是旗政府用推土机开路时堆起的雪墙，足足两人高。我的车就在雪的迷宫里缓慢前行，原本一个多小时的路竟然走了多半天。老哥哥是我非常敬重的巴尔虎蒙古族牧人,从十岁开始放马,如今七十多岁了,每天还在马背上放羊。听说他精心养育的十匹马在这次连天的暴风雪中失踪了,真担心他无法承受这个打击。远远就看到老哥哥在马背上等我。他的身影仿佛矮小了些,看着叫人心疼,但他的坐姿还如先前一样挺拔,尽管身上落了厚厚的一层雪花。由于四周都是积雪,我们不敢贸然前行。我打开车门,用红色的围巾向老哥哥挥了挥,让他先回家。他向上举举套马杆,回应了我,可是没有离开。

老哥哥语迟人贵,心胸开阔,用巴尔虎人的话说,就是心里有个明亮的海。他的老伴高娃嫂子,是个典型的巴尔虎母亲,每次我来,她总是忙着煮肉熬茶,拿出奶干、奶豆腐和各种自制的小点心,然后一边擦汗,一边坐在桌子前不停地给我斟茶,也不怎么说话。他们家是草原上的富户,牛羊满满一面山坡,养着四匹儿马子的马群,每年收入一百多万元。

一九九〇年草场分割的时候,老哥哥心里是不高兴的。他知道游牧是大格局的生产,需要互相合作,草原不能像农田一样包产到户。可是他也没有办法,他不知道把这话说给谁听,又有谁愿意听他的话。他领着三个儿子骑着四匹马去队里参加分草场的会议,经过重新分配,回来的时候就剩下了两匹马。

老哥哥说:“咱们不能没有马,没有马就不是牧民了。”

后来,草场被铁丝网分割成小块的草库伦,马被圈进草库伦,长期在原地吃一两种草,营养不够,体质渐渐衰弱下来。牧区的马就这样越来越少,人们放弃了套马杆,开始骑摩托车放牧,看上去很是现代化。可是由于习惯经常更换草场的畜群长期原地迂回,繁茂的草场被反复啃食践踏,很多地方沙尘裸露。当时分草场的时候,老哥哥有两块草场可以选择,一块有水泡子,但面积小;一块虽离水远,但在阳坡上,夏天风凉，冬天日照时间长一些。老哥哥选的是离水近的那一块。二十多年来，他们家一直都没有封闭通往水泡子的路，任由邻居家的牛羊经过他家的草场去喝水，日子久了，他家的草场植被受到损坏，老哥哥没有一句怨言。过年过节，邻居们给老哥哥送酒表示感谢，老哥哥就预备了上好的砖茶回礼。

老哥哥的第一桶金来自养马。在马最不值钱的时候，只有他家还留着马，为了改良马群，他托人到锡尼河和额尔古纳引进种马，连年繁育。几年之后，旅游热起来，他家的马成了抢手货，日子也越来越好。老哥哥曾带我去看他家的马群，那情景真是壮美，给我的印象太深了。

我开车先到，一下子就惊呆了！难道是我突然走进了梦境？天空碧蓝，白雪起伏，只见一片金黄的草地出现在白雪和蓝天中间。那块草地上的干草，一株株从雪里钻出来，有半米多高，密密匝匝地站立着。这是老哥哥秋天特意留下的冬牧草，无形中造就出一片灿烂的风景。无边的牧草，在风中像波涛抖动的湖；下山往上看，又像是天空垂落下来的一幅画。

此刻，马携带着一团团热汗的白雾，正在金黄的草浪里肆意漫游，那一份飘逸舒展，竟如鱼嬉戏在明镜般的水里。所有的马都饱满健壮，毛皮油亮，它们不必为食物担忧，也不必为安全惶恐，极寒的天气倒像是一种亘古的抚慰，温情地笼罩着它们。

老哥哥骑马到了，他挽着缰绳在上风口那么一站，马就闻到了他的气味，纷纷停止了咀嚼，抬起头向他张望。老哥哥满脸都是慈爱，就像祖父久久地看着调皮的孙子。接下来，不可思议的一幕发生了：老哥哥把一只手高高举向天空，仿佛回应天上的某种召唤，然后发出了一种无法言说的声音——“啊……哈……呵……”其实我这样转述并不准确，老哥哥像在唱长调，又感觉不像；像在呼喊，又分明有起起伏伏的旋律。那节奏非常缓慢，似乎每一个小节都没有休止符，声音开始时低沉，渐渐高亢，直至使人想到金属的光芒。我听着听着，仿佛看见老哥哥的嘴里有一条河，一条清澈而缥缈的河，长长的河流升腾远去，和碧透的长空融为一体。待我回过神来一看，天哪，曾几何时，马群已经汇聚一体，云朵般簇拥在老哥哥的身边。细看，各种颜色的马耳朵直立起来，像往上长的小树叶，忽而不停地向脑后抿着，忽而齐刷刷地挺起，这是马的喜悦，仿佛舞蹈的细节。

老哥哥突然一抖缰绳，跃马而起。顿时，原野上白雾弥漫，万马奔腾，风驰电掣……老哥哥的两个儿子，骑着有劲的杆子马，步步紧逼两匹最剽悍的马，在烈马慌乱的瞬间，挥动套马杆套住马头，然后拧紧皮绳，由于颈动脉被勒，两匹烈马摔倒了，又崛起……最后到底屈服了，草原又恢复了安静。

老哥哥告诉我，从前冬天的草原都像这片他留下的冬牧场一样，草又高又壮，雪下得再大，也没不了草的"膝盖"。把马放到草原上，不会掉膘。不仅有大针茅那样的高草，还有很多带着草籽的矮草，足够马过一个丰腴的冬季。草籽混在马粪里到处撒，牧草自然永续繁衍。春天雪一融化，新一年的小草就绿了；只要有草，草原就没有忧愁。如今，草原生态日渐退化，草越长越矮，一场中雪就能将其死死覆盖，几乎年年都会有白灾。

我在汽车里，看着老哥哥在远处的马上，用套马杆提示着我们，向西，再向西……不对呀，在我的记忆里，这块地方是平坦的，为什么会出现一大片必须绕过的凸处？我们向西绕出个半圆，艰难地开了四十分钟，才进了老哥哥家的院子。

老哥哥显然被这场灾难折磨得够呛。他一向身子骨硬朗，精神头十足，此时却分明有了几分老相，走路的时候两腿微微颤抖，脸色也显得发暗，不时地用手搓眼睛。屋里一地羊羔，人几乎没有落脚之处。昨夜的暴风雪，圈里的羊扎堆取暖，挤来挤去，致使几只母羊早产。高娃嫂子和两个儿媳妇正忙着接羔，地上哩哩啦啦都是羊血，一只黑脑袋的母羊侧卧在炉子旁边待产，还有两只死去的羊羔放在门口。

见了我，老嫂子落泪了。她说："可怜啊，妹妹，长生天生了铁丝网的气了……"她说话的时候，用婴儿奶瓶喂着一只弱弱的小羊羔。在一个草原母亲的眼睛里，会喘气的动物都是她的孩子。

夜里，满地羊羔咩咩地叫着，风雪在门外闹腾，像无数天鹅用翅膀不停扑打冰面。老哥哥在里屋一声不吭地坐着，嫂子低声跟我说："他这是心疼呢！马被铁丝绊倒，冻死了不少，就在那片凸起的雪底下呢。"

老嫂子唱起劝奶歌，低低的声音，如泣如诉，我听不太懂老嫂子的歌词，但我的心一直跟着那忧伤的曲调起伏。老嫂子一边唱着，一边试着把小羊羔送到母羊的乳房下，她偶尔抬头的时刻，我看见泪水从她眼角的鱼尾纹溢出来。我突然想起了自己送女儿上大学时的那次分别。那是在学校门口的一排大树下，我让她先走，她让我先走，最后我们说好同时走。我佯作离开，躲在一棵大树的后面，偷偷看她返回校园，结果正撞上她回头看我的眼睛……当我泪流满面，那只母羊终于扭过头来温情地舔着小羊羔，允许它吸吮自己的乳房了。我再看老嫂子，她已经精疲力竭，正软软地瘫坐在草堆上，白色的包头巾脱落在肩头，脸上热汗津津，嘴角和眼角却含着宽慰的笑意。我知道这个朴素的瞬间，将超越任何摄影家的大作，永恒于我心中。

没有任何一部教科书，能给我解释草原上这种人类与动物之间的神奇沟通。我常常求教于那些有着真知灼见的牧人，常常面对草原久久冥想。我终于听见了星星滴落，听见了春寒料峭，嗅到了日照的醇香。当鸿雁把影子留在我身上的时候，当狼崽在我的脚边嬉戏的时候，不知不觉,我的心中开始显现一种久违了的密码,好像草籽绽放一丝微微的绿意,而后日益清晰,呈现某种真实的力量。我发现,旱獭立起身子合唱,那是有大动物威胁的信号;马的头上缭绕着一团蚊虫,那是暴风雨的前奏;鱼撞马腿,马在水里跳舞,那是干旱的信号……原来有许多强大的能量和推力,早就像密码一样,隐藏在我们生命的深处,是我们在貌似文明的觅食路上,忘记了它们。当你重新与它们相逢,才会发现它们使自己的世界变了,变得极为丰富又无限广阔。为什么狼可以听懂风中掺杂的各种气息,而牧人也会看风听风,他在马背上放眼一看就知道未来的天气变化,他把套马杆横放在草上,就能听到是谁正在走近。音乐脱胎于对自然的模仿,动物一声接一声的嗥叫是为了彼此呼唤,牧人的长调像云一样悠长盘旋,也是为了把信息传到最远处。更奇妙的是牧民多音域的呼麦,具有和马、狼等动物重叠的音域。那就是说,凡能听懂自然之声的动物,皆可以凭借记忆走进人的呼唤空间,人也可以模拟自然之声与动物沟通。就这样,草原有了沟通万物的蒙古长调,游牧民族有了出入自然之门的钥匙。

我醒来时已经是上午九点多了。地上的羊粪和脏草已经打扫干净,小羊羔们的毛皮也干了,像一朵朵雪绒花似的,在地上乱跑。老哥哥不在,老嫂子说他一夜没睡,早早地就开着手扶拖拉机,去看那些"走了"的马去了。在牧民的心里,马是最亲近的伙伴,对于马,他们从无不敬之语。自从蒙古族人从大兴安岭走出来,在高高的草浪里跃上马背,将自己的汗水与马的汗水融合在一起,由猎人变为牧人,便与马开始了旷世的生死相依。千百年来,他们没有离开过马背,马背给了他们太多的智慧和尊严。传统的游牧,马群总是在前面开路,在夏季寻找最鲜嫩的牧草,在冬天破雪觅食,羊群牛群尾随其后。马吃草尖,羊吃草叶,牛吃草茎;草籽落在马蹄坑里,得到存水的滋养,第二年长得更加茂盛;马蹄搅动草原，传播花粉和草籽，成为大生态的一环。没有马的草原便失去了正常的生态平衡，失去了永续的生命动力。老哥哥为此租用了邻居的草场，让马群有了尽情驰骋的可能，让牛、羊大范围迁徙，结果不仅五畜兴旺，这些草场也得以恢复。

当我赶到的时候，覆盖在那些死去的马匹身上的雪，已经被拨开。那曾经叱咤风云的骏马，虽然倒下，却依然睁着眼睛。水晶般的雪粒一颗颗嵌在他们的身躯上，光芒刺眼，几缕红黑色的鬃尾在风中起伏着，似乎是最后的一丝不甘。它们就那样一匹一匹摞着，像大地上的浮雕那样凝固了。老哥哥用手慢慢焐软马的眼皮，帮它们合上眼睛。蒙古族人认为睁着眼睛的死亡，意味着委屈，意味着长生天并没有召唤它们，它们的灵魂还在尸身上痛着。

老哥哥带回一匹死去的小马驹，青灰色，皮毛里淡淡的斑点犹如菊花的蓓蕾。它的四肢僵直，半截舌头吐在唇外，看着让人好不难受。老哥哥说有十几年没见这么好看的马了，让我带到城里去做一个标本，送给旗博物馆。他还分别剪下了每匹马的一缕马尾，揣在胸襟里；然后和我们一起，推来更多的雪，厚厚的掩埋了马。让我没有想到的是，老哥哥接着开拖拉机往返好几个来回，拉来几车水，全浇在了马的雪墓上面，直到雪堆冻成一个大冰坨。这样那些偷马贼就再没有办法把死去的马拉走了。老哥哥用这样的办法，让他心爱的马安息。

夏天，我重返草原。我看见那一片倒下的马，已经变成了洁白的枯骨，在蓝天和花草之间，依然以倒下那一刻的姿势安息着。旷野静谧，我听见阳光正在它们身边走过，我看见它们正在簌簌地融化，最终，它们就会从土壤里再生，把春天传承下去。

老哥哥带家人都到秋牧场打草去了，只有二儿媳留在家里。院子里多了几座新驻扎的蒙古包，还停着摄影家的汽车，看来老哥哥也开始做一些旅游接待了。我向陌生的客人讲起马的事情，并邀请他们去拍拍那些白骨。他们对我的建议毫无兴趣，他们吃过饭就去睡，到凌晨时起来拍日出。他们说他们来草原是拍风景的，他们并不懂，草原的美是一个天人合一的境界，其中古老的文明是最有深度的风景。

聆听草原

很多年前，我经常跟随父亲在草原上漫无边际地游走。我们乘坐的是一辆老掉牙的苏制嘎斯六九吉普，所有的零件都在与车轮一起摇滚，我们就在这种摇滚中走走停停，迷恋地瞭望天和地的尽头。时而有一群遮天蔽日的银鸥叫着飞过，时而有孤独的牧马人像月亮似的慢慢在山冈上升起。父亲没有告诉过我这种游走的目的，后来我终于懂得，父亲原本也没有什么目的，他只是觉得在辽阔的空间里比较自在，而身旁有比呼伦湖冰面还要清澈的女儿相伴，他的自在中便多了一份开心。

我记得父亲的车里总是带着大肚子玻璃瓶装的酱油、铁皮桶装的白酒、桦树皮篓装的咸盐，还有一些土霉素片和蛤蜊油，这都是牧民需要的东西。我们用不着事先联系，在草原深处，每一座蒙古包里都有我们久违的亲人。那些蒙古包孤零零地坐落在茫茫的绿野中，像一朵朵白色的蘑菇。蒙古包的主人早知道我们即将来临，已经熬好了奶茶，开始杀羊煮肉。这叫我好不奇怪，草原深远安谧，难道是天上的云朵给他们报了信？

是套马杆在传递草原上的声音。牧人阿爸把手里的套马杆平放在草原上。牧草挺拔茂密，如无数只有力的手臂，托举着那根沉甸甸的柳木套马杆。草浪随着微风轻轻颤动，牧草却并不倒塌。我好奇地把手伸向套马杆下面的草丛，发现那个半尺多高的小空间，仿佛秘而不宣的母体，无数小昆虫、小蓓蕾、小露珠都在里面静静地醒着，无限的季节，就在这薄薄的层面里成长。

当我把耳朵俯在套马杆上的时候，便听到了一种清晰响亮的声音，那声音难以描述，好像一会儿把我推到了城市的街道上，一会儿把我带到了大海的波涛里，无序、错杂、时断时续，有时细腻，有时浑然。伴随着这种声音，貌似凝固的原野顷刻间变得生动——百草窸窣，群鸟鸣唱，许多莫名的动物在啮噬，在求偶，在狂欢，马群像石头从山上纷纷滚落，云朵推动大地的草浪，甚至，还有朝阳拂去露水时的私语，鸿雁的翅膀驱赶浪花的回声……这时候牧民阿爸说："要下雨了，咱们包里坐。"我抬头看天，天空阳光灿烂，碧蓝如洗。我们走进蒙古包，一碗奶茶方尽，暴雨真的来了。雨点打得蒙古包砰砰响，像群鸟在弹跳。雨滴时而从天窗射进来，落到肉锅里。

草原上有会看天、看年景的人，也有会听天听地的人。他们长期在人迹罕至的草原上游牧，慢慢地获得了独特的生存智慧。牧民阿爸说，刚才的雨是套马杆告诉他的。他还说他一大早就听见了我们的汽车声，也听到了雨正在远处商量着要往这里来呢。吃肉的时候，阿爸又告诉我，细看大羊肩胛骨片上的纹理，就能发现游牧的足迹——羊走过的草场是否茂盛，水是否丰沛，什么草比较多，羊缺少什么营养，生过什么病，等等，都会通过不同的骨纹显现出来，那么牧人就知道下一年该怎么选择草场了，游牧的路线图也就有了。于是，经年累月，一切都变得可以预见。

风每天在草原上吹过，岁月都到哪里去了？传统的游牧，是大格局协作式的迂回迁徙，以满足畜群不同季节的不同需求，比如春天接羔，那就要到残雪消融的阳光坡地去；牧草返青时，要给畜群找到大片有营养的牧草；夏天要考虑哪些地方的草适合储藏，留下来待秋天打草，保证牲畜有过冬的食粮。除了水和温度，哪些牧草能为牲畜提高免疫力，哪些牧草能调节牲畜的肠胃,哪些地方的牧草适合牛吃,哪些地方的牧草适合马吃等等,这是一种生灵与自然共生的大学问,也是值得当代生态科学深入研究的课题。可是人们到底还是忽略了这一切,当然也很快尝到了苦果——牲畜被铁丝网圄于家家户户一小块一小块的草场上,食物结构单调,活动范围狭小,无法率性自在地生长,于是肌体不断退化,几代下来,牛羊肉的味道已经大不如前。作为经营者的牧民,单枪匹马,缺少机械化的生产工具,在严酷的自然面前,往往力不从心,而面对市场经济冲击,常常显得不知所措。于是,在一部分人富起来的同时,也有人无奈地卖掉或者出租自己的草场。

现如今,汽车轮子和微信直播,让茫茫草原四面洞开,亘古的秘境变得一览无余。站在草原望北京,不再是夸张的修辞。在蝴蝶扇动翅膀的瞬间,现代科技已经覆盖了草原,汽车自驾游、直升机拍摄、各种 App 电商平台、云计算、网红等等,不由分说地都来了,各种新概念在草原上跨时空嫁接,开始了前所未有的试验。一个从未走出过草原的年轻牧马人,靠着电子地图导航,六天不到就用小汽车把阿爸阿妈带到了椰风弥漫的海南岛。那两个一辈子都穿着马靴、戴着包头巾的人,卸掉全身十几斤的重负,站在大海里,互相看着白皙的躯体和古铜色的双手,哑然失笑……记得二十世纪六七十年代,草原的老人常常这样教导不愿吃苦的儿孙:“要知道你的午饭在羊身上,不在供销社的柜子里。”而现在,牧民从业的方式已经五花八门,草原的食物也变得丰富多彩,什么杀猪菜、西式快餐、比萨、韩式烧烤、麻辣烫无所不有,吃一顿传统的手把肉,反倒要特意跑到饭店,显得十分奢侈。

然而,生产方式带来的变化,改变的不仅仅是草原的生活,还像微风细雨一样,日复一日地浸润着草原的心灵。

我的牧民老阿爸变了,他从前迎接客人的时候,总是带着一种主人的豪迈,向四面八方张开双臂,好像要把天地都收拢在胸前,然后隆重地说——请看我们的草原吧,这一切都是我们的。而现在,他骑着一匹马,穿过一重重铁丝网夹住的小路,绕来绕去,到了公路边上,对客人说:“我不领着你们走,眼看着蒙古包,你也过不去……”

在我的记忆中,我的牧民阿爸,就是一切牧民的代表。他们淳朴、勤劳、真挚、好客,爱草原如生命,爱大自然里的一切,从不在草地上动土,从不捕鱼,不到万不得已不猎杀野兽,个个都可以信任,人人都可生死相托。草原古老的游牧文化,其天人合一的哲学内涵,作为一种思维方式,呈现出无限的科学性。草原事实上意味着一种物竞天择、生命轮回的大境界,它属于万物生灵,而不仅仅关照人类。游牧文化告诉我们,只有草原大野芳菲,亘古犹新,人类才能浑然于万类之中永续苍生。只是忙于战天斗地的人类,并没有谦卑地将其当作一本教科书罢了。

草原的腐殖层非常脆弱,挖一锹,风吹日晒后,就外延成一个小沙坑。所谓付出开垦百分之一的代价,用来保护百分之九十九的原生态,是靠不住的;而简单粗放的旅游开发,无疑是一把双刃剑,在传播传统文化的同时,往往炮制了伪文化。有人曾搞过“万马奔腾”景观展演,貌似壮观,其实完全违背骏马的天性。大凡马群,都是由一匹儿马子带着多匹母马组成。它们生下的幼马一旦长大,当父亲的儿马子就要把它们驱赶出马群,马群里从不乱伦,母马们牢固地簇拥着自己的夫君,四散是不可能的。所以你让无数个小马群混成万马之群,必须使用强制手段。马是多么激昂的动物,其反抗是疯狂的,结果万马胡乱冲撞,有的受伤,有的流产。游客不知愁滋味,还以为这是草原的天然一景。

草原怎么办?我在草原上行走,聆听草原人的述说。尽管我还没有找到标准答案,所有的故事才刚刚开始,正在和遍地的春草一起生长,但是一个个崭新的主角已经登场。他们是那样朝气蓬勃,那样鲜活生动，意味着草原新时代的主流。

牧民们踏踏实实地剪断铁丝网，将数家草场连成一体，互助合作，回归大游牧，成立牧业生产和草原旅游的联合体，引入科学技术和现代经营理念，畜产品开始显现品牌效应。一只呼伦贝尔羊变成几十种绿色美食，通过网络成为网红；一个以生态环保做依托的旅游联合体，订单已经签到几年之后。特别有意思的是，他们开出的条件是，游客到了草原，每天要学会一句蒙语，游客每天回到宿营地要出示自己带回的垃圾；要是游客还捡拾了草原上的陈旧垃圾，就会得到食宿的优惠。新一代草原青年，自发组织到那达慕和祭敖包现场清理白色垃圾，举办各种倡导敬畏自然的活动，并将这一主题的摄影展带到了北上广。在千万个家庭里，有千万个母亲和父亲在告诉他们的孩子，是地让你站起来的，是马让你跑起来的，离开了草原，你也要把草原的嘱托背在身上，不然你就会变成另外一个人……草原人已经登高望远，看到了幸福的桅杆，也看到了自身文化独具光彩的力量，尽管每进取一步都不是轻而易举的事情，但是没有人愿意放弃，这或许就是一种文化的自觉和自信吧——我们辽阔的草原是理性的、明媚的。

历史是多条不同的河流，当它们汇入了大海之后，还会以波涛和旋涡的方式互相冲撞不已。看吧，在茫茫的草原上，无数时间的碎片，无数空间的远影，都在时代的大苍穹里闪光、发声、跳跃、裂变、融合、再生。昔日的淳朴，今日的开放，每一种内在的质地，都不足以固守原初的草原。草原的秘密在哪里？我依凭大半生的体验来书写草原，也时刻以高度的敏感注视着草原。我对草原的聆听，已经有了多元的方式，当然感情的因素是最重要的。我如此热爱草原，我手中的笔永远无法离开草原。草原告诉我一切：生命与自然，人生与历史，现实与梦想。

赫尔洪德

赫尔洪德，一个草原深处铁路小站的站名。我年轻的时候，每每被这里风生水起的景色打动，却从未去想“赫尔洪德”是什么意思。

看着太阳光照耀在泛着涟漪的湖面，绵延到墨绿色的山脚下，那银子一样白晃晃的天，在头顶“呼”的一声变得暗淡，仰头看去，原来是密匝匝的银鸥群正在飞过。褐色的大雁，穿梭于羊群中间，寻觅吃草，不知不觉中远离了湖畔；当马群轰鸣而来，它们瞬间雨点般消失在芦苇荡里，间或有一只飞不动的雏雁坠落在水面上，像棉花团似的飘着。长脚的灰鹤，踩着芍药粉红色的落叶兀自芭蕾，对牧羊人的呼哨声毫无惧色。春与秋，是天鹅的季节，水面上散着松软的冰雪，上面卧着比冰雪还要洁白的大天鹅。它们常常舞动浸满湖水的翅膀，把宝石一般的水滴扬在晴空里闪烁，又用颀长的颈子优雅地绕住伴侣，互相梳妆。狐狸和鹰隼潜伏在苍茫之中，那些被撕下的尾羽和断翅随风飘零……

突然有一双手从我脑后伸过来，带着马汗的微醺，带着风的凛冽，像两只大扇子那样贴在了我的耳后，不由分说地为我关闭了世界的音响，只留眼前水与鸟的音频。啊！奇妙的事情发生了——那百鸟的流啭飞鸣，顷刻间被放大许多倍，种种的高歌浅唱像刚刚洗濯过似的清晰亮丽，升腾飞舞，喧闹着整个苍穹。你听，大天鹅的鸣叫时而像射出的金箭一样尖锐，时而像诗人的孤吟一样低沉；无数的凤头百灵，仿佛已被天空融化，在一片蔚蓝中显现凄清的美声，你却看不见它们飞翔的影子；

还有针尾鸭飞翔时“嗖——嗖——”的声音，像是谁在弹拨绷紧的弓弦，而后，水面上便立起无数挺拔的羽尾，搅着一朵朵小浪花，原来是它们扎进水里找到食物，完成了一个优美的倒立；细听，在草丛和芦苇的深处，藏着一部嫩嫩的摇篮曲，叽叽喳喳，无始无终，那是刚刚出壳的雏鸟在向父母要吃食：它们必须在夏天长大，然后跟随父母飞到南方过冬。

大自然麾下，草原母亲的孕期只在这短短的夏季。生，即是万类的尊严，而这尊严，又必须用生来守护！动人的何止这满天的歌唱，更是每一个生命的率性自由、每一个生命的竭尽全力！直到耳后那两只手松开，听觉里“唰”一下注进浩荡的风，鸟鸣在瞬间被冲淡，我才缓过神来。

有一匹四蹄飞扬的红马，撩动白纱般的雾，走进了我的记忆。马背上那个英俊的蒙古族少年回眸一笑，眼睛里装着翡翠般的清澈。

时光如梦。当我在另一个夏天出发，沿滨洲铁路出行，看到了那个小站的站牌——赫尔洪德，已是三十年之后。我念着“赫、尔、洪、德”，身边的同事见状赶紧用蒙语把这个词组重读——那份浑厚圆润是一个诗的意境，我无法用汉语向你描述，只感觉他的口中有一条河，河里滚动着一串玛瑙珠。水走珠转，他说翻译过来就是“黑天鹅栖落的湖泊”。

这个湖消失了数年，近年来天使一般再现，只是湖水尚不丰沛。芦苇荡没有了三十年前的茂密，湿地上只有水雉和小燕雀在啄食。阳光在嫩绿的草尖上抚慰着刚刚回家的季节。我将手挡在双耳的后面静静聆听。

多声部的百鸟合唱没有回来，只听见隔岸的马在打着欢快的响鼻。有一个骑马的人也在听鸟，他像我一样用双手挡住耳朵，捕捉着水上丝丝缕缕的生气。

那是一位神采奕奕的阿爸。他端坐于鞍鞯之上，松松地将缰绳搭在毛呢斗篷的袖边，一开口，便让我听见了他走过的草原。他说：“按草原的规矩本不该坐在马上让客人仰着脸说话，请原谅我的双腿患有严重风湿,已经不能下马为你斟一碗用早上刚挤的鲜奶熬制的奶茶。”

这个历尽沧桑的牧人告诉我,开春时一闻到阳光的味道,城里的夜晚就变长了，梦里就看见羊的犄角和马的鬐毛了，只有回到辽阔的草原,他才能把丢失的岁月找到;只有在马背上,他才是那个原来的牧人。于是他和夏天一起回到草原,他的马每天早晨在轮椅前放低身子,他的儿子把他扶上马背。走到赫尔洪德的岸边,他就苏醒了。

我问了两遍黑天鹅的事情,阿爸的目光才从水上收起。

他说他年轻时看见过黑天鹅,那黑天鹅的羽毛其实是灰色的,并没有白天鹅漂亮。只是个头更大,嗓门更高。当它们张开翅膀鸣叫的时候,把马吓得腿直抖。

他说,那对黑天鹅像两只小船似的,从芦苇丛里划出来,脖子很傲气地挺着。河岸上的猎人看见它们,抬手就开了一枪。一只黑天鹅中枪栽入水中,猎人的狗飞快地游过去,没想到另一只黑天鹅一跃而起,用粗壮的翅膀劈向猎狗的脑袋。那只曾经咬断过四只狼脖子的狗,没叫一声就沉入了沼泽,黑天鹅从此无影无踪。猎人的马发出长长的嘶鸣,猎人慌了,从马背上掉下来,枪也摔在了地上。

后来,雨越来越少,湖一年年地缩小了。

唉,那个猎人太年轻了,他不知道珍重手里的枪。

阿爸陷入了沉默,马站起来,慢慢踱步。我看见云在阿爸的肩头汇拢。

赫尔洪德,雨季开始了。

原始森林中的路

网状的路在原始森林秘境中缭绕。

这里是呼伦贝尔境内，大兴安岭北起点地域，额尔古纳河右岸，中国最大的集中连片、未经生产性开采的原始林区。当我登上长梁北山的防火瞭望塔，顷刻间被扑面而来的壮阔和深远惊倒——阳光明亮清澈，天空剔透到冰蓝色，群山连绵，大河逶迤，植被缜密而华美，犹如漫卷的丝绒跌宕起伏；樟子松、白桦、偃松、落叶松、红松参差葳蕤，斑斓着岁月的深浅。那驼鹿、棕熊、猞猁……种种野性的生命在何处缱绻奔放？万山幽静，百兽归隐，正是天长地久的景象。

我们走来的路呢？它在山林间，像穿梭在丝绒上的银线，细若游丝，时隐时现，纤细得几近虚无。

这片将近一百万公顷的原始森林，得益于远在高寒边地，躲过了大采伐的油锯。一九九九年，大兴安岭北部原始林区森林管护局成立，这片森林从此进入全封闭管护状态，采金、狩猎、打鱼、采山珍者彻底清零，游山玩水之人止步，威胁森林安全的雷击火被全天候监控。因为七个无人区管护站的供给，因为消防部队需要及时抵达火场，因为护林人员需要常年巡山，因为这里每一寸土地、每一棵树、每一种动物都需要安全，路，成了这里不可或缺的命脉。

带领我们考察的是大兴安岭北部原始林区森林管护局的工程师梅玉生。二十多年来，他一年总有三百来天在林子里工作。说到这片原始森林的天气、地质、动植物，他深情难掩，如数家珍，已然将身心融入了森林，或者说，森林已经长在了他的生命里。在我们瞪大眼睛四处寻觅的时候，他突然说“快停车”，并迅速举起了相机——原来，路旁的阳坡山腰，有一头大马鹿在晒太阳，因为饱食了夏季馈赠的归心草和柳树枝叶，它灰褐色的毛皮光泽熠熠，身肢壮硕矫健。它静立着看我们片刻，不慌不忙地走进了林子。马鹿的从容让我有点意外，梅工告诉我，这里的马鹿很多，春季交配的时候可汇集成四十多头的群落。它们每天跨过这条路，去河边喝水。路，让它们见了世面，知道了车和人的存在，也知道了人并不是它们的天敌。

在我看来，世上任何一条路都是生龙活虎的，它走到哪里，哪里就有阵痛，就有巨变。眼下这条路，却不属于那种“走的人多了，也就成了路”的路，它不期望宽阔，拒绝热闹，终年车马稀疏，瞻望着山林，避让着动物，小心翼翼地存在着。走在这样的路上，我们时刻都可以看到人类与大自然和谐相处的细节。

梅工接着告诉我，有一天，他在公路上看见远处横着一大截黑色的过火木，走近一看，竟然是一头熊卧在那里晒太阳。梅工都到了跟前，它却不为所动，轻轻按了下喇叭，它才慢悠悠地站起身，极不情愿地让开了路。传说熊瞎子打立正，这头熊还真的站在路边，行注目礼一般，看着眼前的车离开。梅工说：“你就沿着这条路走吧，可热闹呢。”

一场小雨下过，我们又看到了四只在路边跳跃的狍子，它们遁入林子的身影极具美感，躯体伸直如飞镖，雪白的臀部随着左右跳跃迷炫着追逐者的眼睛。狍子作为食草动物，一生以逃避为功课，据说到了冬季，狍子侧卧在雪地里，把头扎在雪中，只露出一个与雪同色的屁股，就这样保护了自己。现在，它们到路边干什么来了呢？一路上我不停好奇，不停发问。梅工说，不是下雨了嘛，林子里的腐殖层潮湿泥泞，路面却平坦没有积水，太阳出来了，还暖洋洋的，所以公路成了动物们求之不得的小憩的场所。当然，聪明的动物虽然不再害怕汽车和人类，却不会放松对天敌的警惕，它们懂得择机而行，趋利避害，往往能够出神入化地保护好自己。

话题落在这条路上，梅工一连串的故事讲不完——暮霭将至，山间弥漫起黑红色的帷幕。汽车的对面，一对小灯泡般的光点漂移晃动，梅工凭经验知道是个不小的动物。稍近，他看出是一只威风凛凛的森林狼。它向前探着头，龇着牙，满目凶光，发出低低的咆哮，迎面逼视着梅工的汽车。梅工停车，意在给狼让路。狼却站立了起来，高举起两个前肢，分明是在拦路。真是难得的拍照机会，梅工端起长焦相机，狼随即开始亮剑——它像投篮的运动员那样纵身一跃，跳起将近一人高，同时发出高亢的嚎叫。梅工的相机咔咔咔地连拍着，狼继续原地弹跳、嚎叫。天渐黑，那声音在山间回荡着，很瘆人，估计狼的团队很快就会赶来。两三分钟后，梅工拍摄完毕，留下了一连串不可期遇的照片，上车后退，那狼立马偃旗息鼓，跳下公路，进了林子。

我听得心跳直加速——这么凶的狼，你怎么不害怕？梅工一笑说："我知道狼不过是想把我赶走，因为这里是它的领地，我影响了它狩猎。狼也知道我是路过，不会进攻它。"果真，当梅工原路返回的时候，在路边看到了一头马鹿的残尸，看上去刚被狼掏过不久。

貌似亘古的食物链法则，处处有进化历程留下的伏笔。随着环境的变化，觅食的大军立马刷新策略蠢蠢欲动。梅工告诉我，几天之后，他再次经过这里，老远就看到有个团块状的东西，像被抻开的破被似的在路边悬移着，拿长焦相机一看，竟然是五六头野猪在撕拽着那头马鹿的毛皮。狼的剩饭，貂熊尝过，松鸦啄过，现在轮到野猪做最后的饕餮。缤纷的生命就这样在林中弱肉强食，到头来殊途同归，成为万物重生的土壤。

试想，假如这是一条火药气味四溢或者暗设陷阱猎套的道路，森林的故事该走向何方，还会有眼下这略带伤痛的美轮美奂吗？还会有如此物竞天择的绵绵瓜瓞吗？我们见过太多的生态陡变，好在人类也像林中的动物一样，总结了生存经验，悟出了一个道理，那就是必须满怀敬畏，与大自然共生共荣。那种人进草退、路到林毁的悲剧，已经一去不复返了。

伴随着无休止的好奇和感叹，我们继续在原始森林里迂回。梅工的解说亮点爆棚，窗外的森林步步惊心。当一双耳目不够用的时候，手机成为另一个忠诚的聆听者，被我置放在梅工的身旁。我则全神贯注地巡视着车窗外的山林，一会儿为没看清紫貂掠过的身影遗憾；一会儿又忙不迭地喊停车，结果还是看着松鸦和榛鸡瞬间飞远。我像一个小学徒那样，试着揣摩梅工看山的眼光，似乎有了些许心得。当梅工又一次叫停汽车的时候，我也想到梅工肯定会在这个点位停车，猜他是想让我看看路边接二连三出现的石英岩颗粒堆吧？

由于富含金属矿藏，石英岩颗粒堆在阳光下呈现五光十色。其尖顶有一米多高，很像袖珍的埃及金字塔。我以为那是修路剩余的碎砂石，漂亮而已。万万没有想到，梅工告诉我的是一个小小的惊天大奇迹。

说这个奇迹小，那是因为，奇迹的创造者太小，整体不足一厘米，不用放大镜，它的三对肢脚，三节躯体，简直无法看清晰。它那精密到堪称生物芯片的脑袋，也就小米粒大小。它们就是尘土般生存在大千世界里的蚂蚁。

大兴安岭原始森林有红、黑两种蚂蚁，我们遇到的是红蚂蚁，学名应该是褐红林蚁。梅工让我抓起砂石堆上的砂石颗粒拿在手上细看，砂石颗粒中混杂着数只红蚂蚁，它们显然有点惊恐，在我的掌中无方向地乱转着。哎呀!我明白了,这原来是一座座覆盖了砂石粒的蚂蚁巢穴。我的问题来了——是谁用砂石颗粒覆盖了蚂蚁巢穴的表层?是蚂蚁们吗?蚂蚁的社会性结构使之可以做到万众一心,可以造就"一不怕苦二不怕死"的工蚁兵蚁团队,可以托运重于个体身体四百倍的物体,可以呼啦啦地毯般地冲向战场,可以使用铺天盖地的阵仗压倒敌人……蚂蚁一枝一叶垒起来的穴山,一般出现于温暖潮湿的森林腹地,为什么会突然出现在路边,而且鳞次栉比,成群结队,像是一次循序而来的大动迁?如果是蚂蚁所为,那么它们为什么要如此大动干戈地美化自己的城堡呢?即便是一次新蚁王登基,也没必要如此殚精竭虑吧?要知道,从公路上搬动一颗砂粒,运送到路边的巢穴上,很可能需要数以百计的工蚁付出生命。

梅工没有太高的学历,他用勤奋的双脚踏遍林海群山,看到了大风景,也凝视过小生命。我去了两个他安置在林子深处的小房子,那些薄铁皮的小房子简陋狭小,时刻处于蚊虫和猛兽的威胁之中。他说,日夜蹲守才能掌握微妙的森林生态,也是乐在其中。他已经积累了极其丰富的影像资料,不知道他是怎样战胜那些漫漫寒夜和似火骄阳的。

梅工是先从熊说起的。熊是蚂蚁不可抗拒的天敌,蚂蚁身上的蛋白质,是熊身体中脂肪的来源,也是熊冬季抵御寒冷,春天生熊崽必需的营养。熊来到蚂蚁穴堆前,随便一巴掌就能毁了蚂蚁几辈子励精图治建起来的家园,然后,它就左一巴掌右一巴掌往嘴里抿蚂蚁,直至把蚂蚁之国通通装进肚子里的焚化炉。熊来临,相当于蚂蚁国度的天塌地陷。

蚂蚁用砂石颗粒覆盖穴堆,绝不是什么浪漫的行为艺术,事实上,那是在铸就保家卫国的铁壁铜墙。当熊肆无忌惮地靠近这些让它感到焕然一新的蚁穴,立马就尝到了精诚所至的厉害。它傻乎乎地一巴掌,吃进了满嘴的砂石颗粒,砂石颗粒嵌到它多褶皱的舌头和口腔里,咽不下去，又吐不出来……蚂蚁们就这样一剑封喉，让熊绝了念想，从此退避三舍。这个细节，令我当场瞠目结舌，连连赞叹，却又百思不得其解：蚂蚁是怎么发现了路，发现了路面能够提供可以为自己所用的砂石颗粒，进而将其汇集到路边，实施了如此巧夺天工的工程？一条路出现在蚂蚁的世界里，莫不是也像火第一次出现在人类文明史中那样，对进化产生了划时代的意义？

对于聪明绝顶的人类来说，博大的原始森林里形形色色的谜面还有很多。

原始森林中的路和梅工的讲述始终贯穿着同一个主题，那就是，不用处理盆景的方式干预生态，相信大自然的自我调节能力，相信一切都可以自然而然地嬗变或者轮回，正如森林母亲正在收容着一条谦卑的路，渐渐使之成为自身肌体的一部分。

逍遥熊

他告诉人们，那娘儿俩今天没来，昨天也没来，前天来了。

听这话音，他每天都在惦记着那娘儿俩。

大兴安岭北部原始森林，是我国最大的集中连片、自古以来没有经过生产性采伐的原始林区。像惦记自己的孩子一般惦记着那娘儿俩的，是大兴安岭北部原始林区乌玛管护站的护林员。

那娘儿俩是熊妈和它的熊崽。一开始的时候，它们这个组合有三个成员，熊妈带着两头小熊。人们忘不了它们第一次来时的情形。两头小熊栖在瘦瘦的熊妈身上，四只眼睛犹如磨砂玻璃球，乌蒙暗淡。那熊妈波澜不惊，在管护站四十米开外处，看到有人在院子里走动，便慢慢收了脚步，直勾勾地盯着人们半晌不动。那两头小熊顺势滚到母亲的臀下黏附着，寸步不离。熊妈将身子站立起来，抬高头脸，鼻子上扬，做出孔武有力的样子。林区人称动物的此类架势为使厉害，熊妈使厉害，不是要发动攻击，而是意在宣示领地，赶走对方。熊妈认为突然出现在森林秘境里的管护站院落和来往的人员车辆，都是闯入自己家门的入侵者，这一点和人们认为熊是闯入人类世界的不速之客极其相似。护林员退进屋内，从窗户看着熊妈又背上小熊，进了院门，走到垃圾桶前，放下它的孩子，一巴掌打倒垃圾桶，扒拉出一些残羹剩饭，并自己做示范，让小熊学着吃。护林员越发感到这个熊组合很像人世间相依为命的单亲家庭，便心生了一重怜悯。

管护站的食堂开伙，让隐于林中的熊闻到了一种史无前例的气味，这气味既不同于偃松籽的幽香，也不同于蓝莓红豆灯笼果的芳香，更不同于细鳞鱼和小松鸡的生猛腥膻，这是一种繁复的、多变的、百味杂糅的引诱。大兴安岭森林的棕熊，俗称熊瞎子，它们的眼睛近视加远视，偏偏鼻子进化得超级灵敏，只要有一次触及某种气味，三公里之内立马辨识无误，甚至，可以区分出几个猎手的不同气味。假如人们在一块鹿肉的中间放上一颗子弹，它们是绝对不会来吃鹿肉的，因为它们记得子弹在山林间炸裂的气味。诸如此类的故事，在早年的狩猎部落妇孺皆知。熊妈很瘦，一个冬眠和哺乳接续的冬春，耗尽了它原本肥厚的皮下脂肪和内脏脂肪。没有人知道它们是被气味吸引还是蓄谋已久，反正说来就来了。有了第一次，就有第二次，就这样隔三岔五，从春到秋。护林员要是隔几天不见它们，心里还觉得空落落的。

护林员隔窗注视着熊妈熊崽，对它们不伤害、不驱赶、不靠近，每每相安无事，每天的剩饭里自然免不了加了些恻隐之心，比如快要过期还没过期的饼干、方便面，要烂还没烂的蔬菜，本来可以回锅炖炖的筋头巴脑之类的食物，皆尽所能，早早就放在门外。熊妈熊崽不慌不忙地来吃，吃完了闲庭信步似的离开。一旦食物不足以填饱它们的肚子，它们便原地徘徊，流连忘返，在管护站的柈子堆、汽油桶、垃圾桶跟前嗅来嗅去，还不时发出撒娇似的低吼。于是，人就会从窗子里往外投食，直到它们心满意足。管护站的几条狗，会看人的脸色，也是畏惧大熊妈的威慑，见到熊光临，立马随主人躲进室内。

人就这样把熊惯坏了。护林员去瞭望塔巡山了，小熊崽扒上窗台就往厨房里钻，并随地排泄，大熊妈横冲直撞进了屋，甩开膀子乱翻，哪有香味往哪里扑。那情景，要不是有视频为证，简直令人不敢相信。

熊妈和两头熊崽渐渐肥实了起来，它们的毛皮泛出黑褐色的光泽，胸前的“V”形白毛图案更加鲜明，颈部的毛尖支棱着，像是夏季长势良好的松针。轮流值班的几个护林员，在这个熊组合的身上找到了一种成就感，每当有山外人来，就滔滔不绝地推介这娘儿仨。他们从各种角度拍熊的照片，每天和这三头熊的信息一起在朋友圈里疯传；一来二去，竟然拢了一个爱熊群，里面天南地北的熊信息络绎不绝。人们走进管护站大院，扑面而来的就是宣传栏上熊妈和小熊的头像，不知不觉间，这个熊组合成了乌玛管护站的LOGO。守卫在额尔古纳河畔的边防战士，森林公安派出所的干警，森林防护、应急消防部队的官兵，写作者和摄影家，不管谁到了这里，都要问一声——今天它们来了吗？

虽然成了常客，但是看到院子里人多车多，它们是绝对不露真容的。看不到真身，人们就围着熊组合的大照片议论纷纷。人的兴奋，与熊无关，虽然从前它们在河水中也见过自己的形影，或许懂得那就是自己，或许并不知道那是何物，当它们第一次在宣传栏上看见自己的大照片时，有点惊喜，又显得莫名其妙。熊妈直立起身子，熊崽也学着母亲的样子直立起身子。熊妈用鼻子到宣传栏上去闻，小熊也跟着往前凑。后来事实证明，熊从此有所顿悟——人类布置的场景，总是出乎意料，不在常理之中。

只要填饱了肚子，熊便会果断离开。护林员追着它们的背影，望见它们在小河里喝水，围着管护站的房子跑马圈地，在林中的小路上留下脚印，在潮湿的空气中释放臊臭的尿液，在樟子松树干上蹭皮，蹭下几缕乱毛，往灌木丛里一钻，就没了踪影。

人类投之以桃，熊没有半点报之以李的意思。一次，护林员拿着照相机尾随着熊进入了森林，其目的无非是想抓拍些熊在森林里谋生的镜头。熊发现了他，翻脸如翻书，刹那间耳朵后挺，前爪啪啪拍地，上下牙使劲磨出咔咔的声响，仿佛嘴里要喷出火花。那意思人看懂了——你要是敢越雷池一步，我就拍了你！护林员只好放下相机，慢慢后退。两头熊崽，这当口正在熊妈的身后嬉戏翻滚，熊妈看了它们一眼，消了气，领着它的孩子，爬上一片石砬子，左拐右绕遁入了林子。不清楚这熊妈的年龄，但无疑是个有经验的，它懂得石头上不会留下脚印，这样才不会把人引到自己栖息的位置。

保护孩子时的母亲胆大心细，不可战胜。动物行为学家珍妮弗·L.沃多琳，以一个母亲的视角，披露了熊妈的秘密。原来熊妈怀孕期间，胎儿的细胞可以通过彼此相通的血液进入它的身体，并且永远存活着，循环着。所以，母亲其实是孩子生命的一部分。这种情形几乎发生在所有胎盘动物的生命中，人类也忝列其中。一旦孩子的生命信息在母亲的身体里慌乱恐惧起来，即刻成为点燃其母性多巴胺的导火索。护林员知道，熊一般情况下不会主动伤人，遇到熊，最危险的动作就是试图靠近它的幼崽。

熊妈和它的孩子，出现在护林员的镜头中。它们的背影轻松且逍遥，熊妈丰腴的臀部有节奏地弹奏它脚下的土地，小熊的腹背上沾染着松果和蝴蝶。在自己的家园里，它们是那样率性天然。大兴安岭北部丛林的棕熊几乎没有天敌，森林狼、猞猁，都视其为庞然大物，避之不及。母熊带领它的孩子，从早到晚只做一件事——觅食和吃食。

在人类放下猎枪之后，能戕害熊的只剩下它们的同类。孤独而艰辛的熊妈，自打把那三两个巴掌大的、粉红色的孩子分娩到馥郁寒冷的林间，它的鼻子的另一种功能就开始周期性启动，警惕的对象是前来求偶的公熊。熊妈在生育后的两三年里，不会因为任何雄性荷尔蒙的勾引而迷乱心志，它固执地庇护着孩子，激烈反抗雄性的缠绵悱恻。尽管我们还没有看到哪个文献提供这样的答案——母熊因为哺乳而停止发情。我们从母熊身上所看到的，是形而上的光芒。它们如此圣洁、坚毅，呕心沥血，舍生忘死，只为把自己的孩子喂饱护好，教它们采摘、狩猎、捕鱼，直至崽宝们离开母亲领地以后，能够自食其力，从容地应付布满风刀霜剑的丛林生活，从而保证物种的基因代代永续。说来也是有点凄然——即使某一天母子重逢，它们也是行同路人，没有丝毫的亲昵之举，熊的辞海中没有"老母与子别，呼天野草间"这样的诗句。

从人类文明的眼镜后面看原始森林，到处都不可思议。公熊来了，带着冲腾欲喷的力比多烈焰，其攻略步骤是先杀死熊妈身边的小熊，断了熊妈护崽的念头，然后实施播种，以延续自己的基因。恰恰熊妈老远就嗅出了端倪，做好了决一死战的准备。结果不是公熊落荒而逃，就是小熊惨遭厄运。失去孩子的熊妈会疯狂报复，哪怕在厮杀过后以失败告终，也不会低下气势汹汹的头，更不可能仓皇地俯就顺从。熊妈的伤痛会变成刻骨铭心的记忆，为了报仇雪恨，它有可能坚持一生。而貌似器宇轩昂的公熊，除了在欲火中烧的那些天里，极尽翻身打滚秀肌肉之能事，奋力追逐母熊，一辈子独自浪荡，吃饱了就睡，像极了某些无情无义无责任感的男人。交配完毕，它便远离熊妈，从来就不知道什么是子嗣血亲，何为父亲，与公狼守着母狼坐月子的侠骨柔肠比起来，更是显得猥琐蒙昧。

乌玛河宽阔清澈，静水深流，缓缓向西，是大兴安岭山谷中的一条翡翠色长龙。乌玛河北岸是陡立的山坡，无论冬夏，阳光的手总是抚摸着坡上丝绒一般的矮草灌木，是动物晒太阳的首选之处。护林员在坡上拍照，河谷景色尽收眼底。突然，熊妈出现在他的视线里，此时它正在浅滩抓鱼，回眸间闻到了护林员的气味，按道理它应该觉得司空见惯，此刻却反常地慌乱至极，连刚到手的鱼也抛在了地上，一个熊奔，就往山坡上爬。山坡很陡，七八十度的样子，只见熊妈不是在爬，简直是在蹿！平日里笨拙夯重的躯体，竟然变得无比敏捷神速，直冲着人就来了。护林员看得目瞪口呆,幸亏及时回过神来,转身就逃,到远处爬上一棵树,用长焦相机一调,看见已经上了山的熊妈,并没有追过来,而是迅速扑进灌木丛中——原来那里藏着一个熊崽,而另一个熊宝却不知道哪里去了。

等到熊组合再次出现在管护站,娘儿仨变成了娘儿俩。于是,护林员伴着久久的哀叹,送上与日俱增的福利。这娘儿俩此后的生活支点,便是张大嘴巴,承接从天而降的馅饼。它们大腹便便,百无聊赖,终日在管护站附近闲逛。人类的悲天悯人,与动物的生存欲望,就这样莫名重合。

后来,防不胜防的雷击火引来了一场森林火灾,当所有动物望风逃命的时候,各路应急灭火队伍迅速云集,把车辆和补给置放在乌玛管护站之后,全员投入火场。那要吃要喝的娘儿俩,依赖于灾难的后方不仅安然无恙,反而更加肆无忌惮。它们来了,径直上了应急部队的宿营车,委实忙得不亦乐乎,把所有的物品食物通通舔舐一通,按着熊瞎子劈苞米的模式,拿起眼前的,丢了手里的,后来不知道是用手还是用嘴,打开了白酒瓶子盖,并连连豪饮,果然是酒壮㞞人胆,熊妈栽在消防队队员的行军床上,进入春秋大梦,一时间鼾声如雷。那头熊崽,也喝得趔趔趄趄,直翻白眼。消防员昼夜辛苦,回到防护站,面对此情此景也是无可奈何,只有退避三舍,直到大熊醒来,毫无歉疚地离开了事。

领导说,百年大计,安全第一。不久,人们给管护站的围墙和窗户安装了铁丝防护网,以这样的方式宣示这里是自己的领地,不可僭越。

管护员的朋友圈里,熊的视频和照片越来越多了,那些熊的影像千姿百态,妙趣横生。终于,护林员认出了熊妈,他先是发现了这头熊的眼线上叮着两只可恶的草爬子,细看,那眼神好不熟悉……

黄狗谢尔的孩子们

我到呼伦贝尔草原深处的狼岛采访，犹如走进了一个奇异的故事。

狼岛主人阿巴嘎赛罕收养了七十多只狼，同时养了十几只狗。狼岛最老的狗，叫谢尔。“谢尔”在阿巴嘎赛罕的母语里是黄色的意思。谢尔是一只金黄色的大母狗，它身宽体胖，奶水丰沛。两年前，阿巴嘎赛罕救助了一只狍子崽，取名叮当，还收养了一只小狼崽，叫正月儿。阿巴嘎赛罕看谢尔正给它的一只狗娃娃吃奶，其他的乳房都鼓鼓地闲着，就试着让叮当和正月儿去吸吮，没想到第一次就成功了。太阳暖暖地照在草地上，谢尔侧卧着身体，抬头看着怀里的三个孩子——一只自己生的狗娃娃、一只捡来的小狍子、一只虎虎有生气的小狼崽，那眼神使人想起草原的老额吉看着咩咩叫的小羊羔。

谢尔的这三个孩子一直都没有断奶，它们到了能吃其他食物的时候，仍然要挤进谢尔的怀里找奶吃。谢尔很喜欢它们的取宠撒娇，它在草原上走着走着，遇到这三个小家伙就停下脚步，卧下身子……谢尔乐此不疲，结果这一奶非同胞的三个小动物朝夕相处下来，竟如手足兄弟一般亲近。小狼从不侵犯小狍子，小狗要是见到谁想欺负小狍子，一准出手保护。后来它们渐渐长大了，各自率性而为，互相之间却保持着一种叫人难以置信的友谊。小狍子叮当每天到林子里觅食嬉戏，早上像闪电一样跑出去，傍晚像小鸟一般飞回来，好像懂得家中有妈妈和兄弟姐妹等待着它。阿巴嘎赛罕给叮当戴上一条红丝巾，这样周边的人们就知道了它有主人，不敢猎杀它；小狗妞妞和小狼正月儿，仍然在一起不分开，它们在狼岛游荡，彼此从来不打架。它们渐渐长了本事，每每咬死野兔子和狐狸，便一块叼回来邀功请赏，也为狼圈里的狼提供一餐美味佳肴。有一天，它们看到阿巴嘎赛罕在岸边用抄网捞水耗子，突然之间就悟出了什么。这两个小家伙不由分说就下了水，一会儿就给阿巴嘎赛罕捉到十多只水耗子。阿巴嘎赛罕捉水耗子是为了喂狼，可是狼圈里的那些狼，自从被收养到了狼岛，就忘记了什么是饥肠辘辘，它们看了看满地乱爬的水耗子，没有食欲，漠然置之。

谢尔老了，睡着睡着就死去了，像一个积德行善之人安然逝去那样，事先没有一丝预兆，也没有一丝痛苦。阿巴嘎赛罕在山坡上挖了一个深坑，把谢尔埋葬了。第二天，那个墓坑被扒开了一层，阿巴嘎赛罕一看旁边的脚印，就知道是怎么回事了。他坐在远处抽着烟，果然看到了妞妞、正月儿的影子，它们没有办法挖出自己的慈母，就无奈地冲着墓坑一个“汪！汪！”地叫，一个“嗥……嗥……”地嚎。这声音把狍子叮当从林间唤了过来，它支棱着两只耳朵，两条细脚伶仃的长腿插入被翻出的泥土，痴痴地站立着……阿巴嘎赛罕面对这情景看不下去了，趁着夜晚，他把谢尔取出来，装在一只麻袋里，放在河里水葬了。结果第二天，妞妞和正月儿，还是凭着气味寻到了河边，它们找不到谢尔在哪里，就站在河边惆怅地向远处张望，很久很久才失望地离开。此后好长时间，它们每天都这样来到河边等待自己的妈妈。

现在，小狗妞妞和小狼正月儿都成年了。妞妞当了母亲，也和谢尔一样，敞开胸怀接纳所有幼小的生命，付出乳汁和博爱。小狼正月儿的野性越发不可遏止，学会了抓鸡，还学会了袭击不认识的小狗崽。再也不能由着它四处撒野了，阿巴嘎赛罕把它送进了圈养着十六只草原狼的大圈。与圈里那些狼一比，散养长大的正月儿的强悍就不用说了，几个回合下来，便把圈里那些少年狼收拾得服服帖帖。它那油光铮亮的毛皮，矫健轻盈的身体，好不漂亮，总是让人眼前一亮。于是参观者开始叫它“美丽”。美丽！美丽！这个野性未泯的美丽，以狼王的霸气君临天下，将自己的狼群变成了众志成城的集体。每当星光如水的夜晚，美丽仰天长啸，一石激起千层浪，随即狼岛上长嗥四起，偶尔有野狼寻声而来：它们是来寻觅失散的伴侣或孩子的。这时候，阿巴嘎赛罕便敞开圈门，任由它们相认，可是结果并不如人意，不仅不能让狼岛收养的狼返回荒野，反而留住了那些寻亲者的脚步。因为草原狼生存的环境太窘迫了，可食用的小动物越来越少，人类的威胁又无时不在，野狼便认为狼岛是一个有吃有喝的庇护所，最终纷纷归顺到美丽的麾下。由于参观者络绎不绝，狼美丽的名字随着呼伦贝尔大草原一起名扬四海，现在世界上只有阿巴嘎赛罕一个人还叫它正月儿。

我向阿巴嘎赛罕要求看看叮当，阿巴嘎赛罕说：“现在狼岛来的人太多，它藏起来了，不到晚上不回来，我得喊喊看。”阿巴嘎赛罕领着我们进入了树林，他开始呼唤：“叮当……叮当……叮当……”可是当我们穿过湿润的草地，拨着树枝走出好远，叮当始终没有露面。阿巴嘎赛罕说：“叮当看到生人就不听我的了。你们坐一会儿，别走动，我把它们带来。”

它们是谁？

不一会儿，阿巴嘎赛罕手牵着美丽、领着妞妞一起来了。他说：“你们到树后面别动，我让它俩帮忙，把叮当给你们引过来。”接着，阿巴嘎赛罕喊了一声“叮当……”，妞妞和美丽马上心领神会，朝着偏东方向，一边叫，一边前行——它们应该是根据气味找到了叮当大致的方位。阿巴嘎赛罕跟着它们，边走边采摘了两把红彤彤的山丁子果，嘴里继续呼唤叮当。果然，叮当的红丝巾在绿树丛中一闪，童话一般出现了——这个大自然的造物，煞是玲珑可爱！食草，惯于飞跑，使狍子腰身紧实颀长，四条腿发育得极其利落轻盈。此刻，我感觉要是给它一对翅膀，它定能如风如影般飞起来。阿巴嘎赛罕一边给叮当投着山丁子果，一边往后退。最后，叮当、妞妞、美丽、阿巴嘎赛罕相聚在一起，渐渐走出丛林。晚霞落在它们的身上，它们的影子被橘红色的光芒摇动着，构成一幅温馨的油画。我和助手蹑手蹑脚地跟在它们后面，大气不敢出一声，一点点往前靠。谁知鬼精灵的叮当突然一回头，看到了我们。它一愣，即刻掉头跃于草上，四蹄若绿海之桨飞速划起，不留一丝涟漪，瞬间不见了。我多次见过狍子，不是在动物园，就是在博物馆，在原生态的山野里与之相遇，还是第一次，始知只有在自由的天地间，野兽之美才会呈现出无比的魅力。

后来，一个摄制组看中了狼岛的故事，想以万物和谐为主题拍一个视频短片。他们动员阿巴嘎赛罕带着谢尔哺育长大的三个小伙伴出镜。那天，碧空白云，牛羊遍野，还有一辆越野汽车在画面里奔驰。当阿巴嘎赛罕一松手里的绳索，叮当立马掉头就跑，转眼没了影；那美丽，不仅没有展现野性的凶猛，反而躲着羊群，好像遇到了妖怪，这时汽车开来，它竟然追着汽车跑起来。它并不怕人，也不怕汽车，因为每天见得太多，而狼岛上是没有羊群的，羊群对于它来说，不是食物，而是庞然大物。那妞妞，在阿巴嘎赛罕身边蹲着不动，一脸的懵懂。

到了晚上，美丽像一只狗似的蹲在狼圈的门口，等着有人给它开门进圈；那叮当呢？只见红丝巾一闪一闪的，它正在一群鸡当中跳跃，似乎十分开心。

它们只属于阿巴嘎赛罕的狼岛。

在呼伦贝尔的雪中

夜里，大雪像纷纷扬扬的故事，在长长的默片里不停地讲着，把整个早晨塑造成梦境。寒冷的呼伦贝尔，无雪不冬。雪是新年的盛典，在元旦至春节这段日子里，高潮迭起，意境全出，扶摇万里与云平。

我赶紧收拾停当，驱车向草原深处进发。我要在护鸟志愿者周晓亮的引导下，去看一只与人和谐相处的雪鸮。

下了高速公路，眼前便没有了路。仿佛是"走得人多了"中的第一个，我加大油门，沿着一个白馒头似的山丘向上爬。汽车雨刷跟不上蜂群扑面般的大雪，真想拥有火眼金睛，将眼前迷障一扫而光。

只见原来馒头一样的缓坡，竟是如此陡峭，我的车挂在60°的坡上，四个轮子被歪斜的碎石垫起来，车体就像一块突兀的岩石，随时可能被风推翻。下车看看前头，离山顶不远了，而山顶是一片平地。我想起一句话——往往有利的情况和主动的恢复产生于再坚持一下的努力之中！我做了三次深呼吸，镇定下来，转身上车，一踩油门，果然就上了山顶。事后想想，我不由得给自己点了个赞；再一想，又很是后怕。

站在山顶四下一望，看到的除了雪，还是雪。雪在我脑袋四周旋转，落在我的睫毛上，融化了又凝结成冰粒，人好像正隔着汉武帝王冠的流苏看世界。世界这是怎么了？没有光芒，没有云朵，天像严守秘密的长者一般苍茫着，甚至都看不出哪里的阴云重一些，哪里的阴云淡一些。山下的高速公路，刚才还是一条灰色的线，现在已经消失在大雪中了。我留下的车辙，近处深陷在雪窝子中，远处已经被掩埋，回家的路需要重新开拓。看不到远方的风景，看不到近处的白桦林，我感觉自己是在一个无形的蛋壳里，这个蛋壳很大很大，大到无极，也很小很小，就像一床白被将我紧紧裹着，让我窒息。

大雪漫漫，天地浑然，没有四面八方，没有古往今来，没有一片叶芽吱吱扭扭地破土，没有一道彩虹将板结的云割出缝隙。汽车显示屏上的时钟，此时无奈而徒劳。在一个凝固的世界里，时针没有什么意义。标本在真空里如此，文物在深土里如此。

我把车开到山坡后面的避风之处，这是我夏日常来静坐的地方。记得山下是一片成熟的麦浪，恰似翠中之翡。麦田之外，一碧千里，地平线犹如无数耸动的马背，绵延到天际。城市处于其中的某一个弯度里，上面升腾出一层淡墨色，时刻被周边的碧蓝洗涤着。高速公路优雅而流畅，人马车辆，络绎不绝，使人想起觅食途中的蚂蚁团队。

我伸出手，掌心雪化，冰水冷涩；我张开双臂，虚怀若谷，感恩天地之悠悠。我的呼伦贝尔草原，仿佛从未有苍鹰飞过，从未有马队走过，无边无际，无声无痕。会当在此时，会当在此处，遐想鸿蒙之始。

为了来看雪鸮，我重读了这场雪。

雪鸮在哪里？周晓亮向我挥舞起红围巾，我终于在大雪里找到了他。他很自信地告诉我——雪鸮每天准时莅临。

一切是如此美好——来自北极冻土带的珍稀大鸟雪鸮，把呼伦贝尔草原当成它们的三亚，把护鸟志愿者周晓亮认作长生天派来照顾它们的亲人。

我走向麦地，那里是雪鸮喜欢的地方，周晓亮在那里给雪鸮立了一根桦木杆。

或许雪还是不够厚，旧年割过的麦秸根在雪里露出头，无畏地挺立着，如当年成吉思汗的金箭镞。我把它们踩倒了，它们就那样倒着，再也站不起来。它们的心里大概正想着风，风可以让它们回到那金黄色的群里。就在低头看的那一刻，我发现麦秸根旁，有丝丝白汽冒出来，细看，雪上有香烟粗细的小孔，白汽就是从那里冒出来的。我拂去浮雪，发现了一个惊天大秘密，冬眠的呼伦贝尔草原，以其独特的方式醒着！雪下面是一个更大的洞口，比自拍杆粗些。洞口上面有纵横的麦秸覆盖，这伪装堪称独具匠心，既透气，又防雪，还隐蔽。

我知道了，这是草原豆鼠的洞穴。草原豆鼠乃啮齿类小动物，在呼伦贝尔草原随处可见，俗称大眼贼，食植物种子为生。它们往来于地上地下，会松动土壤，让牧草长得更好。它们的洞穴，精致如人类家园，有储存过冬粮食的仓库，有专门的厕所和起居室，一窝为一家，父母加若干孩子。它们生活在厚土之下，如果有谁洗劫了它们的家园，它们会集体离穴，纷纷把脖子卡在草木的枝杈上自我了断。我停止了脚步，因为我知道周边还会有这样的洞穴。

虽然草原需要豆鼠，但不能让它们泛滥成灾，它们的洞穴密度太大就会导致草原沙化。雪鸮是草原豆鼠的天敌。呼伦贝尔向北，是西伯利亚和北极圈，在那大片的苔原和荒野上，雪鸮和各种猛禽，以吞噬的方式控制着鼠类种群，成为土壤和植被的捍卫者。

周晓亮指给我看，一只雪鸮悠然而来，不慌不忙地驻足在桦木杆上，昂首挺立，神色淡定，像一个目下无尘的巡视大员。它的眼球不会转动，它的超级武器是脖子和耳朵。它的脖子可以旋转 270°，耳朵隐藏在眼睛后面，靠鼻翼上浓厚的绒羽传导各种声音，甚至土层下极细微的声音也不会被它忽略。此刻，草原豆鼠若探头，一准难逃它飞快的利爪。

这是我第一次看到雪鸮，不由惊叹大自然的鬼斧神工。真是太美了——雪鸮七十厘米左右大小，羽毛灰白相间，花纹简约；那双翅膀婀娜而刚健，使之在起飞、滑翔、降落、栖息的时候，忽而像巨大的蝴蝶，忽而像逆浪的飞鱼，忽而像长臂的银鸥，忽而像强悍的鹰隼……

雪鸮是唯一白天活动的鸱鸮科猫头鹰，生就一张圆圆的娃娃脸，鼻子被白色的须毛盖住，只露出半个尖尖的喙；眼睛不同于其他鸟类，长在脸正面，像透明的琥珀珠，根据朝向的变化呈现不同的颜色，可以看清一公里之内的各种猎物，很是魔幻。雪鸮的表情有时喜悦，有时甜美，有时严肃，有时呆萌。所以人们看到它，自然而然地想起婴儿，身体中会悄然分泌慈爱的多巴胺，真想把它抱在怀里爱抚。

雪鸮华丽现身，在我置身的无形蛋壳里划过。看着它的翅尖，我找回了天和地的边界，重新获得了视野。根据它飞翔的流线，我知道了微风尚在，因为雪鸮是逆风起飞的。雪鸮并不喧闹，然而它起起落落，一会儿在树干上金鸡独立，一会儿贴着地面盘旋，一会儿又腾空跃起，借助自然的力量收放自如，每一个动作都是千古弥坚的舞蹈，让迷蒙的大雪变成辽阔的舞台。

不知何时，雪渐退，风乍起，阳光开始在雪原上拂荡。呼伦贝尔草原如梦初醒，瞬间红装素裹，风景焕然，到处栩栩如生。

周晓亮告诉我，那是在三年前一个冬天，他在雪原上看到一堆大鸟的羽毛，他接着寻找，发现了一只死去的大鵟。接着，他又发现一只雌雪鸮挂在附近的铁丝网上，正拼死挣脱。他救助了这只雌雪鸮，猜想那些雪原上的羽毛很有可能属于它的配偶。那只雄雪鸮在狩猎的时候吃了中毒的豆鼠，又被大鵟吃掉，导致了大鵟之死。从此，周晓亮开始了矢志不渝的护鸟之旅。

今冬他发现的雪鸮是一对夫妻。一只雪鸮每天需要三十五只仓鼠，如此食量才可以保持体力。雄性雪鸮捕猎能力很强，生存不成问题，而眼前这只是雌性雪鸮,却经常食不果腹。周晓亮每天给这只雌雪鸮投十只活仓鼠,让它保持饥饿状态,从而保留捕猎的愿望。在这片雪地上,周晓亮和雪鸮每天如约而至。周晓亮每十分钟投出一只仓鼠,当夕阳西下,雪鸮吃掉十只仓鼠,便飞到周边狩猎。它吃嗟来之食,但没有被宠爱出依赖。雪鸮晚间藏身于附近的湿地,立在草墩子上貌似不动,看上去就是草墩子的一部分,没有谁知道它正眼观六路,耳听八方。

雪鸮的名气大了起来,周晓亮为了它不受猎杀,在不远处的牧民家里住了下来。夜里,星月通明,弱音如罄,周晓亮经常在气温低于-40℃时起来瞭望四野,他说:“我的耳朵也成了雪鸮的耳朵,十里之内的汽车声完全能把我叫醒。”

摄影家们爱上了这只雪鸮,而在雪鸮眼里,他们手持“长枪短炮”的架势无异于鬼子进村。雪鸮胆小而机警,如果周晓亮换了衣服,即使是给它投食,它也会吓得远远躲开。于是周晓亮在雪地里用白布构建了掩体,让摄影家透过小视窗拍摄,果然雪鸮从容自在,摄影家照单全收。

周晓亮说,一旦大雪消融,雪鸮就会返回故乡,在北极圈苔原产卵孵化,进行新一轮的繁衍生息。它们一窝孵化出十二只雏鸟,往往所剩无几,弱者或被天敌吃掉,或因饥饿而死,或被父母无情抛弃,凡此种种,皆属物竞天择,凉热环球,本同一理。呼伦贝尔的冬天,是雪鸮世世代代的冬日港湾,对于雪鸮来说,这里温暖、丰饶、吉祥;对于敬畏自然的呼伦贝尔人来说,雪鸮是每一个人的心肝宝贝。周晓亮让我给这只雪鸮起个名字,我就叫它雪孩儿,因为它是在呼伦贝尔大雪的庇护下度过冬天的。现在,雪孩儿已经成为集万千宠爱于一身的网红。

天空蓝得如翻过来扣在人头上的大海,太阳在大海里穿梭,几块碎云像斑斑的金银,厚重而辉煌。雪孩儿的翅膀抖落绚烂的光晕,再一次冲到天上的海里,晴天雪徐徐而落。

当我回到家里，才发现自己的靴子已经和裤脚冻在了一起，脸颊和手上出现轻度冻伤。桌子上的玫瑰含苞欲放，窗外的雪浓重了许多。有一只白色的大手拈花一般，再次抹平大地的嶙峋。

呼伦贝尔，万物安然。

羊群中的一只雁

春天深了。

它感到包裹着自己的壳渐渐开裂，就像绽放的蓓蕾，把花蕊送进了阳光，它来到了一双轻轻捧着的手掌里。那手掌芳香温暖，扶掖着它羸弱的身子。后来它眼前那层湿漉漉的翳随之消失，浑身绒毛渐渐蓬松起来；脚有了支撑起身体的力量，那一双手掌便轻轻张开，将它放在了无边的草原上。

它第一眼看到的是一双移动在草地上的皮靴，靴头上沾满了露水和奶渍；在靴靿旁，紫色的蒙古袍边轻轻拂动。这是大雁的一种天性，它们忠于自己的第一眼，永远跟随着第一眼看到的那个人。当然它们第一眼看到的往往不是人，而是耗尽一生的热量，轮番将它们孵化出来的雌雁和雄雁。它虽然不幸，没能诞生在父母羽翼之下那温暖的巢中，但不幸中的万幸，诞生在一个草原母亲的手掌中。

它摇摇晃晃地跟在这双靴子的后面，走向草原。它的身前是墨绿的天边，身后是飞动的彩霞，那宽大的紫色蒙古袍，总是替它遮挡春寒。它听见人们这样呼喊“阿妈——葛根阿妈……”于是它认定自己就是葛根阿妈的孩子，它不知道自己是一只雁。

它的旁边是一群来自春天的小羊羔，它们的母亲把它们产下以后，由于刚刚生养过的身体亟须营养，被放牧到远处觅食鲜嫩的牧草去了。这些嗷嗷待哺的羊羔由葛根阿妈照看。阿妈一只一只把羊羔抱起来，用婴儿奶瓶喂它们奶吃。它们也和小雁一样，以为阿妈就是它们的母亲。所以草原上有了一幅移动的画——葛根阿妈那紫色的身影后面，跟着一群雪球般滚动的小羊羔，还有一只浅褐色的小鸿雁。每当太阳在东边的云霞里露出一道金光，阿妈打开羊羔圈的栅栏，小羊羔就开始“咩……咩……”地叫起来，还不时地用它们的小脑门拱阿妈的靴子，撞阿妈手里的奶桶。

小雁的身子还很矮小，两只脚蹼还没有完全舒展开，双腿又很细，走路的样子像个不倒翁，老是被队伍落在后面。不过它已经习惯了，阿妈从奶桶里舀出来的奶汁，丝毫不能引起它的食欲，它看着那些羊羔急吼吼的样子，显得很淡定。它不急，它知道最后一个是它，阿妈的蒙古袍胸襟里，有油汪汪的草籽和香喷喷的面包屑，那才是它渴望的食物。吃饱了，它便有了闲情逸致。比如，把草地上的小蝈蝈和羊粪蛋什么的叼起来，甩着颈子抛出去，然后发出咯咯的鸣叫；比如，钻进哪个羊羔肚子底下叼住一绺卷曲的羊毛，让羊羔拖着它在草地上滑行。如果哪个羊羔胆敢用小蹄子踢它，或者不管不顾地从它身上踩过去，阿妈就会伸出手来，嘴里说着“可怜呀，哎呀啊……”并把那些羊羔打一巴掌赶走。所以小雁的日子过得不错，饱食终日，无忧无虑。它不知道自己是羊群中的一只雁。

从春天到夏天，换过羽毛的小雁长高了，那丝绸质地的身子变得粗糙了，肩上油汪汪的羽毛竟长成了草茎般挺立的雁翎。它时不时张开双翅，像一个正在热身的跳高运动员那样奔跑起来，只差漂亮的一跃，它就可以成为一只真正的、高高翱翔的雁了。有一天，阿妈去小卖部买砖茶，走到那条浅浅的小河沟跟前，身后的团队乱了套——小雁突然间扑在水上，也不知道是飞还是凫水，扑扑腾腾地过了河。小羊羔受了传染，一连串地往小河对岸冲，结果全部陷入了河底的泥泞，东倒西歪地往外拔着身子。阿妈没心思去买砖茶了，也顾不上靴子里面进了水，赶紧去捞它们。而往常，这个羊与雁的团队总是很乖，会在河边安静徜徉，等待阿妈返回。

小雁发现了水的妙趣，不停地在小河两岸飞过来跳过去，开心得像波涛中的一朵浪花。阿妈倒掉靴子里的水，拧干了蒙古袍的裙裾，把小雁双手捧起来，嘴里说着："可怜的，我明白啊我明白，地收留你的影子，天收留你的翅膀，哎呀啊，说走就走吧……"她冲着河流一扬手，把小雁高高地抛向空中，小雁果然像一只雁那样展开了翅膀，向着芦苇丛的方向飞翔起来。可是它的翅膀，毕竟没有拍打过高高的天空，软软地像两条马尾，随风散乱；它的头颈竟然是缩曲的，不知道伸直，以最小的受力点引颈向前；更吓人的是它的两条腿，居然不能收拢于腹下，而是悠悠荡荡地在空中垂吊着。它很快就像一架耗尽电池的玩具飞机那样跌落了下来，好在它知道展开翅膀抵抗地球的引力，没有摔得头破血流。它落在阿妈的靴子前，踉踉跄跄地站不稳，连忙用那尚未坚硬的喙帮忙，拽住阿妈的袍子襟，活像一个出去淘够了气，跑回母亲跟前撒娇的孩子。它胆怯地收拢翅膀，把整个身子偎进阿妈的蒙古袍下，紧紧地守候着这份归属感。

它不知道自己是一只雁，它不知道自己从哪里来。

葛根阿妈知道它从哪里来。但是阿妈不愿意说，因为说起小雁的来历，太阳就会从她眼角的皱纹里看见亮晶晶的眼泪。

呼伦贝尔大草原，碧水回环，芳草萋萋。阿妈的家门前，就是一片芦苇覆盖的湿地。这湿地的深处是一条饱满四溢的河。这条河来自中蒙边境的贝尔湖，流进呼伦湖，一路留下数不尽的小湖和沼泽，给了游牧人家水草丰美的牧场，也给了冬去春来的大雁、天鹅等候鸟一个繁衍生息的家园。年年岁岁，人与万类生灵在此逐水草而居。一春一夏，雁群从遥远的南方飞来，在芦苇丛中做窝孵化，然后栉风沐雨，每天打食哺雏，直到雏雁出窠，便一家家辟出各自的水面，教它们的孩子滑翔试飞。到了秋高气爽的时节，雏雁长大，羽翼丰满，具备了远行的能力，一家家的雁又在天空汇集，排成“一”字或者“人”字的队列，飞向温暖的南方过冬。

每天早上一推开蒙古包的门，阿妈就看到羊群像云朵一样在草地上飘动，湖里布满奶牛的倒影，数不清的水鸟在芦苇丛中蹁跹起落；鸿雁和天鹅走到岸边，旁若无人地穿过林立的马腿与牛腿，享受太阳的抚慰。这时阿妈总是高兴地亮出百灵鸟般的嗓音，唱起古老的蒙古长调。歌声飘远，阿妈把双手放在耳朵后面挡住风的呼啸，那湖中的鸟鸣顷刻变得雨点一般清晰嘹亮。阿妈不但能分辨出各种鸟的声音，还能听出有什么鸟正在求偶，哪些雏鸟正在试着下水；她能听出偷蛋的草狐狸，遇到了雁爸爸雁妈妈的猛烈反击，被连咬带拧，痛得龇牙咧嘴。阿妈最担心的是凶恶的狗鱼，狗鱼有几十年的寿命，活得都快成精了。到了大雁做窝的季节，狗鱼就会像潜水艇那样冲到芦苇根下，一跳一跳地把雁窝顶翻。雁蛋散落，它们用尖利的长嘴刺破蛋壳，连着蛋壳和胚胎一齐吞下。雁爸爸雁妈妈难以承受这灭顶之灾，团团围着破碎的巢穴大放悲声，从此一蹶不振。阿妈知道，失去儿女的大雁夫妻，秋天跟着雁群飞走，十有八九便不会回来了：它们遭受过伤害的生命是很虚弱的，没有力量飞到南方，往往中途就死去了。阿妈经常叹息着，舀出洁白的乳汁，向湖面连扬三次。她觉得那些蛋壳里的蛋黄就是摇篮里的婴儿，原本该到草原活上一回，看看白天的花朵和夜里的星光。阿妈祈祷一切生灵都能长生永续，用圣洁的乳汁祈求夭折的雁宝宝轮回再生。她念叨着——如果你还能回到草原来，不要忘记从母马的肚子里回来，那你就是一匹马，像飓风，像闪电，绿眼睛的狼，也要绕着你走……阿妈好聪明，她在岸边用小镜子借着太阳的反射光，晃草狐狸的眼睛。狐狸害怕光，连忙低下脑袋退走了。她若发现狗鱼撼动芦苇,就会趴在马背上泅过去,用套马杆搅动湖水,狡猾的狗鱼一转眼就逃回了主河道。阿妈,草原的母亲,总能在大自然中找到办法,去解决大自然中的鹬蚌相争。可是她也有束手无策的时候,她没有办法对付的是那些被贪欲迷了心窍的偷蛋人。

那一天,阿妈正在湖边收敛冬天存下的牛粪,看见湖中突然呼啦啦飞起一群大雁,绕着芦苇盘旋,一声声叫得好不凄厉。按理说这时节大雁应该在安静孵卵,它们为何如此惊恐?阿妈直起身来一看,可不得了!有两只轮胎做的小船,已经进入了芦苇荡,坐在上面的人,手里拿着长把的筛网,正从雁巢里掏蛋,孵卵的大雁被推到一旁,那白晃晃的雁蛋给筛网兜住,被粗野地递到轮胎船上,有的开裂,有的流出了蛋黄。几只刚出壳的雏雁被裹挟到水中,因为还不会凫水,不一会儿就淹死了。阿妈急疯了,她翻身上马,泅渡到轮胎船边大声喊着:“你们坏啊,你们这是坏啊,大雁会把你们装进眼睛里,一辈子追着你们要孩子……”船上的人根本不理阿妈这个茬儿,忙三迭四地装着雁蛋。阿妈不得已横马拦船,船上的偷蛋人一桶水泼在马头上,迷了马眼。马怕主人落水,紧闭着眼睛不敢动。装满雁蛋的轮胎船借机靠岸,偷蛋人把几筐雁蛋装上汽车,开走了。十多只大雁追着远去的汽车飞,天上地下都是哭声。

阿妈上岸,看见满地都是破碎的蛋壳,很多里面已经有了血胎。她细细查看,发现了一只沾满了羽毛的蛋没有破碎。在草原上活了一辈子的阿妈,不知道救过多少飞禽走兽,她知道这些羽毛是雁妈妈雁爸爸的胸毛,孵卵的时候,它们不仅要用自己的身体去焐蛋,还要拔下胸部最保暖的绒毛为蛋保持恒温。它们拔毛之后的胸脯是血淋淋的,布满了伤口。与人类的父母一样,为了让自己的孩子活下去,它们呕心沥血也心甘情愿。

阿妈用手指轻弹蛋壳，里面有的地方虚空，有的地方充实，冲着太阳照照，似乎有一丝丝血脉在律动，其中分明孕育着一个鲜活的小生命。这可怎么办？阿妈把这个雁蛋放在蒙古袍的胸襟里暖着，一夜未眠。她想把这个雁蛋送进某个雁窝里，芦苇荡里的雁妈妈和蒙古包里的母亲一样有佛心，会把它当作亲生的孩子一样孵化哺育，那么这个小生命就可以存活下来。谁知第二天早上，阿妈捧着这颗雁蛋来到湖边时，看到了最不想看到的一幕。

天上无云，水上无声，太阳之下，满目断肠景！追蛋的雁群虽然已经回来，却变成了残败的落叶，一片片漂沦在水面上。阿妈捞起一只又一只雁，只只肚子又鼓又硬，双目圆睁。整个雁群就这样一夜之间伤心气绝而亡。湿地里的夏天犹如结冰的深秋一般寂静，只剩下几只水雉和野鸭在弱弱地叫着。

阿妈在蒙古包的毡子上用干草做了一个窝，又盖上了一件又轻又暖的羽绒服。为了保持恒温，她在寒冷的春夜熄灭了家人取暖的牛粪火。为了安全，哪怕是去湖边取一桶水的工夫，她也会像城里人那样给蒙古包锁上门。雏雁在一个阳光明媚的早上诞生了。阿妈用双手焐干了雏雁的羽毛，从此每天想着如何把这只雁送回碧水蓝天。

天鹅路过的时候，阿妈抱着它将其送到芦苇丛边上，想让它跟着天鹅的队伍走，期望它跟着天鹅找到雁群。可这只蒙古包里出生的雁，一沾湖面就突然聪明得活像家里那条牧羊犬——叼住马尾巴不放松，到底滑行上了岸。阿妈把它放在蒙古包顶上，推着它往下飞，它吓得咕咕叫，一动也不动。秋天了，当年的羊羔全部出栏，空荡荡的草原上就剩下了这只孤零零的雁。偶然间，它看到了白色的炊烟后面有一队大雁正飞过，大雁好像也看到了地上的它，一齐发出低低的叫声，它终于萌生出了一丝不甘，竟然忽地一下，飞上了平常要阿妈举着才能上去的蒙古包，冲着天上的雁队又是扇翅膀，又是伸直了脖子大声叫。

不知道它们之间是如何沟通的，天上的雁队低低盘旋，不一会儿，从中落下来两只健壮的雁。阿妈赶忙躲进牛粪垛的影子里，大气都不敢出一声，恐怕惊扰了这次天赐的机会。只见那两只雁围着这只未经过父母培训、终日混迹于羊群的雁转了好几圈，无奈地留下几声哀鸣便离开了。阿妈想，都怪自己太宠爱这个没有父母的孩子，把它喂得太肥了。它若是在芦苇里长大，身子会轻盈得像一朵云，两只健壮的雁就能够把它背在肩上飞上天。在迁徙的路途中，借助头雁双翅推动的气流，它的翅膀完全可以慢慢舞动起来，最后跟随着雁群一起飞到南方，在旷野和水泊里练过筋骨，长些本事，明春归来时，它就是一只真正的大雁了。当然也有另一种可能：由于大自然的不可捉摸，由于自己的胆怯或失误，它难保不像许多兄弟姊妹一样，在希望越来越近的时刻，耗尽了最后的气力，坠入山谷或海洋……

草原飘雪，羊群中长大的这只雁，站在蒙古包的门前等待阿妈撒下的食物，左右寻觅着昔日的羊羔伙伴，时而向着天空惆怅地张望，时而咕咕低鸣。天一天比一天冷，千里冰封的季节开始了。终日哆哆嗦嗦、战战兢兢的它，一双翅膀又恢复了以往的僵硬，原本肥厚的脚蹼，被化了又冻的冰雪撕成了丝丝缕缕的碎片。阿妈把它抱进蒙古包，它才慢慢暖和了，生出几分精神来。它先是从床底下的柳条筐里爬出来，接着开始胡乱扑腾翅膀，一会儿推倒了奶桶，一会儿打碎了灯泡，还差一点被烧得红通通的铁炉子烫着。阿妈用条软皮绳把它拴在蒙古包的门边上，它看到门外的天是那样蔚蓝明亮，大概想象出了那种自由，便一次次发起飞翔的冲击，结果一次次被绳子拽回来。

没办法，阿妈只好用剪羊毛的剪子，剪掉了它翅膀上的雁翎。

蒙古包里终于安静了。它卧在床底下的柳条筐里，两只眼睛骨碌碌地跟着阿妈的靴子转，肩上那一对光秃秃的翅尖，常常徒劳地伸出去，又耷拉下来，不过那种扑扑腾腾的心劲已经衰弱了，如果不是吃食喝水的时候喉咙里发出咯咯咕咕的声音，谁也发现不了它的存在。

阿妈用小鱼小虾喂它的时候总是说："吃好，喝好，你就能熬过这个冬天。"

守候黑嘴松鸡的爱情

猎人老卡迪用他那打熊的猎枪，把松鸡妈妈击碎，接着用他不睁眼睛的脚，碾死了四只刚出壳的小松鸡，又把小松鸡的父亲用网套住，活活地吊在风中荡来荡去。后来一只大羽角猫头鹰以饕餮的方式施以仁慈，吃掉了松鸡父亲，磨难与蓝谷里"梆、梆、梆……"的松鸡之歌瞬间销声匿迹，一个物种就这样在冻土带的森林里消失了。这个加拿大作家西顿讲述的故事叫我心生绝望，而事实竟然与之基本相符，北半球极寒地区的黑嘴松鸡濒临灭绝，已是经年不见。

在敖鲁古雅乡的博物馆里，一只雄性黑嘴松鸡标本让我眼前一亮。它比家养公鸡要高大很多，漂亮很多。它通身的颜色近似于斑斓的山野，其颈羽、脊羽由黑渐蓝再变成绸缎般的绿，而翅膀却突兀地呈现出两片浓重的琥珀色，在身体的最后端，是黑色带白斑点的尾羽，来自根茎的油脂滋养了它通身茁壮丰厚的羽毛，并使之熠熠生辉。雄性黑嘴松鸡最炫人的是眼眶上那两抹极鲜亮的大红，衬托出它深陷于渴望之中的双眸。这个松鸡标本雕塑般保持着引颈仰天的姿势，嗉囊凸起，鸟喙大张，尾羽如宫廷舞会的锦扇展开到极致，看起来它仍然置身林间的求偶场，仿佛头顶的松枝上还有目光，那些非出类拔萃者不嫁的雌松鸡还在注视着它，于是它不惜殚精竭虑，为了赢得爱情叫啊叫啊……

敖鲁古雅乡的乡长告诉我，现在大兴安岭深处的汗马自然保护区还可以见到这种黑嘴松鸡。我的愿望立刻死灰复燃——我要去汗马！我要将自己变成一株沉稳的大树，悄悄地伫立在黑嘴松鸡旁边，静观它远离尘嚣的生活，捕捉它微妙的生存智慧，写一篇黑嘴松鸡的传奇，在原初的大自然离开我们之后，给我们的孩子留下一点美丽的记忆。

汗马自然保护区位于大兴安岭北部山脊西侧的原始泰加林深处，面积十万余公顷，自古以来，除了游猎的鄂温克使鹿部落，这里没有人生活过。天空剔透如洗，地上的腐殖层柔软且丰厚，蕴含着亘古的芳香和潮湿。千年的松树、纤细的白桦、站杆、朽木、丝绒般的苔藓、奇异的云芝山菌、缭乱的灌木……无数草本植物，交织成一片幽深的秘境。汗马自然保护区有二百九十三种动物，没有谁是主人，只有生物链。比如一只松鸡，它吃虫卵、吃小昆虫、吃桦树芽、吃松树芽，最后可能被大金雕吃掉，化为泥土，去养育虫卵和树木的种子，周而复始地永生。然而对于每一只松鸡来说，活下去是唯一的信念，保留基因是想都不用想的行动。当然每一种动物都有生育繁衍的绝招，五花八门，千奇百怪，我认为最渊博的生物学家和最先进的红外线摄像机也不能一览无余。

黑嘴松鸡为国家一类保护动物，是汗马自然保护区的明星物种。平日里它们栖息在密林中，每年的四月末五月初，到固定的林间空地相聚，开始求偶交配，其场面轰轰烈烈，像一场壮丽的歌舞剧。主角当然是漂亮的雄松鸡，它们凌晨就开始了几乎不间歇的鸣叫，还打开尾羽和双翅，低飞曼舞，旋转奔跑，极尽作秀示威晒羽翅之能事，只为招徕期待已久的爱情。成群的母松鸡，千呼万唤始出来，来了也不露声色，蹲在松树枝上不动，像一个员外家的千金小姐，在楼台上久久观望着，存心要把手中的绣球攥出水来。直到某只雄松鸡的演出达到淋漓尽致，一骑绝尘，脱颖而出，雌松鸡才梨花带雨般凑到这只雄性松鸡跟前，开始娇羞亲热。然而爱情的节奏哪能如此简单，一些稍逊风骚的雄松鸡，并不懂什么叫抽身退步早，它们试图横刀夺爱，气昂昂走到母松鸡的旁边作勾引状，显得暧昧又鲁莽。卧榻之上岂容他人酣睡，得胜的白马王子冲冠一怒为红颜，不惜与同类大打出手。由于荷尔蒙的驱动，雄性松鸡之间的搏杀惨烈无情，最卓越的王子，往往在羽毛散乱、眼睑撕裂之后成为妻妾成群的王侯，而失败者只得偃旗息鼓，却并不以为耻，在一边忍看朋辈成就鱼水之欢。

到了汗马自然保护区的中心管理站，我就连忙问一路陪我们的美女科长杨琨，李晔在哪里？因为曾经在汗马自然保护区拍摄纪录片的呼伦贝尔电视台副台长松布热事先已经叮嘱，一定要见到李晔，他是个“汗马通”，不仅通地理，通动植物，而且还向来考察的自然科学家们学习了不少生态学理论，善于将实践经验与先进理念融会贯通，堪称“汗马达人”。

一个下午，李晔陪我们步行去塔里亚河岸，他的谈话证明松布热所说没错。我信手从地上掠来点什么，他立即就能说出此物的学名和用途，诸如红瑞木、柴桦、塔藓、杜香、鹿蕊、黑石耳等等，如数家珍，头头是道；路上看到几处动物粪便，他马上告诉我哪个是紫貂的，哪个是狍子的；遇到一堆散乱的羽毛，他一看就知道那是被猞猁吃掉的花尾榛鸡的残骸。他的谈话主题鲜明，一直在诠释他的生态保护观念，即除了防火防盗防猎，决不干预大自然，保持其原始状态就是最好的管护。他非常高兴的事情是，新近保护区使用了红外线摄像机，可以在不干扰动物生存的情况下，近距离拍摄它们的活动状况。前几天他使用这种红外线照相机，拍到了驼鹿群的活动，其中一个画面里拍到六头驼鹿，显然那是一个幸福的家族，怡然自得，毛皮油亮。当然，黑嘴松鸡是我的第一话题。李晔果然对松鸡的习性了如指掌，他说明天凌晨两点出发，安排我们去看松鸡跑圈。跑圈是汗马人对黑嘴松鸡求偶的俗称，也是对雄性松鸡求偶姿态的形象概括。

李晔告诉我，松鸡求偶的时间是从凌晨三点开始，到早上七点结束。所以观看者要先于松鸡到场，钻进事先布置好的摄影帐篷。千万不能让松鸡看到人，它们察觉到有人，会放弃求偶迅速离开。幸运的话，可以近在几米之内看到松鸡之舞。

我们一行住在唯一生火的房间里。大家和衣而卧，等待凌晨。汗马的地理位置在中国的冷极点上，虽然已是五月，到了夜晚，依然寒冷入骨。大铁炉子里烧着木柈子，散发着温暖，也散发着松油的芳香。已经奔波了一天的三男两女五个伙伴，倒头便发出鼾声，我却激动得久久不能入梦。辗转反侧间，我发现身边的乌琼和红梅恬静的睡容是那样清晰可见，原来光线来自窗外，我想应是管护站不熄的院灯。

我悄悄走出房间，哪有什么灯火，染我一身的原来是亘古的星光！星光如水水如天，一朝都到眼前来！处女一般的星空，许多年你远离尘嚣，却原来静静地躲在汗马的天际。让我怎样来描述你呢？像一顶巨大的王冠镶嵌着数不清的宝石？像一袭天鹅绒长裙缀满明润的珍珠？像开阔的舞台上密密匝匝、大大小小的灯光？不对，全都不对。汗马的星空不仅璀璨，还是活生生的，熙熙攘攘的，扑朔迷离的。仰望之时，我感觉到那繁星如波的银河，那些兀自璀璨的巨星，那勺子一样排列的北斗七星，都在向我逼近，像明亮的雨滴徐徐坠落，让人感觉到它们雨滴一般的清凉，却不可触及。洁净的光芒是它们伸出的手，在不可知的苍穹里诱惑着我。我的脸慢慢湿润了，我的眼睛也湿润了。我决定不再睡觉，就坐在外面看星星。

你知道坐在原始森林里看星星是多么奢侈的享受吗？你知道在原始森林的星光下守候黑嘴松鸡的爱情舞蹈是多么奇异的体验吗？

李晔准时出现，一身防寒打扮，我们也纷纷穿上最厚的衣服。已经体验了寒冷的我，穿上獭兔大衣，又在外面套上了冲锋衣。两辆车行驶了半个小时，停靠在窄窄的砂石路上。叫我有点诧异的是，不知何故，李晔没有跟我们一起来。一位工作人员打开手电筒，引领我们走入黑黑的森林。夜未央，温度肯定在0℃以下，脚下的路松软泥泞，还横七竖八地倒着绊脚的残枝朽木，不知道从哪里伸过来的灌木之手时时拦扯我们的脚步，一不小心就陷入泥水，或者来个趔趄跟头。我们老远就听到了雄松鸡的叫声"梆、梆、梆……"像是一场石头雨，很立体地笼罩着森林，听起来十分硬朗，不像印象中的鸟鸣。这场雨的时间好长，而且紧锣密鼓，一声比一声急迫。

其实我们在林地里并没走出太远，也就不到一公里，但是于黑暗中走得艰难，就感觉走了好久。当工作人员放低了嗓门说："别说话，快进去。"我们才发现自己眼前有座迷你帐篷。帐篷很轻，工作人员轻轻一举，便把我和冬海、乌琼扣在了里面，接着又把红梅和双柱扣在了对面的另一座帐篷里，然后踩着落叶簌簌远去了。

乌琼看看手机，凌晨两点半，距离松鸡求偶结束还有四个半小时，在这四个半小时中雄松鸡随时可能开始跑圈，我们必须有足够的耐心和毅力守候观察，才能达到预期的目的。我们蜷坐着不敢动，也不敢说话，只是从四个小窗口向帐篷外看着。所谓林间的空场，依然有树木林立，不过稍微稀疏一些。明亮的星空被一株株树遮挡无余，到处一片漆黑，几乎是什么也看不见，只听见"梆、梆、梆"的叫声越来越响。我们三人把眼睛看到酸疼，把腿蹲到发麻，就在改变坐姿的一回头间，从身后窗口发现三米多远处有个黑影，无疑是一只高大健硕的雄松鸡。我一惊喜，不由说话声音大了点："快看，这儿有一只！"我们的三双眼睛挤在一个窗口，屏神静气，死盯着那只松鸡，只盼着它开始舞蹈，只盼着李晔所说的情形赶快发生，给我们一个满足。可是这只松鸡既没有跳舞也没有唱歌，也不展开翅膀，就那么直立着，偶尔踱几步，真不知道它在想什么。

冬海低声说:“瞧那小短腿还带着毛,肯定跑不快。”

乌琼也窃窃私语:“我要给我妈打个电话……”

我说:“打电话叫她给你送来一件裘皮大衣? ”

乌琼说:“才不是呢,我要感谢她一下。”

我说:“感谢什么? ”

乌琼说:“感谢她把我生到这个世上，让我看到这么好的风景和即将跳舞的松鸡……”

我们的耳语,似乎没有惊动松鸡,它离我们如此之近,一动不动地站立了起码十分钟,不慌不忙地迈开它的短腿,以散步的节奏从我们眼皮底下走过,慢慢隐入林中。从汗马回来我查了资料,证明我们窸窸窣窣的声音，还是在某种程度上引起了松鸡的警觉。松鸡对风和声音敏感,但是发情期的松鸡有些痴呆,它叫的时候会失聪,静下来时也不如平常敏感。汗马的松鸡或许对我们发出的陌生的声音有点奇怪,便径自躲开了我们。

黎明,北纬51°的原始森林,即使在春季也是可以冻死人的。当天亮到让我们能看清自己周围的环境时,我们已经是身体僵冷,全靠哈出的一丝热气来温暖自己了。帐篷矮,我们不能站直身体,只好不断在坐和跪两种姿势间转换,还好有前人留下的几块泡沫板可以当坐垫。地面像冰床一样拔凉,冬海穿一双镂空的旅游鞋,冷到何种程度可想而知,但是他总是安慰我说,还行。这时我们搞清楚了“梆、梆、梆……”的“石头雨”来自四只雄性松鸡,其中包括刚才躲开我们的那一只。它们各自开辟一块地盘,互不相干,站在四个方位,拼命呼唤着爱情。它们原地踱步的身影,一会儿被树干遮掩,一会儿又出现在树的缝隙间。通过相机镜头可以看到,原来它们鸣叫时喙一直不闭合,全靠喉部的振动发出声音。它们足足叫了三个小时，一鼓作气，矢志不渝，毫无精疲力竭之意，让我们这些守候者挨得又冷又饿又困又焦躁。

根据事先做的功课，松鸡在发情期是每天都要交配的。雌松鸡一直没有露面，什么原因？是不是都已经回去产卵了？李晔要是来了多好，真想立刻问问李晔。

已经是早上五点半了，我们蜷缩久了，终于找到一个办法——哈着腰踱步，虽然坚持不了多长时间，但是可以让血液流通流通。两个年轻人已有了感冒的症状，清鼻涕一把把地流。可是那四只松鸡，一如从前，只是一味原地踱步，一味不停地叫着，一点幺蛾子都不整，大概无一唤来梦中情人。亲爱的松鸡帅哥啊，你倒是跳跳舞、转转圈，像抖落珠宝那样炫一下羽毛；你倒是挥戈上阵互相厮杀几分钟啊！你老是这么不温不火地叫啊叫啊，不是活脱脱地折磨人吗！

我感觉到自己的信心和热望在一点点下降，也看出冬海和乌琼正在与自己的倦怠搏斗。心想反正松鸡离我们挺远，说话不至于再一次干扰它们，于是我开始搜肠刮肚、胡乱扯起一直烂在肚子里的段子，逗两个年轻人发笑，好让时间过得容易一些。笑过之后，向对面帐篷看看，红梅他们也有点难以坚持，每每直起身来，顶着帐篷移动。我说："两位小主，咱既然已经千山万水地来了，何不坚持到底？"当即获得冬海和乌琼的一致拥护。柔和的晨曦出现在东边，却不带来一丝温暖。看看表，六点了，就是说如果在七点之前没有雌松鸡出现，我们的汗马之行，将抱憾而归，而对于我本人，有可能机会永远不再。

倒计时开始。我们把头探出小窗户，一点点探出半个身子，环视四只雄松鸡，观察它们头上的树枝以及跟前的林地，生怕把不好辨识的雌松鸡遗漏。我不相信自己的眼睛，又让两个年轻人细细观察一遍，认定的确没有雌松鸡到场。这时一向寡言的冬海说："昨天李晔主任说了，咱们只是赶上个尾声，大概雌松鸡都回去筑巢产卵了。”我想想，李晔是说过这话，当时我一味热望，只顾在眼前勾画想象中的精彩，真没太在意。

对面帐篷里的红梅用目光探问我们，我一松口，乌琼向她们招招手，大家举起帐篷，走了出来。有一些终于熬出来了的小轻松，也生出一种怅然若失。恰恰就在此刻，我一眼看到一只雄松鸡头顶的树枝上，落下来一只娇小的雌松鸡。雌松鸡看上去和雄松鸡简直不像一个物种，它羽毛如暗淡的深秋，身子小于雄松鸡很多，头颅的造型像没有鸡冠的家鸡，也看不到醒目的红眼影，毫无姿色可言。这应该也是进化的结果，即使素面朝天，已有君子好逑，又何必花枝招展？朴素的雌松鸡走向雄松鸡，欲投怀入抱。我们赶紧钻进帐篷，准备静观以下的情节，可惜由于我们一时动作慌乱，引起了这对松鸡的警觉。只见雄松鸡迟疑了片刻，亮了一下美丽的翅膀低低地飞走了，随后雌松鸡也向另一个方向飞去。其他三只雄松鸡没有发现我们，还在“梆、梆、梆……”

我们分析，飞走的那只雄松鸡，应该就是这里的白马王子，它赢得了唯一的异性，美梦却未能如期成真，而我们正是棒打鸳鸯的罪魁。

看到那位工作人员还在车上等我们，我心里更加郁闷，这么多人如此辛苦，到底是在做什么？不过是一次对平等生命的惊扰而已。那春天里的爱情，被我们惊扰之后是否还可以重来？假如松鸡脆弱如人类，我们有没有可能致使它们从此失去爱的能力？往深里一想，忽然意识到，松鸡的求偶场，原本就是我等人类必须远离之地。为了活下去，动物会在它的基因里悄然积攒经验，而我们之所来，在松鸡梦魇般的记忆里，将成为抹不去的阴影，被视为威胁和灾难。如果人类最终成为它们生命本能中的敌人，当它的子子孙孙看见我们的时候，其心理状态会像我们的孩子见到了毒蛇、豺狼一样。

在来时的路上，我们的汽车曾遇到两头横穿马路的小驼鹿。据我们后来的描述，李晔认定这两头小驼鹿在一岁半左右。其中一头懂得三十六计走为上，立马闪电般消遁于路基下的密林，另一头则初生牛犊不怕虎，像静物那样立在我们刺眼的车灯光线里，支棱着耳朵，瞪着眼睛看我们，让我们看了个仔细。它头顶上长出了小小的鹿茸，浑身的毛皮金黄油亮，脊背的驼峰浑圆凸起，正如一个朝气蓬勃的英俊少年。片刻，它似乎听到了某种召唤，满血复活一般，转身跳下路基，不见了。它的母亲应该就在附近。

回去的途中，我们遇见一只美丽的雪兔：蓝灰色的脊背，雪白的肚皮，身子颀长，生就一对玲珑的大耳朵。不知什么原因，它看起来很友好，也可以说成有点傻，一味呆呆地蹲坐在路边做我们的模特，对闪光灯和快门毫无反应，让我们拍了个够，直到摄影家离它已经很近了，它才不慌不忙地一跃而去。

与驼鹿和雪兔的短暂照面，令大家又惊又喜，一路欢呼感叹，发愿下次再来。没有人关心此刻那些被我们惊扰的松鸡、驼鹿和雪兔们在想什么。

见到李晔，赶紧汇报一路所见。听着我们在松鸡求偶场的遭遇，他略微一笑，似乎欲言又止。他告诉我，其实影像比现场看得清楚全面。呼伦贝尔电视台的摄制组刚刚离开，可以去他们那里看看片子。我们一路困乏开车三百余公里，当天返回海拉尔，第二天赶紧跑到电视台专题部看片子。专题部主任狄金松和记者胡民，将他们在汗马自然保护区拍的松鸡求偶场景放给我们看。在他们的片子里，除了有一些近景，可以清晰看到松鸡的毫发，其他和我们看到的状况没有什么大的不同。

小狄和胡民告诉我们，他们蹲了几个早晨也没有拍到松鸡跳舞的热烈场面。不过李晔刚刚来了电话，说是自己拍到了，不日将提供给他们做专题片用。

我就奇怪了。李晔啥时候拍的呢?他们告诉我,也是在昨天早上。原来李晔一路步行,到另一个秘不示人的松鸡求偶场,守候到松鸡求偶的全过程,并留下了宝贵的影像资料。

嘿,这个李晔!

胡民告诉我们,李晔说了,松鸡这东西很聪明,人来得多了,就会放弃原来的求偶场。外来的人,都没有经验,难免惊扰它们。所以……

有心眼的李晔,敬业的李晔,汗马的李晔,你是对的。

俄罗斯来的丹顶鹤

多雪的冬天曾经是柴河的狩猎之季。雪无私覆，留下过往生命的迹象，所以这里的人们习惯研究脚印。他们立马能认出狍子、雪兔、驼鹿、马鹿、猞猁之类的脚印，甚至还能通过眼前的脚印获取更多的信息。比如，走过的动物是雄是雌，雌性是否怀孕；动物们要到何处觅食，其中有没有伤病员。所以今天早晨推门一看，这位嫂子就不敢往院子里迈步了。院子里出现了一种陌生的脚印——很像鸡爪的样子，却有老爷们儿的手掌大，印痕很深很实，不似家禽的脚蹼印那样轻浅。她循着这脚印一张望，便发现了那四只丹顶鹤。这是二〇一五年十二月九日的事情。

四只丹顶鹤饥寒交迫，毛翎褴褛，与一群灰头土脸的家鹅挤在一起，只露出胸颈和头顶上那举世闻名的一抹红，身姿却依然挺立着，目下无尘的气质丝毫不减。

天降仙鹤，神话成真，围观的人越来越多。有人要拿绳网控制住仙鹤，马上遭到反对——你什么东西，连神仙都敢动？一位老护林员说："仙鹤根本就不是咱们林子里的鸟。它们来有来的道，走有走的理，别瞎吵吵，随它们的便吧。"

可是四只丹顶鹤不飞离也不走动，当家鹅四散开去抢食的时候，它们仍然把长长的喙插在翅膀上的羽毛里，细脚伶仃地站立着。它们是冻得张不开嘴了，还是害怕食物散发出来的白汽？森林警察来了，他们虽然经常救助野生动物，遇到丹顶鹤，却是第一回。他们腾出一间车库，然后蹑手蹑脚地走进鹅圈,靠近那四只丹顶鹤。四只丹顶鹤快要冻僵了,听由人抱着送进了车库。等它们渐渐缓了过来,开始喝水,吃玉米粒和人们凿冰打来的小鱼。在安置它们的时候,森林警察发现其中有三只丹顶鹤腿上带着环志,白地黑字,居然是外文。经微信请教呼伦贝尔市野生动物管护站专家,知道这些丹顶鹤来自俄罗斯兴安斯基自然保护区,属于俄罗斯鸟类保护工作者人工孵育、野化放飞的种群。

柴河位于兴安斯基正西偏南,两地直线距离七百公里左右,中间经过小兴安岭、嫩江平原、扎龙丹顶鹤保护区、扎兰屯林缘草原、大兴安岭群山。丹顶鹤每小时可飞二百五十公里至四百公里,飞行高度可达到七千米,所以距离和地貌变化对于它们来说,根本算不上什么困难。问题是柴河并不在丹顶鹤的迁徙路线图上,恰恰与这些丹顶鹤的迁徙目的地相左。按照规律,兴安斯基的丹顶鹤每年的十月开始迁徙,到朝鲜半岛中部度过冬天。它们的路线应该是直接向南,飞过中国东北三省,向东偏移,再向南。柴河虽然比兴安斯基低一个纬度,但气温比兴安斯基要低4℃至5℃,在十二月的时候,柴河已经是千里冰封,根本没有吸引丹顶鹤的水源和食物。那么,这四只丹顶鹤为什么会出现在柴河?它们从十月开始迁徙,十二月抵达柴河,这两个月的时间是在哪里度过的呢?又是如何度过的呢?

我去请教呼伦湖国家级自然保护区的鸟类保护专家窦华山博士。华山博士毕业于东北林业大学,毕业之前到呼伦贝尔达赉湖国家级自然保护区实习,深深被这里良好的自然生态和丰富的物种吸引,索性放弃留在大都市的机会,落户呼伦贝尔,成了一个在草原沼泽里与鸟类和其他动物朝夕相处的鸟类保护实干家。对于丹顶鹤,他怀有一种亲情般的爱,也研究得相当深入。他认为这四只丹顶鹤中,带白色环志的三只,是从俄罗斯兴安斯基自然保护区出来的无疑;没有带环志的那只鹤,可能是在途中将环志丢失了，也可能是其他三只鹤在飞行或者栖息时拐来的小伙伴。他告诉我，经过称重和身体检查，这四只鹤为两雄两雌，应在两岁左右，属于没有性成熟的亚成体。至于它们如何来到柴河，只能根据丹顶鹤的生存习性来分析推测。

在二〇一四年的春天，兴安斯基自然保护区某一个孵化器，保持恒温38℃至39℃，已经工作了三十三天，数只丹顶鹤雏鸟使用它们稚嫩的喙，咔咔地破壳而出，接着一只手伸过来。柔软又温热，这只手把它们捧起来，为它们擦干羽毛，然后轻轻地把绒团一般的它们，放到了水草萋萋的大地上。不过这只手是隐形的，躲在一个栩栩如生的布偶里面，在小鹤的眼里，喂养它们的是一只长着长喙、头顶鲜红、嘴巴里不停吐出美味的母鹤。饲养员看着小鹤们脚步蹒跚，扬起长长的颈子，向辽远的天空发出第一声问候。小鹤们却看不到把它们带到世界上来的那个人，为了避免它们与人类亲近，饲养员一直躲避着它们的视线，让它们在荒野上率性游走。遍野多汁的草籽、湿地湖泊里游弋的小鱼，是它们的最爱，一望无际的天地任由它们舒展日益丰满的羽翼，蹁跹飞舞。它们自由且快乐，并不知道生命中将有莫测的风雨。

如果小鹤在野外出现了必须要人照料的状况，饲养员便穿上白色的"鹤服"，戴上鹤偶，模拟母亲，做出奔跑的样子，引导小鹤们离开危险境遇。即使给鹤治疗伤病的时候，人也要绝对隐形，让小鹤们感觉这是大鹤妈妈的所为。然而，饲养员毕竟不能像母亲那样，带领它们战胜疾风暴雨，飞越千山万水。到了十月中旬，小鹤们本能地躁动起来，它们不时地一跃而起，在纯蓝色的天际狂飞乱舞，颀长的颈子开始伸直向前，那尚未长硬的双翅像芭蕉叶似地，随风飘摇。它们这是要干什么呢？年幼的丹顶鹤并不知道北方之南的朝鲜半岛，是庇护它们度过寒冬的一个温暖家园。它们的基因记忆使它们在迁徙的季节跃跃欲试，正如一群没有妈妈领路的孩子，它们懵懂地转了一圈又一圈，到底没有弄清要向何处去，勇气再而衰，三而竭，于是不得不偃旗息鼓，讪讪地返回。它们当时除了精疲力竭，就是瑟瑟发抖，寒冷让它们找到了保护区鸟舍向它们敞开着的大门。

野生丹顶鹤的第一个春夏，要在出生地跟随父母学会觅食和飞翔，秋天的时候，汇入鹤群，按迁徙轨道飞到南方过冬，也就是说必须有大鹤为它们领航，才能完成第一次迁徙。这寒冷劳累的旅途中，一些小家伙禁不住大自然的考验，最终香消玉殒折戟沉沙。然而到了下一个春天，但凡回来的小鹤，无不焕然一新，变得强壮、聪明、勇敢。也可能，这四只人工繁育的小鹤由于没能在夏天里融入鹤群，加入迁徙的队伍，只好在封闭的鸟舍中度过了生命中的第一个冬天，也因此落下了对于生存至关重要的第一课。当北方的残雪中透出一丝绿色，它们开始一声声唳叫，有些焦急，也有些无奈。直到有一天，远处的芦苇塘里，传来了几声明晰的回应，迁徙的丹顶鹤群回来了！小鹤们便迫不及待地冲了出去，渐渐和迁徙归来的鹤群混熟了。起初，它们还在管护人员的视野里游移，后来，芦苇像灌木那样疯长起来，管护人员看到它们的机会就越来越少了。深秋时节，一排鹤影出现在橘红色的朝晖里，管护人员的心算是落在了肚子里：人工孵化的小丹顶鹤们跟着迁徙的鹤群，向着南方飞去了。

当人类再一次近距离地看到了它们，时空已经转换到两个月之后——中国·内蒙古·呼伦贝尔·柴河。分析起来，它们之所以脱离大部队，原因应该有多种，也许是一场突如其来的暴风雪，迷蒙了它们的视线；也许是一次降落之后，它们因贪恋新鲜的食物偏走一隅；也许是因为体力不足，它们渐渐掉队。看看它们飞过的地方，就应该明白它们的趋向轨迹。与兴安斯基隔江相望的黑龙江嘉荫县乃至伊春地区有大片的湿地，起初尚未结冰，可以捉食果腹。离湿地不远，是小兴安岭，金秋时节，满山的松子、浆果、菌类是诱惑它们向西飞行的食饵。接着它们进入了秋收不久的嫩江平原，耕地上到处都是散落的谷粒，而这里地域辽阔，周边都是同样的天边地平线，初出茅庐的它们不迷失方向才怪呢。再往西，是呼伦贝尔扎兰屯境内的林缘草原。扎兰屯位倚大兴安岭东坡屏障，气温略高于呼伦贝尔草原，温暖使小鹤们感到好像回到了家园。突如一夜，飞雪如毛，低温骤然就滑到了严酷的程度，它们遭到当头一棒，再不敢流连了。它们生就的那一身羽毛，无论怎样皎洁雍容，终不过是为南方的冬季准备的。在呼伦贝尔过冬的动物，必须有熊油一般的凝脂和地毯一样的毛皮。于是，它们仓皇逃跑，飞啊飞啊，却根本不知道要到哪里去。也许是不远处柴河山林中那些四季苍翠的樟子松迷惑了它们，在它们的记忆里夏天总是与绿色连在一起，而夏天是它们的怡园，暖阳如沐，高枕无忧。如此这般，它们在柴河徐徐降落，结果发现，绿色松针之下是厚厚的白雪，唯一可以躲避大雪的地方，就是居民院子里的鹅圈了。

怎么安置这些俄罗斯来的丹顶鹤？

从柴河向西，翻越大兴安岭，就是世界闻名的呼伦贝尔大草原。从春夏至初秋，草原绿野长风，一碧千里，湖泊湿地如星罗棋布，是大天鹅、丹顶鹤、蓑羽鹤、鸿雁等许多候鸟的繁殖地。可是现在是冬天，湖泊湿地冰冻三尺，芦苇跌倒在冰面上，看不到一只鸟的踪影，看不见一串来捕鸟的狐狸的脚印。怎么能庇护四只年幼的丹顶鹤度过寒冬？二〇一五年十二月二十三日，柴河森林公安局和呼伦贝尔林业野生动物保护救助站的工作人员，将四只丹顶鹤用汽车运到海拉尔，寄养在西山樟子松公园内的鸟语林。鸟语林是游人观赏鸟类的游园，也兼做救助鸟类工作。鸟笼是一张铺天大网，可容纳鸟类在其中自由飞行，但是这里的鸟已经渐渐失去了飞翔的意愿——从巧克力到花生米，游人的恩赐让它们饱食终日，致使它们羽毛亮丽，身体娇弱，美并寂寞着。到了冬季，它们被送进砖瓦结构、安装暖气的鸟舍里，它们的世界就只剩下了灰色的四壁。

我去看了这四只丹顶鹤的临时居所，不由想起自己记忆中的另外一只丹顶鹤。它生活在鄂温克草原辉河岸边的特莫呼珠鸟类繁育中心，六岁了，雌性，用华山博士的专业语言说，已经是一只成体鹤了。它没有名字，我们就叫它"特莫呼珠"吧，以有别于四只俄罗斯来的丹顶鹤。一位朋友告诉我说，当时由于没有鸟舍，仪态万方的特莫呼珠整天站在鸡圈里，和一群鸡抢食吃，把鹤立鸡群这个成语变成了现实。这事听得我鼻子一酸，第二天我就跑到了那里。我看到特莫呼珠的居住条件已经大有改善，它独居一间宽大的砖房鸟舍。天气暖和，它就在屋外的露天网圈中徘徊吃食，天气冷了就躲入砖房避风寒。

六年前，保护区没收了一枚被偷盗的丹顶鹤蛋，经过人工孵化，得到了这只小鹤。它没有父母，也没有兄弟姐妹，甚至生来就没有听过同类的叫声。孵化和养育它的是饲养员小徐，小徐是它在这个世界上唯一的亲人，也是它全部的世界。它不知道什么叫凌空翱翔，它的生命之舞就是在夏天里跟着小徐满院子奔跑，间或展开双翅轻盈地盘旋弹跳。人们对它的野化训练一直在进行中，每一次都失败而归。辉河湿地离鸟类繁育中心不足一公里，它就是不肯飞向那里。特莫呼珠也是小徐的心肝宝贝，他千辛万苦地到辉河湿地打鱼，到草原上捉蚂蚱采草籽，把特莫呼珠喂得身强体壮。

当小徐领着我们来到特莫呼珠跟前，它们彼此之间的亲昵劲，让我不禁又要落下眼泪。还没等小徐打开门，正在梳理羽毛的特莫呼珠一个激灵，脖子像弹簧一样伸出来二尺长，虽然它的眼神我们看不懂，但是它的身体语言已经道出了它的欢喜。它昂首阔步地走到门口，远远地先把颀长的脖颈递给了小徐。小徐也同样，人还没有进去，手已经开始在特莫呼珠的后颈背上抚摸了。只见特莫呼珠一动不动，不时微微张开嘴，仰脸冲着小徐低声地叫，那声音来自胸腔，是一种由衷的倾诉。接着特莫呼珠开始啄小徐。小徐和我们说："没事，别担心，它这是和我玩呢。"真的，特莫呼珠只是在小徐的衣袖、裤腿、衣襟啄下而已，接着又把小徐的手指在嘴里含了一会儿。真是好不温顺娇柔，就像一个爸爸膝下的小姑娘。小徐从口袋里掏出一把饲料给特莫呼珠看看说："来客人了，咱们跳个舞。"于是特莫呼珠欢喜地向上耸跳起来，翅膀起起伏伏地抖动着，时而昂扬，时而松弛。当它的翅膀向上展开到极致之时，造就了一个巨型花朵，那鹤顶红，是它美丽的花蕊，微微摇曳。其实，所谓鹤之舞，是它们飞翔中某一个段落，特莫呼珠在笼舍中的表演无论多么美丽，都给人以插翅难飞的悲憾感。小徐告诉我们，特莫呼珠没有舌头了，是它在吃鱼的时候划伤后溃烂掉的。小徐说，一开始也不知道它能吃什么鱼，好在没有影响它的健康，只是不知什么原因，作为一只雌性丹顶鹤，它一直没有生蛋，按理说，即使没有伴侣，丹顶鹤也会产卵，也会衣带渐宽终不悔地焐着未受精的卵坐窝。小徐说，六岁的特莫呼珠远离荒野的襁褓，就像一味吃快餐长大的孩子，身体内在的状态是紊乱拧巴的，它已经很难回到大自然中去了，养育它非百般细心不可。

丹顶鹤的寿命可以达到六十岁至八十二岁，特莫呼珠现在六岁，它的余生还有很长，面对水泥地面、砖墙、铁丝网棚圈，一个个周而复始的日出日落，它该怎样度过那漫漫的余生？小徐是个大龄青年了，还没有婚恋，为了照管特莫呼珠和其他鸟类，连续多年没有回家过年了。我不敢去想特莫呼珠终于野化训练成功飞离小徐的那一天，也不敢去想象小徐离开草原告别特莫呼珠的那一刻。

鸟类无国界,它们属于大自然,无论到了哪里,都应该得到人类的保护。给予它们免于饥渴的自由,免于不舒适的自由,免于伤害、痛苦和疾病折磨的自由,表达正常习性的自由,免于恐惧和悲伤的自由,这是动物福利的原则,为世界动物卫生组织 OIE 认同,被世界上绝大多数拥有动物保护法的国家接受。我们的专家当然清楚地知道他们对此责无旁贷,在妥当地安置了四只来自俄罗斯的丹顶鹤的同时,他们通过相关渠道,向俄罗斯方面告知了这四只丹顶鹤的情况。俄罗斯方面立即开始了频繁的关注和查问。显然这些举动的后面除了职责,还有难以掩饰的不信任。

兴安斯基自然保护区的动植物资源丰富得无可媲美,几乎所有北方候鸟都飞到那里繁育后代。

如果说中国文化中,鹤始终是一种精神上的意象,如"燕雀安知鸿鹄之志哉"的大志、"闲云野鹤"的隐士、"晴空一鹤排云上"的壮思逸兴等等,几千年来几乎无人从生物学的角度书写鹤,那么在俄罗斯,鹤是通过他们的狩猎文化走向读者的,而俄罗斯自然文学的形成也是自然天成的。十八世纪以后,俄罗斯出现了屠格涅夫、普里什文、阿克萨科夫、帕乌斯托夫斯基、艾特玛托夫等一大批以大自然为题材写作的作家,随着他们对人与自然关系的理解不断矫正、加深,俄罗斯文学中的大自然开始得到殷切的人文关怀。

起初,阿克萨科夫是以一个猎人的眼光来看丹顶鹤的:

> 仙鹤是一种非常强悍的鸟,大自然给了它一个强壮的体魄……往往仙鹤受了伤以后,冒失的猎人就会跑上前去捉,而仙鹤会飞快地跑开,它奔跑速度之快,没有猎狗是很难追上的,因为仙鹤在奔跑时扇动两个翅膀或一个翅膀(如果有一个翅膀受伤了

的话)来增加其奔跑的速度。跑了一会儿之后,如果发现猎人还没走开,它就会愤怒地向后转,直奔猎人的后背扑去,它一边用腿踢,一边用嘴啄,三下五除二就能打败对手。我就曾见到过这样倒霉的猎人和狗,当时猎人和狗都去冒冒失失地捉一只受伤的仙鹤,结果却都被仙鹤啄伤了一只眼睛,成了独眼猎人和独眼狗了。

阿克萨科夫写仙鹤时心态非常矛盾,他把仙鹤写得姿态优美,鸣叫如小号和圆号的和声,把他狩猎的那个夜晚描述成一幅宁静的图画:月光非常明亮,收割后的麦田芳香而辽阔,一大群洁白的仙鹤在田野里休息,一只仙鹤在站岗,它没有发出不安的叫声……这时,他的笔锋突然变得十分冷酷:"我让车停下来,然后瞄准一排熟睡的仙鹤,那一排大约有二十来只吧,我对准第三只鹤,枪响了——竟打中了四只仙鹤。"

即使见证过"棒打狍子瓢舀鱼,野鸡落到饭锅里"的生活,在读这些文字的时候,我的心情还是会十分郁闷。我想,如果阿克萨科夫活在今天,他一定是一个用文字赎罪的人。他的《渔猎笔记》让我们看到人类是怎样横扫了那些平等的生命。

在苏联时期,仙鹤成为诗意的象征。少年时代我从收音机里听到一次奇妙的男中音独唱,我发现原来男人唱歌可以把人唱得久久沉默,于是我多次想象那个俄罗斯男人的模样。我至今认为他应该像托尔斯泰笔下的列文一样,躺在蓝天下的秋草垛上,心里装满了爱情,马在他身边站立着睡眠……许多年之后我知道一个音乐名词叫"和声",那首布满和声的歌曲叫《鹤群》。

…………

有时候我总觉得那些军人,

没有归来，从流血的战场，
他们并不是埋在我们的大地，
他们已变成白鹤飞翔，
他们从遥远战争年代飞来，
把声声叫唤送到耳旁，
因为这样，我们才常常仰望，
…………

后来，我喜欢上了艾特玛托夫，一打开他的书，我就能闻到气味，很奇怪，正是小时候爸爸背着我，走过草原湿地时闻到的那种气味，清冽芬芳。我因此阅读了一切能找到的艾特玛托夫的作品。在我的记忆中保留着一个英俊少年的形象，他似乎过早地勇敢了，却仍然是个孩子。他与鹤的关系只是一句话：他也会追逐荒地那早来的鹤，拾掇起那落下的最美丽的羽毛，送给心爱的梅尔扎古丽……多么优雅，多么美好，鹤的羽毛，世界上还有比你更圣洁的爱情礼物吗？艾特玛托夫把这篇小说叫作《早来的鹤》。是的，鹤来得早了点，春天还没有长大。

我们并不知道，当一个人把诗意一遍遍强加在某种动物身上的时候，他就开始远离它们了。因此科学家从不这样考虑问题。

到了二〇一三年，俄罗斯人的生态保护意识已经有了很大提高，保护环境已经成了全民的观念。普京驾驶滑翔机为白鹤引路的故事，虽然被反对派嘲讽为作秀，但是他这个秀做得的确美轮美奂，让全世界叹为观止。俄罗斯有一种白鹤，习性和丹顶鹤差不多，每年在西伯利亚繁殖，秋天到阿富汗一带过冬。由于阿富汗连年战乱，它们很多死于枪弹，或者被饥饿的难民宰杀，在下一个春天返回来的时候只剩下很少的几只，已经成了濒危物种。为此，俄罗斯的鸟类养护工作者开始加大人工繁育力度。华山博士根据自己的经验，给我推演了整个过程：他们事先研究好这些仅存的白鹤，在它们出没的地方安装上红外线照相机。当白鹤产下两枚蛋时，他们趁白鹤出去觅食，泅水进入芦苇丛，偷走一只蛋。鹤类的繁殖最注重的不是数量而是质量，它们每次只孵化两枚蛋。小鹤出壳，它们会听任其中强壮的那一只将另一只凌弱致死。最后，一对白鹤夫妻只留下一只基因良好的小鹤。被偷走一枚蛋，它们并不在意，会接着再产下一枚，所以科研人员每每得手，然后适时用这些蛋人工孵化出一群新生命。这些人工孵化的小白鹤，在保护区里天牧野长，其生存与野生鹤并无异样，只是由于没有大鹤引领，无法迁徙。科研人员根据鹤的铭记习性，让这些小鹤自幼就熟悉人工伪装成大鹤模样的滑翔机，跟着这种滑翔机在蓝天绿野中练飞一个夏天，然后在乌兹别克斯坦给它们选好新的冬季栖息地。

二〇一二年九月五日，俄罗斯秋明州天蓝如洗，普京一身白色飞行服，戴着黑色的护目镜，酷似一只白鹤，坐在悬挂式滑翔机的翅膀下，像一只巨大的白鹤那样起飞了。第一次飞行只是熟悉情况；第二次飞行仅有一只白鹤尾随；第三次飞行非常成功，共有五只白鹤。白鹤就这样前往乌兹别克斯坦南部，那里有可供鸟类选择的过冬地。普京说，这些漂亮的小伙伴一会儿飞到滑翔机左边，一会儿飞到右边，感觉非常美好。

尽管我们的华山，我们的小徐，我们的森林警察，我们的环境保护工作者，每天都在呕心沥血地工作，我们的生态改善之路却仍然任重而道远。

俄罗斯人曾经找上门来向我们抗议。他们从本国保护区放飞的二十只丹顶鹤，栖落到日本、朝鲜、韩国的已经归巢，只有到中国的三只没有如期归巢。他们利用 GPS-GMS 设备跟踪，发现一只漂亮的丹顶鹤在中国某地被猎杀。的确，我方专业人员曾经在一只被随手抛掷的动物跟踪器中，找到了非法捕猎者的对话。他们在探讨鹤肉的质感和味道，这只大鹤的肉体似乎并未让他们大快朵颐，而是又硬又老，他们猜想小鹤的肉应该鲜嫩多汁。看不出他们有丝毫的愧疚，他们权当是做了一场嗜血的游戏。

现在，四只从俄罗斯飞来的丹顶鹤，被小心翼翼地装上一辆放倒了后座的面包车，一路观赏着窗外的飞雪，享受着如春日一般的空调。面包车低速行驶四百公里，平安抵达海拉尔西山鸟语林。除了没有给它们一个可以翱翔的季节，中国人做到了一切。

这四只丹顶鹤的食物特殊供应。苞米粒、大麦粒几经挑选，确保无任何添加剂。给它们喂的小鱼，第一，不能多刺；第二，大小要保证它们可以整个吞咽下去；第三，要事先解冻暖化，既要新鲜，又不能使丹顶鹤的胃肠受凉。它们的鸟舍，在保持合适温度的同时，还要保持完全清洁，一直置放着清水和绿色的草类，营造一种接近自然的环境。除此之外，要经常给它们测体温，称体重，做全身检查。这五个月中，呼伦贝尔的最低气温达到过-47℃，俄罗斯来的丹顶鹤安然无恙，仿佛身处南国湿地。

咱们一定要做到最好。这是参与这项工作的每一个人心之所想。中国人有良知，也有良能，为了保护世界上这个应该与我们同在的物种，也为了找回国家应得的诚信和尊严，五个月一百五十余天，鸟语林的园长小戴和华山博士时刻如履薄冰，现在终于完成了一个满分的答卷，四只丹顶鹤个个身体健硕无恙，羽翼丰满，处于最佳状态。

白头翁是草原上最早开放的花朵，它们在残雪里淡淡而出，矮小却饱满，像有谁漫撒了一地玛瑙石，莹莹地闪着蓝光。这就是草原的春天，迁徙的候鸟相继归来的季节。大天鹅、小天鹅、鸿雁、灰雁、蓑羽鹤、绿头鸭、大银鸥，仿佛相约于盛典，铺落在呼伦贝尔草原的水域。但是，这中间丹顶鹤极少，人们只见过它们三三两两的倩影。必须在有丹顶鹤的湿地对这四只俄罗斯来的丹顶鹤进行野化训练，才便于它们接触到鹤群或者大鹤。最佳选择当然是乌兰泡。呼伦贝尔的呼伦湖和贝尔湖最为著名，连接这两个湖的是从南向北而来的乌尔逊河，乌兰泡就是这条河中段弥漫出来的一片长满芦苇的湿地。在乌兰泡，原来的河道不见了，水潜流在芦苇的膝下，被密密匝匝的鸟巢占据着。这里是贝尔湖的鱼群游到呼伦湖产卵的通道，水中营养非常丰富，有大量鸟类的食物，可谓鸟的天堂。我每年都会到这里看看。我从未下过水，只是站在远远的岸上，用两只手在耳后挡住风声，细细地听那来自芦苇塘中的雏鸟叫声，静静等待在蓝天绿水间飞过的天鹅、鸿雁。有时候也会遇到大群银鸥飞过，刹那间天好像黑了，刹那间又亮了。我喜欢一个人享受这种大自然的恩赐，不知不觉就会滞留好长时间，我知道自己有点像一个偷窥者，进入了他人的村庄，因此小心翼翼。记得有一次，我遭到了彬彬有礼的警告。一个戴眼镜的保护站工作人员大概是在瞭望塔上看到了我，手拿铁丝围栏大门钥匙跑过来，我赶紧自报家门，他说："怎么不打声招呼，好给你介绍一下情况。"他随即打开大门。我是从铁丝网缝隙钻进去的，从大门走出来的时候有点尴尬。那个人有点像眼前的华山。

我通过视频了解了那四只丹顶鹤放飞的过程。北京林业大学的鹤类专家郭玉民教授被请来指导，华山博士和小戴院长具体操作。启程的那天，春日的阳光唤醒了丹顶鹤的记忆，它们按捺不住满心的喜悦，又舞又跳，如果顺其自然，不可能顺利上车。小戴和华山有办法，他们各自在一只手臂上套好一只黑色的袜套，另一只手像平日嬉戏时那样，捏住丹顶鹤长长的嘴，然后把袜套一翻，套在它们的头颅上，它们立刻在黑暗中安静下来，听由人抱着上了汽车。四只俄罗斯来的丹顶鹤，在中国境内开始了第二次汽车之旅。汽车从海拉尔低速行驶两百多公里，到达了乌兰泡湿地。那里已经给它们准备好了与野外只隔着一层网围栏的新居所。丹顶鹤们在里面可以沐浴草原微寒的风和阳光，可以嗅到潮湿的水气，可以看到无边无际的绿野，也可以听到来自芦苇深处的一片雁声鹤唳。它们的食物都是鲜活的，那些小鱼放在一个大大的食槽里，穿梭游动，丹顶鹤必须费尽心思才能叼住。它们事实上已经重新来到了大自然的怀抱，只要展开翅膀就可以重返蓝天。但是，它们在中国人五个多月的完美养护中，已经变得乐不思蜀，十分依恋人类。五个月的饱食终日，使它们已经有了几分杨贵妃式的慵懒。

郭玉民老师亲自动手，在它们的胫部安置了太阳能 GPS-GMS 永久性跟踪器。这个火柴盒大小的设备，每十分钟发射一次信号，可以让工作人员及时掌握它们的活动信息。丹顶鹤乘上汽车，来到了一片阳光灿烂的缓坡地，这个位置可以让丹顶鹤看见它们喜欢的湿地水面。

正是春风浩荡时，放飞开始了。

华山和小戴给丹顶鹤摘下头套，把它们放在原野上。可能是还没有适应光亮，四只丹顶鹤有点发愣，它们像在柴河的鹅圈里那样细脚伶仃地站着，慢慢缓过神来后，开始梳理它们的羽毛，在草丛中寻觅食物，却没有要飞翔的意思。

郭老师说："你们快轰赶它们。"

华山蹲下来，抚摸着丹顶鹤的颈子，推动着它们的身子，说："走吧，走吧。"小戴向空中扬起一把玉米粒，试图让丹顶鹤跳跃起来。

郭老师说："凶狠一点没关系，你们要教会它们害怕人，它们才能离开人，到野生环境中去。你们现在狠心一点，它们将来的危险就会少一点。"

文章写到这里，我觉得有必要穿插进来一个华山博士与狼的故事。

有一年春天，乌兰泡管护站来了一位骑马的牧民，他的蒙古袍胸襟里装着一只还没有睁开眼睛的小狼崽。在母狼产子的时候，如果遇到了意外的骚扰，母狼会立刻吃掉所有的幼崽。这只小狼崽被发现时正在草原上弱弱地叫着，很可能是母狼没有来得及吞掉的。如果不是被这位牧民发现，它很快就会冻死。华山救下这只小狼崽，用羊奶把它喂活。管护站正好有一只狗崽，华山就把它们放到一个笼子里饲养，后来它们长大了，像兄弟俩一样形影不离，一起在草原上奔跑，一起吃华山精心调制的食物，有时是馒头碎肉，有时是鲜鱼下水，有时是人吃剩的手把肉骨头。每当华山出现，它们老远就扑过来。狼高高地仰起脸，嘴巴对着华山发出轻轻的呢喃；狗呢，摇动着尾巴围着华山乱蹦乱跳。每当华山离开乌兰泡，这哥儿俩就爬上院子里的草垛目送华山，冲着天空乱叫不停。只不过狗是“汪、汪、汪”地叫，狼是“嗷——呜，嗷——呜”地嚎。更逗的是，这两个不同的物种在一起，常常会貌似发怒，佯做攻击。华山观察它们，发现那时它们前腿探出，身子后退，眼睛虎视眈眈直盯着对方，但是从不真动手，对峙一会儿，就恢复了耳鬓厮磨的嬉戏玩耍。后来它们长大了，成为两只训练有素的动物，华山出去瞭望时也会带上它们。要是草原上出现了什么新动向，它们会叫着给华山报信。如此，狼与狗在一起，在草原上相安无事地海逛了好几年，常常与牧民的马群、羊群擦肩而过，也没有发生过什么冲突，倒叫人们忘记了它们当中有一只狼。

某一天，华山发现狗没有按时回来，就带着狼满草原找。狼鼻子好使，在一户牧民家的院子附近找到了已经死去的狗。狗可能是吃了什么有毒的东西，发出一股奇怪的气味。华山只好离开，狼却不肯走，它围着狗的尸体转了又转，然后悲伤地兀立，凭华山怎么叫也寸步不离。华山只好把狗的尸体载到车上，带回管护站，找到一个合适的地方掩埋了。狼始终在一旁看着这个过程，一动不动，当华山埋下最后一锹土，狼飞也似的冲了出去。

第二天早上，一群气愤的牧民找到了管护站。原来是失去了哥们儿的狼，一口气咬死了人家的二十多只羊。在它的眼睛里，是那家人害死了它的兄弟。狼没有回来，牧民要求华山带他们去找这只狼，消除潜在的危险。不知道这狼躲在哪里，华山心里又气又痛，觉得对不住牧民，又在感情上无法割舍自己的狼。当华山呼叫狼的名字，狼从草窠蹦了出来，看到有生人，掉头就跑。牧民开着汽车、摩托车拼命追赶，狼表现出了它的天性，凶猛、机灵，跑得飞快，不时掉头拐弯，一会儿就把汽车和摩托车甩掉老远。在回家的路上，这狼竟然又咬死了一只肥壮的种公羊。后来管护站赔偿了牧民的损失，这只狼从此被人锁在笼子里，再也不敢放出来。现在华山每次回乌兰泡，都会去看看它。

从这个故事走出来，我们再看那四只不肯离去的丹顶鹤，或许会悟出点什么。人的世界和动物的世界应该是两个平行的星球，一旦交叉就会错乱百出。我们的关怀中充满人文色彩，却不知不觉地居高临下；那么动物在觅食的旅途中，会把人认定为乐善好施的上帝，还是一种愚蠢又蛮横的异类呢？这是一幅色彩缤纷却找不到线条的图画。动物真的那么低级而蒙昧吗？未必。在动物世界和人类世界之间会不会早已潜伏着一种文明的冲突，而我们还没有认知？或许我们终将发现更多的秘密。那么，让这四只丹顶鹤离开人的豢养，避免沦为那只狼，沦为特莫呼珠，去搏击风雨雷电，与自然融为一体，是人类对大自然母体的报答，也是人类文明的大道。我把这个故事写下来，就是要告诉更多的人，随意制约动物的天性是人性的扭曲，饲养宠物是人类霸权的表现，一味怜悯是区区小道。动物保护和环境保护是一致的，当地球布满了人类的足迹，人类便已然走到了应该自动退场的时代。当然，如果有一天世上再现一群仙鹤在月光下酣睡的场景，阿克萨科夫那样的猎人也会重来，那是又一轮慢慢开始的生态循环。

所有在场的人们一起驱赶俄罗斯来的四只丹顶鹤，他们挥舞着手中的围巾和帽子,大声地吼叫着,丹顶鹤果然仓皇而逃。天助也,有好风作为借力,四只丹顶鹤迎风而起,瞬间远去,它们在空中看到了乌兰泡的全景,那波光粼粼的水面呼唤着它们。

几个小时以后,GPS–GMS跟踪器显示,四只俄罗斯来的丹顶鹤,正徜徉在乌兰泡湿地中,捉捕鱼虾果腹。野生放飞初步成功。

郭玉民老师不久离开,赴欧洲参加丹顶鹤保护组织召开的会议。数日后他随身携带的仪器显示,有三只丹顶鹤已经成功返回俄罗斯兴安斯基鹤类保护基地。晚春季节,那里云集了世界上仅存的两千只丹顶鹤中的大部分,但愿它们会在鹤群里找到生命的归属。

另外一只丹顶鹤的信息尚不得而知。

接着,俄罗斯兴安斯基传来消息,俄罗斯鹤类养护专家已经见到了那三只中国回去的丹顶鹤,它们的状态和身上的跟踪器,让俄罗斯专家感到惊讶并因此赞叹。

你从草原来

我住的小区，在城市的尽头，再往西就没有建筑了。在密集的高楼丛林里，由于前后楼房的阻挡，大多数人家的视野，囿于小区的庭院之内。小区里有什么看头呢？无非千篇一律的花木、来来去去的私家车、一些简单的健身器材、几个色彩鲜艳的垃圾桶而已。我这座楼的东、南、北方向，就是这个景象。呼伦贝尔冷，一梯两户的房子，总是东边的抢手，我没有得到。不料这恰恰是长生天的眷顾，我因此拥有了一扇西窗，就在我书房的阳台上。倚窗望去，视线穿过簇新的外环公路，就是呼伦贝尔大草原。有时大野芳菲，有时千里冰封，可以看到白云的影子、骏马的长鬃、蔚蓝色的雪旋风、明亮的湖水、在车上移动的草垛，蒙古包的炊烟、骑手的剪影和看不到边界的远方。

我有一扇窗，面向大草原，在城市可谓奢侈。

卖牛奶的乌云挂

你瞧，当我从书桌上抬起头，就看见她到了。她正在楼下的小区门口卖牛奶。一辆红色的三轮摩托车，罩着帆布遮光篷，车上装了四个奶桶。她四十岁左右的年龄，脸褐红，细长的眼睛在阳光里半眯着，身穿一件墨绿色的旧蒙古袍，坐在后车檐上招呼着顾客。她的裙袂前有一个纸壳箱，摆放着全麦列巴和洁白的奶干、奶豆腐、西米单（稀奶油），一看就是手工制作的。有一男一女两个小孩在她的前后嬉闹着，不断黏缠着她。可能她舍不得给孩子们吃那些用于出售的奶制品，给他们一人买了一个棒棒糖。现在棒棒糖已经被吸吮成了薄薄的“玻璃片”，孩子们举起那“玻璃片”对着太阳照着晃着，忍不住地又放进嘴里接着吸吮。她似乎想说，慢点吃，一天就一块啊，可她顾不上说，她忙得抬不起头来。她左手拿着一个套着塑料袋的漏斗，右手用提斗往里面注入牛奶，还要不时腾出手去收钱，她只能头也不回地喊一声——吁……吁……像是在吆喝两匹小马驹。当她从奶桶上抬起头来的时候，我们看到的是一直存在的微笑，而不是那种为了生意堆出来的笑。她挺忙挺累，但她的微笑不曾消退，仿佛这微笑就是她的长相，就是她的神色，所以，她给人的感觉总是心情很好。

关于牛奶，我可谓经验丰富。如果说我是喝牛奶长大的，那是其一；说我研究着呼伦贝尔的牛奶走过大半辈子，成了一个土专家，也不为过。只要几滴呼伦贝尔牛奶落在我的舌尖上，我就可以告诉你，这是什么牛出的奶。圈养牛出的奶，有种牛粪牛尿的膻臊味，因为其吃喝拉撒都在同一个很小的区域内；在草原上自由徜徉的牛出的奶，微甜，有花香草香气；吃玉米秸的牛出的奶，像是淀粉泡了冷水，清沥寡淡；打了抗生素的牛出奶比平日少，回味的时候有点苦；机器挤出来的牛奶，和人工挤出来的牛奶也十分不同，一个发涩，一个油润；刚下过犊的蒙古黄牛出的奶，浓郁醇香，属上上品；引进了贝加尔牛和西门塔尔血统的黑白花牛，奶量大，营养含量也还不错……总之，我们呼伦贝尔草原，有大片天然优良的草场，牧民延续传统的散养方式，所以半个世纪以来，牛奶基本没有品质问题。只有我这类轴人，才能挖掘出这么多的说道。

她上午十点左右来卖牛奶，到下午三四点才能卖完，有的时候牛奶卖不完,要天擦黑才能回家。中午的时候,顾客少,会有一段空闲,她便打一饭盒牛奶,让她的孩子送到小饭馆烧开,再打开纸壳箱里的塑料袋,抓出浅浅一小把奶干泡在孩子们的奶里,然后拿出个布里亚特面包,娘儿仨守在一起慢慢吃起来。她们吃得香甜,让我看得也香甜。这时候,她会用蒙语和孩子们说半天话,说着说着,娘儿仨就咯咯地笑一阵。笑够了,她们的午餐便结束了。可是对来买牛奶的顾客,她说话往往很简短,想来是觉得自己讲普通话不流畅,有一点不好意思。不过,她脸上的微笑已经替她说了话。爱笑的女人有好命,爱笑的额吉心里能装得下一千匹马的马群。她就是卖牛奶的乌云挂,从她身上泡泡袖的旧袍子可以看得出,她是一位布里亚特蒙古族妇女,一个肩扛生活重担的母亲。不用问,她来自我窗外的"腾格里哈涯"。

我们小区的门口,原有好几个卖牛奶的,我一般两天打一次牛奶,每次一斤。由于忙三迭四,从不挑剔,我往往是赶上谁的算谁的,并且打了就走。自从乌云挂出现,我就改了习惯,每天特地下楼,打上一斤她的牛奶。

一来二去,我和乌云挂就熟悉了起来,便小心翼翼地问:"为啥比别人家的牛奶贵五角钱?"

她指指奶桶说:"里面有爱呀。买吧。"

奶桶里的奶汁上面浮着一层黏稠的油脂,犹如一块蜂蜜色的绸缎,褶皱间光泽莹莹,香气隐隐。果然是好奶子,让我突然有了一种捧起来咕咚咕咚喝一气的冲动。久违的记忆冒出来了:小时候放学回到家,跑得满身是汗,姥姥就会递过一碗用井水拔的奶子,有时是甜的,有时是酸的,一仰脖子一碗奶进肚,全身的血管被凝结,瞬间又簌簌地融化开,满身都是脂肪的芬芳,像是一片浸透了春雨的草原,那种快感是语言难以描绘的。常年和俄罗斯人打交道的父亲,闲下来会把生奶子直接和红茶勾兑，再加一勺古巴糖，哄得我们乐翻天。那时候我们全然不担心什么病毒细菌，也不知道什么防腐剂黏稠剂之类，只管享受那份香甜。曾几何时，牛奶被装进纸盒，装进锡纸袋，用几十种标注给予解构，成了生物蛋白和化学名词以及十几道工序的代言体，让我完全陌生，乃至难以置信。

牛奶里面有爱，什么意思呢？

乌云挂微笑着，用手拍拍自己的乳房，露出几分害羞。

我问，是不是可以放心给婴儿吃的意思？

她摇摇头。

见我满脸不解，她站起身，走过去，拉过来一个在玩耍的孩子，搂在自己的乳胸处，轻轻撞了几下。

我立时就明白了。她说的是"撞奶"。

母牛产犊后，乳房膨大，但是奶水却不一定丰盈，这时候要小牛犊上去吸吮，母牛便会分泌一种幸福的多巴胺，使自己如醉如痴，甘于奉献，因而乳腺畅通，奶水自然就又多又好。小牛犊吃不了那么多，牧民顺势挤出来留用。到了小牛犊学会吃草，就不给它吃奶了，但是牧民挤奶的时候，要先把小牛犊抱到母亲乳房下，让它吸吮几口，等于撞开了母牛乳腺的开关，奶水因而流畅丰盈。如此这般，正如乌云挂所说，母牛的母爱都在奶汁里了。如果没有小牛犊撞奶，这时候挤奶就不大容易了，甚至有的奶牛还会"回奶"，乳房渐渐萎缩，奶量大减。现在一些奶牛饲养场，引进了电动挤奶机，看似一片机械化作业，既卫生又高速，可是母牛哺乳的其乐融融消失了，母牛的乳头被冰冷的机器箍紧拽痛，情绪愤懑，却无力反抗，像人类一样，坏情绪导致分泌不良激素，乳汁里就没有爱了。

乌云挂告诉我，别人家贩牛奶，在家里等着养牛户送货，她家是每天早晨上养牛户家去收奶,看着小牛犊撞奶,看着嫂子们挤奶,收来的奶就是比别人家的好。

我说:"那你得多辛苦啊?"

乌云挂说:"早点起来就行了,收的是几个邻居家的奶。"

我知道,草原牧户之间一般都有草场隔着,他们所说的邻居,最少隔着三四里地的距离。乌云挂起早贪黑的,多挣五角钱,实在是理所应当。

就在她站起来的时候,我看到了她全身的样貌,方明白她为何总是坐在车檐上给顾客打奶。她是个小儿麻痹症患者,走路拖着一条腿,身子向一侧倾斜着,很是艰难。看得出她有些疲惫,身子在宽大的蒙古袍下沉重地移动着。

"这样的身体状况,你何必如此要强?"

乌云挂家有两千多亩草场,养着二百只羊,她的丈夫在草场上放羊,她就做起了牛奶的生意。她指着两个孩子说:"不行啊,老大上学要花钱,这个小的也要上幼儿园,需要交托费了,怎么办,我们又不愿意超载。"

超载的意思就是在有限的草场上牧养超量的牲畜,以求利益最大化,其结果是牲畜啃光草根,导致沙化。草场一旦沙化,就是倒掉的多米诺骨牌,沙化面积会不停蔓延,恢复起来可不是一年两年的事。正经的牧民是不会超载放牧的。

白天开始渐短,冷雨绵绵的日子到了。孩子们上学的上学,上幼儿园的上幼儿园,乌云挂一个人缩坐在车篷里打着奶。她告诉我,她丈夫过两天打完了秋草就可以来送她接她了。我买光她最后的五斤牛奶,在周边的朋友群里发了一条微信,推荐乌云挂"有爱的牛奶",并呼吁大家都多买一些,让她每天可以早点回家。

没想到的是，我回家一煮这五斤牛奶，发现奶汁出现了蛋白质和水分的分解，就是说，这奶子酸了。我赶紧用一块纱布，澄清其中水分，将剩下的奶酪部分压实，晾干，做成了喷香的奶豆腐，我没有把这事告诉乌云挂，第二天就出差了。

我回来的时候，已是清雪飘飘。我倚窗而望，楼下没有乌云挂的红色三轮摩托车，空旷的草原变成了一层白纱，没有她远来的身影，也没有她归去的车辙。我心里有几分空落，便也不想着打牛奶这事了。几天后的一个早上，我打开窗子换空气，一下子看到了乌云挂的那辆红色三轮摩托车，只是卖牛奶的人不是乌云挂，是她的丈夫。不一会儿，就听到他远远地叫我："那个姐——四楼的那个姐——"

乌云挂的丈夫看着要比乌云挂年轻些，白种人一般的肤色，金色的头发自来卷，眼睛是湖蓝色的，使人想起贝加尔湖畔的绿野长风，布里亚特蒙古人曾经在那里游牧数代，于一百年前回归呼伦贝尔。他的靴子上沾满了雪地的泥泞，身上散发着秋草的气味，手里拎着一袋鲜牛奶，那神情，是要完成一件大事的郑重。

他说乌云挂那一天晚上烫奶桶的时候，发现了酸味，后来把所有打牛奶的人都找到，做了退换，只有我最晚出现。乌云挂不知道我的名字，但记住了我的窗子。

"乌云挂呢？她怎么没来？"

"她呀，嘿嘿……生了。"

"什么？"

"生了，是个小子。"他腼腆地搓着手上的奶汁。

居然，居然……我一点没发现，想想，原来她宽松的蒙古袍下，遮掩着一个幸福的秘密。

我知道必须收下这袋子五斤偏多的鲜奶，这是一种尊重。

乌云挂的丈夫长长地舒了一口气，好像总算了却了一件心事。

我问："你出来卖牛奶，谁照顾乌云挂呀？"

他回答："大的。她放学回来烧茶。"

我担心地问："大的也还是二年级的孩子啊，她会吗？"

他回答："照着告诉的做，她还行。"

我想象着草原上那个刚建好的牧民定居房里的情形，想象着那个二年级的小姑娘，苹果脸，水晶一样的眼睛，她推开门，庄重地举着一只铜勺，把奶汁扬向蓝天……回头间，看见睡在摇篮里的弟弟醒了，而极度劳累的额吉刚刚睡着……

无边的草原，在轻轻呼吸。

塞吉雅和她的百岁额吉

仲夏之夜，雨过天晴，万籁俱寂。我敞开窗户，放丝丝缕缕的凉意进来，放星月的光芒进来，慢慢进入文学的空间。

突然，窗外传来一串咯咯的笑声："哎哟，我怕，哥哥，老公，你慢点……"接着是电动车突突地颠过坑洼路面的声音。

有意思，蒙语里面加了一个汉语流行词——"老公"。原来"哥哥"，叫的是自己的丈夫。如今，草原上的姑娘已是风情万种，草原上的小伙子，再也不是进了蒙古包把马鞍子一安置，只管喝酒吃肉的那一款了，他们懂得女人是男人掌心的红珊瑚，越抚慰越美好。

果然那老公说："别怕，我来，我来……"

我想他们来自草原，以草原的博大，足以让世界上所有的声音变小，小到成为一缕若有若无的云。放歌纵酒，无拘无束，草原人的快乐是天经地义的，不会打扰任何人。而在此刻，他们忘了那些在水泥抽屉里或睡或醒的人们,也是很自然的事情。

我俯身在窗台上,轻轻地咳嗽一声。小区恢复了安静,我想他们是推着车,悄悄走出去的。

深秋的时候我去了南方,回来已经是春风徐徐,绿野葳蕤了。原本没有住满的小区,热闹了不少。

我在窗前一看,北楼一层的一个阳台下有了生机勃勃的景象。那窗子上,挂出了一串毛茸茸的羊耳朵,看着是从今年的新羊羔耳朵上剪下来的耳记。在草原上,每一家的羊耳记形状都不一样,即使各家的羊混了群,一看羊耳朵的缺口,也可以很方便地辨认清楚。羊耳记也是丰收的象征,进了蒙古包,一看哈栅(蒙古包的木围墙)上挂的羊耳记有多少,就知道这家的家境了。过年了,老额吉会摘下那串羊耳记,到风里抖一抖灰尘,再重新挂好,象征吉祥洁净。

过了两天,这家的窗子上,又挂出了一串嘎拉哈。嘎拉哈就是羊后腿的膝盖骨,此乃天成之物,精巧圆润,串成一串,像硕大的砗磲项链,好不漂亮。嘎拉哈是用来“欻”的,这个“欻”是个象声词,把一袋子嘎拉哈哗啦哗啦倒在毡子上,抓一把轻轻撒出去,从中找出一对,或谋求朝上一面的相同,以此来定输赢,这就叫“欻”。蒙古包里的孩子们一代一代地欻下去,创造出多种嘎拉哈游戏模式。游牧时代,积攒嘎拉哈,是草原母亲的一桩大事。女儿出嫁时,母亲会给女儿准备好一口袋嘎拉哈,剔干净上面的筋头,涂上各种鲜艳的颜色。女儿随夫家逐水草游牧,路途迢迢,命运多舛,不知道这辈子还能不能和母家重逢,当女儿想念母亲的时候,就打开嘎拉哈口袋开欻,欻着欻着,进入了游戏,就忘了想家了。

由于生活的改善,近年来很多牧民在城里买了房子,或方便孩子进城上学,或方便老人就医。他们带来了羊耳记,带来了嘎拉哈。

我还真没猜错。这家的额吉是个老寿星，快一百岁了。她看上去并不像有如此高龄，虽然走路有点左右摇晃，但是身子骨还硬朗，那紫铜色的脸上，眼睛明亮，笑的时候皱纹舒展，绽放出乳汁色。她拄着拐杖，出来晒太阳。晒太阳的时候她不坐，只是向着草原的方向久久地站着，无疑她想念草原，想念那种开阔的生活和清新的空气。她隔几天就要换一件蒙古袍，宝蓝色的、枣红色的、墨绿色的，有好几件，都是簇新的。或许她太寂寞了，晒太阳就成了她每天的重要仪式。我发现，老额吉的蒙古袍扣子是老的，有银子錾花的，有老玛瑙珠子的，也有牛骨头刻出来的，和她饱经沧桑的脸很搭。草原上来的百岁老额吉，把自己活成了神仙，她身上的每一个细节都是千古之谜。

一群大尾巴的喜鹊从天而降，围着老额吉的靴子蹦跶起落。五只不同品种的流浪狗，仿佛约好了似的，一起出现在老额吉的周围，它们瘪着脏兮兮的肚子，蹲坐在老额吉的脚下，像守规矩的小学生，静静的，不敢索要食物。草原老人历经沧桑，大自然的精华便留在了他们的生命里，这些聪明的小动物应该早有感应。

阳光中，只剩下喜鹊羽毛上的一丝风。

额吉巍峨，一动不动，眼睛里是亘古的光泽。

那个曾在我窗下走过的爱笑的女人悄然出现。

她并非我想象的那般摇曳多姿，身上看不出有什么骄娇之气。她已经五十多岁了，矮且瘦，满头花白，在阳光中，像是头上插着许多银麦芒，一闪一闪的。她穿着一件看不出花色的旧衬衫，弯着腰，低着头，忙忙碌碌的，好像一天到晚从不休息。只要我往窗前一望，准能看到她的身影——把牛肉切成条状，然后撒上盐，一条条挂在铁丝架子上晾着；把毛呢的蒙古袍在通风处吹过，一遍遍地敲打浮尘……洗菜，做饭，整理房前屋后的杂物……她的主要任务是照顾老额吉的生活，余下时间便在小区里捡一些可以卖钱的废品。她从不和外人搭讪，没有人知道她说话的声音，原是那么如莺如磬。她是老额吉的儿媳，后来我知道她的名字叫赛吉雅，好缘分的意思。

赛吉雅的一天是这样开始的——开窗子，扶着老额吉在窗前站一会儿，然后照顾老额吉喝茶吃早饭。这时候喜鹊和流浪狗准时现身，她出门，把装着剩饭等食物的盆子放在地上，由着喜鹊和狗去争抢。这群喜鹊原来在她家蒙古包附近觅食，额吉搬进城了，它们就跟着额吉的味来了，而流浪狗是跟着喜鹊来的，来了就不走了。

在这个小区刚交工的时候，赛吉雅偶然发现，很多装修废品可以卖钱，于是每天早上让她丈夫开着三轮摩托车把她送到这里，晚上将她和一车收获一并拉回去。她家不远，住在我西窗外的草原上。由于当年她遭遇车祸急需钱，便把自家的草场长租出去了，提前用完了租金。现在，她丈夫给贩羊的老板打工，抓羊、运羊、杀羊，她干一些零活挣钱。她家里有老人，还有一个读高中的儿子需要供养，生活不算富裕。她在我们这个小区出入的时间长了，发现有水有电有暖气的一个小单元，月租金八百元，他们夫妻使使劲还付得起，便带着辛苦了一辈子的老额吉住了进来。一想到这个冬天老额吉的腰腿不会那么痛了，当儿女的他们心里很安慰。

赛吉雅捡废品的时候，总是带着扫帚和撮子。她收起了纸壳子塑料之类，还要一个个打开居民扔出的垃圾袋，挑出袋里的干巴馒头、没吃干净的罐头、肉骨头之类，洗干净了喂喜鹊和狗。她翻完塑料袋，会随手将落在地上的零碎垃圾扫起来，重新装好，放入垃圾桶，将周围收拾得干干净净。生活垃圾又脏又臭，她埋头挑拣着，淘金般的聚精会神。我在楼上看着，不由心生敬意。我坐在温暖舒适的书房里，一个字一个字地写着，仅仅是要向世界述说一点美。写呀改呀，动辄五遍八遍，用的是心。同是用了心的劳动,埋头在垃圾袋里的赛吉雅岂不更是难能可贵?

我立即翻遍家里的每一个角落,清理出一大堆可回收废品,送到赛吉雅跟前。赛吉雅高兴了,但她并不看我,低着头告诉我,这些东西值好几天的房租呢。这时候,我离她很近,突然发现,她一半脸被撞碎了,眼眶没了,那脸的样子叫人心痛。

她忽然意识到了什么,转过头去,好像做错了什么事。我赶紧定定神,伸手去帮她解几个没有翻过的塑料袋,她拦我,推让中的那一刻,我们开始直视彼此,直至都不再回避,就这样我们成了朋友。

赛吉雅告诉我一个秘密,她和丈夫正在攒钱,再攒三五年把这房子给老额吉买下来,住自己的房子,老额吉就会舒心,就会像草原一样长生不老。

下雪了,老额吉一百岁了。

我邀请了摄影家协会的朋友给老额吉拍生日照,时间约好在早上七点半和下午四点半。上午给老额吉拍全身照,将西面的茫茫草原作为背景收入画面;下午拍人像,利用落日前柔和的自然光,彰显草原母亲的气质。我嘱咐赛吉雅让老额吉事前养好精神,还要给她准备好服饰,梳理好辫子,唯独没有想到对室外环境提什么要求。

这可倒好,第二天早上,我推开窗子一看,哎呀,整个世界王炸!赛吉雅家阳台下的雪地上,一片五红大绿,人造的春天业已完工。赛吉雅平日捡垃圾的时候,积攒下了很多废塑料花,如今被洗得干干净净,一股脑地插在了白雪中——牡丹、玫瑰、郁金香、夹竹桃,还有七扭八歪的干枝梅,你别说,远远看去,还真是争奇斗艳,叫人眼前一亮。

人的思维,有时貌似突兀,却无不带着以往的经验,如果说草原在赛吉雅的血液里,那么城市则在她的梦想里。虽然她的城市梦还没有走出这个小区,但是已经让她不同以往。你看,她说话变成了低低私语,笑起来把声音含在嘴里，只有自己可以听到。她脱下了那件旧衬衫，换上了金光闪闪的弹力丝裙。她看见了花坛里那些伪装者一般娇艳的假花，便觉得发现了城市的审美范本，于是欣喜地收获了未经甄别的经验，试图替代以往的某些记忆。她还不知道，现代城市种种的艳丽，正是自己熟知的自然之美渐渐远去的结果。她仿佛在一条没有终点的跑道上竭力追逐着前方，却终将经历迷失，以前所未有的方式抵达失去的原乡。

拍照十分顺利，老额吉身穿枣红色的蒙古袍，站在雪地上，麦穗般的长辫盘在头顶，耳朵上是一对硕大的老蜜蜡耳坠，胸前戴着一串旧绿松石项链。她面带微笑，雍容大方。那不会凋谢的花朵盛开在她身前身后，那些流浪狗抖擞精神，穿梭于花间，叽叽喳喳的喜鹊被这热闹吓怕了，高高地盘旋在额吉的肩头，朝晖用金手指抹亮一切，大雪无痕，天人合一。

下午的拍照要结束了，老额吉叫住了摄影师，然后向围观的人群里挥手，她的意思是等一等，她要和儿媳妇来一张合影。赛吉雅呢？我发现她一直躲在一个男人的背后，那是个头发斑白，却目光有神，英俊犹在的小老头，应该是赛吉雅的“哥哥”或“老公”。

眼见得赛吉雅赶紧把头埋在丈夫（哥哥）身上。她不愿意让人看她那受伤的脸。

老额吉走过来了，看着她拖着沉重的双腿，尽量快走的样子，就知道她心里多想要这张合影。她背对围观者，然后，轻轻地捧起儿媳妇的脸，吻她的额头……相机的镜头看不到赛吉雅伤痕累累的容颜，却看到了亘古的人间至爱。一个百岁母亲的智慧，就像草原的晨雾，无声地滋润大地。

赛吉雅小鸟依人一般，轻轻地笑了。

没有人发现这一细节后面的隐秘。

天鹅湖畔的那顺乌日图

他叫那顺乌日图，是一个音乐制作人，也是一个电视片导演。他的作品经常出现在电视荧屏上，也常常在网络上走红。每次见到他，都是在文学艺术界的活动或聚会上，他总是显得很帅气、很精神，也很文艺。他和许多牧区来的文艺青年一样，穿着考究的蒙古袍——精纺深色毛呢料子，加银色织锦绲边，配一双软皮深棕色短毛靴子，与众不同的是，他胸前的吊坠，不是流行的银包狼牙，也不是炫人眼目的老蜜蜡老松石，而是一幅镶嵌在水晶外壳里的小照片。

我在草原深处的天鹅湖偶遇那顺乌日图，一时没有认出来他。只见他满脸早春的霜雪，骑在马上，穿着翻毛皮大氅，手上戴着羊羔皮马蹄袖，帽子上的红缨穗在风中飘扬，和一个常见的牧人没有什么两样。是他胸前的吊坠让我认出了他。

那顺乌日图从草原到都市，又从都市回到草原，无论遇到什么事情，不论外面的世界有多少掌声和鲜花，他始终佩戴着父母留给他的物品，就是他胸前吊坠里镶嵌的这张照片。照片由一个常年行走于草原的摄影家拍摄，看起来十分奇异。

你看——阿妈和阿爸站在湖里，湖水几乎漫过他们的脖颈，他们二人共同抱着一只大天鹅，面带笑容。那天鹅毫不惊慌，像一个非常有安全感的幼儿，昂首直面苍穹。清澈的湖水被天空染蓝，成群的天鹅在阿爸和阿妈身后游动，仿佛一朵朵白云飘动在水面上。阿妈在水里逐个亲吻那些刚出壳的天鹅雏鸟，最后抱起了这只天鹅王。所有的天鹅都很温顺，仿佛懂得这是一次永恒的纪念。

没有人说得清呼伦贝尔草原上有多少个湖泊。要是雨水好，草原上的水泡子,就像当年成吉思汗从这里娶走孛儿帖时撒下的珠宝那么多。四月,万物仍在酣睡,风把天和地搅成一体,太阳就像一个大银盆里最后的那枚蛋黄,凝固在严寒之中。直到厚厚的白雪被风扫干净,你才会看到那一大片布满冰凌花的墨玉,看到那顺乌日图家蒙古包上的炊烟,看到那顺乌日图的阿爸阿妈走动的身影。这里就是那顺乌日图家的牧场,这个湖那时候叫冰湖。

一年到头,那顺乌日图的阿妈期待季节轮回。她在冬盼春,在夏盼秋,等天鹅归来,送天鹅远行。哪怕在暴风雪即将来临的黄昏,她推开蒙古包门的第一个动作,也是一手扶着门框,艰难地直起身子,用另一只手将马蹄袖扣在口鼻处挡住寒气,向寂静的湖面眺望。

突然,太阳的光晕一抖,一串小号似的鸣唱脱颖而出——“咯——咯喔,咯——咯喔”,那声音嘹亮而有力,一会儿密集,一会儿疏朗,片刻间,就见天鹅群徐徐而落,在湖水和残雪间轻盈舞蹈。阿妈兴高采烈,用一把包浆圆润的铜勺,向天空高高扬洒三勺洁白的牛奶,祝福这些可爱的天鹅。我们家的天鹅回来了!我们家的天鹅回来了——草原上没有别人,只有阿妈长调一般的声音久久回荡。那顺乌日图看见满头的霜雪融化在阿妈的眼睛里,显得亮晶晶的,那是母亲的眼神,像是接回了远嫁的女儿。

那时那顺乌日图还小,记不清是在哪一个夏天,湖边出现一只孤独的天鹅,一个劲对着芦苇丛鸣叫,飞起来,又落下,盘旋着不肯离开。阿妈远远地看着,便明白了。她抱着那顺乌日图上了马背,躲到牛粪垛后面望着湖面。果然,另一只天鹅拖着断翅游了过来,这受伤的天鹅把头无力地倚在等待它已久的伴侣肩上,它们就像阿妈和阿爸在寒冷的打草场上那样彼此依偎着。

草原之夜安详静谧,只有天上的星星滴滴欲坠。

阿妈在朝晖中归来，往这对天鹅跟前的草地上撒了好多黄瓜籽。那顺乌日图的阿妈这辈子救过无数生灵，在她的眼睛里，一切会呼吸的生命，不论是一只银鸥，还是一只小豆鼠，都是和牧人手牵手的兄弟姊妹，在生存的道路上，不能没有它们存在。黄瓜籽是来自蒙医的接骨偏方，她每天给天鹅投食两遍，像一个老蒙医那样精心地照料着自己的患者。果然，那只受伤的天鹅很快好了起来。

由于阿妈的宠爱，这对天鹅胆子越发大了。在湖中嬉戏梳妆，在湖畔跳舞觅食，已经不能满足它们儿童般的天性，它们开始出现在那顺乌日图家蒙古包门前，伸长了脖子咯咯叫着跟阿妈亲昵，还扇动那巨大的翅膀，把小羊羔吓得乱跑；它们经常肆意地钻到马的肚皮底下乘凉，把马吓得乱跳不说，还抢了小马驹的草籽吃。那顺乌日图家的豆饼、馒头，甚至舍不得吃的奶豆腐，它们通通尝过。要是它们闯进蒙古包，那是见啥吃啥，吃饱了，就到处乱吐乱拉，它们的粪便很稀，有一股呛人的气味，简直让人无法忍受。有一次这两个调皮鬼闻到炒米的香味，就往铁炉子上扑，要不是阿妈一桶水泼过去，它们早就变成烤鹅了。后来阿妈发话了，她说——就是阿尔山庙的僧人爷爷来做客，也要坐在蒙古包的西边，安安稳稳地等着我斟奶茶吧？这是规矩，知道不？

天鹅好像听懂了阿妈的话。从那天起，那顺乌日图每天上学放学路过冰湖时，湖面总是静悄悄的，那一对天鹅真的消失了。那顺乌日图想，它们应该是到西伯利亚寻觅大部队去了。草原上又恢复了以往的样子，空旷无垠，少了一个焦点。

长生天啊——老天爷啊——阿弥陀佛……你看，阿妈也有惊慌的时候，她都不知道怎样把这个消息告诉儿子了。没等那顺乌日图把马拴好，她就把放学的儿子拉到了湖边上。天哪，那顺乌日图也大吃一惊，你说这一对天鹅这么多天干啥去了？原来它们是在芦苇荡里做巢，孵出了一窝小天鹅。小天鹅一共有三只,浅灰色的,此时就像三团蓬松的羊毛,漂浮在父母的身后,离岸边越来越近了!阿妈爱怜天鹅一家子,将原本要给小马驹小牛犊吃的豆饼,分给了它们一半。五只天鹅可真能吃,要是没有湖中的小鱼小虾作补充,这个家还喂不起它们呢。

应该是缘分到了。第二年的春末,这对记忆清晰的天鹅,为那顺乌日图家的冰湖引来了七对漂亮的天鹅夫妻。它们到了这里,就再也不肯继续长途跋涉,接着往西伯利亚飞了。它们就像一群没心没肺的小青年,因为贪图安乐,就把生养自己的故乡给忘了。后来天鹅越来越多,最热闹的时候,那顺乌日图家一平方公里大小的湖面,白花花铺满了一层,数都数不清,冰湖变成了美丽的天鹅湖。

不知啥时候,阿妈的黑发中生出了几缕银色的冰茅,好在她的那匹小青马身子骨硬朗,腿脚也挺好。因为担心盗猎人的夹子和毒药,阿妈每天骑着小青马,绕着湖面巡查,她的手里攥着鞭子,保护着清澈的湖水和美丽的天鹅。草原上渐渐地有了一个传说——阿妈的天鹅湖,是天下最吉祥的地方。

谁也不知道是因为什么,草原遭遇了连年的干旱,阿妈的天鹅湖渐渐缩小,很快变成了一片空旷的洼地,湖面只剩下不足二十平方米,一些顽强的小鱼小虾,一锅粥似的拥挤在里面。看不到天鹅在水中跳舞,只听见天鹅队列路过时惊恐的叫声。每逢五月十三和七月初三吉日,无论下雨还是暴热,阿妈和阿爸都要手捧蓝色的哈达,在宝格达乌拉圣山跟前,为每一只羊羔和天鹅祈祷,盼望草原逢甘霖,盼望草原儿女开笑颜。

那顺乌日图就是在这个时候,有了到远方学艺术的念头。那顺乌日图不是为了逃避草原寂寞艰苦的生活,他是想着如果有一天,当阿妈、阿爸和这锦绣一般的草原,以及阿妈那带包浆的铜勺子、牛皮和鹿筋编的牧羊鞭，随着风远去了，自己要能把它们找回来，让它们像草原上的长调《牧歌》那样，永远活着。阿妈说——去吧，去吧，天鹅飞得再高，影子还在地上，走到哪里都不要忘记，草原是你的家。

转眼就是八年，草原上水草丰美的景象终于再现，阿妈却老了，她坐在湖边的石头上，不说话，久久看着归去来兮的天鹅。横跨天地的彩虹，映照着她种子一般成熟的面容，映照着她眼角的鱼尾纹，映照着她身上的紫色蒙古袍和白头巾，显得分外明艳。阿妈就像是坐在一幅背景深远的画里。

阿爸告诉那顺乌日图，那一年阿妈在湖边捡到了一只受伤的小黄羊，就把它的伤治好，放在羊羔圈里喂养着。小羊羔像一堆一动不动的雪，小黄羊像一块跳来跳去的金子；小羊羔吃饱了慢慢徜徉，小黄羊吃饱了，就要跃出羊圈，刮风似的在草原上跑。正赶上阿妈忙得忘了拴家里那条凶猛的大狗，结果这狗就把小黄羊当成狼崽或者狐狸什么的，几口给咬死了。事情都赶到一块了——有一对天鹅的蛋，被盗猎者偷了，这对天鹅只好重新下了一窝蛋，当它们的孩子出生的时候，秋天来了，成群的天鹅带着自己的孩子向南飞走了，这对天鹅的孩子却还没有学会飞行。湖面开始结冰了，这一家天鹅，还傻傻地站在带冰碴儿的草窝里，眼看水面就要给冰封住，那两只小天鹅就要被冻死了。阿妈骑着马蹚冰水去救天鹅，她的小青马已然衰老，当她终于把小天鹅抱在怀里，小青马扛不住冰冷的湖水，身子一歪，就把阿妈摔在了湖里。阿妈病了一场，从那以后，身体便一天不如一天了……

阿妈走得那样突然，当那顺乌日图赶回家的时候，她已经永远闭上了眼睛。人们撤掉蒙古包的穹顶和围杆，阿妈便安眠在茫茫草原上了，她的身体显得那样弱小，像一个摇篮里的婴儿，草原博大的苍穹犹如母体一般拥抱着她。

那顺乌日图想念阿妈，眷恋着古老的草原，却还是选择了在城市里流浪。那顺乌日图是谁？那顺乌日图柔软的手还能握住套马杆吗？那顺乌日图细腻的皮肤还能禁得住严寒酷暑吗？每当那顺乌日图用一个牧人之子的情怀，在婚礼上唱歌的时候，他十分清醒，知道这其实是一次消费：别人消费着金钱，他在消费着刻骨铭心的气质。于是，那顺乌日图决定回家，回到他生命的源泉之地，以一种崭新的方式，守护绿色的家园。

我突然想起在来的途中，停车在天鹅湖边上看天鹅的时候，身旁突然出现四个骑马的牧民，一直跟随着我们，彬彬有礼，但眼睛里全是警惕。一问那顺乌日图，果然，这是他发起的草原牧民生态保护行动的一个项目。为了让栖息在天鹅湖的鸟类不受伤害，草原上的年轻人像阿妈一样，天天环湖巡视。当他们骑马的身影走过，湖中飘逸的白天鹅毫不惊慌，兀自梳妆嬉戏，或许在它们的眼睛里，那些骑马的人是风景的一部分。

你做的鞍子在说话

你少说话，你做的鞍子会说话——这是我哥哥巴特尔的师傅留给他的教导，同时留给他的还有一个师傅的师傅传下来的铁砧子。六十年转瞬即逝，呼伦贝尔一代鞍具大师，我哥哥巴特尔，他一直坐在那个黢黑发亮的砧子跟前，“咔——咔——咔——”地打錾鞍具。金银铜铁，在他的凿子下熠熠闪光，慢慢绽放出海棠卷草和吉祥八宝的图案。当暴风雪肆虐的夜晚，这声音汇入骏马的嘶鸣；当第一棵灰绿色的牧草钻出地面，这声音追赶着激荡的春雷。

你做的鞍子会说话——我哥哥巴特尔把一生的梦想，錾入了沧桑的岁月里。

五十年前，我哥哥巴特尔虽然还是个年轻人，但驯马的本领，已经像一首诗那样传遍了草原。他牧放的马，跑起来比苍鹰飞得还快；他调教的马，懂得岔开四条腿，用身子给主人挡风雨；他饲养的马，蹄子就像成吉思汗抛出的石块，踢死过一只凶猛的狼王。于是，我哥哥巴特尔被选调到市委后勤处，给一位市委副书记养马驯马。那副书记要马不是为了别的什么，是为了骑马下乡了解牧民的生产生活。千里冰封的严冬他下乡，骄阳似火的三伏天他还下乡，一去就是半个月二十天，所以后勤处要时刻为他准备两匹马。为了保证马匹处于最好的状态，上级便派我哥哥巴特尔跟着副书记下乡。我哥哥巴特尔搞不清副书记这职务用蒙语怎么说，只好称其为达拉嘎。在蒙语里，达拉嘎现在的意思是领导。在草原上，我哥哥巴特尔亲眼看到达拉嘎在牧民家吃过饭，就掏出钱和粮票放在蒙古包的桌子上；亲眼看到他脱下身上的翻毛皮大氅，送给了一位衣着单薄的老阿爸。

我哥哥巴特尔说："我这辈子最大的福，就是遇上了好领导，遇上了好师傅。"

下乡途中，达拉嘎和我哥哥巴特尔的马蹄踏过幽幽的山谷，一副隐于枯草中的旧鞍鞯，显现在他们眼前。这片草原历史上是鲜卑族先祖迁徙的驿站，是成吉思汗子孙征战的沙场，也是蒙古族人百代千年的游牧地，不知道掩埋着多少英雄的诗篇。岁月像鸿雁那样飞远了，天上没有痕迹；骏马的躯体慢慢融化成泥土，大地保留着这静默的马鞍。仿佛大地就是那匹骏马，鞍子依然在骏马的背上。达拉嘎说，草丛里有一双勇士的眼睛睁着。于是他们二人献上了哈达和美酒，慢慢拿起那副鞍子。鞍韂、鞍座和残存的鞘皮，瞬间扑簌簌地散落成粉末，他们手里剩下的，只有几根景泰蓝，那原本是鞍子的镶边，此刻，筋骨一般勾勒出鞍子的轮廓。虽然被风雨剥蚀，但那景泰蓝锈而不腐，上面古老的缠枝花叶竟栩栩如生，可谓鬼斧神工。

粉碎的鞍子因着这几根景泰蓝镶条而复活。当达拉嘎把修复好的马鞍子拿到我哥哥巴特尔面前的时候，我哥哥感到眼前陡然一亮，心里热血沸腾，一种纵马飞驰的冲动几乎不可遏止。谁的双手如此神奇、神妙？这副镶嵌着老景泰蓝的新鞍子，黑桦木的鞍座，湘竹的鞍韂，配以月光般的银饰，翡翠色的玛瑙石片，捧起来轻盈玲珑，放下去敦厚结实。我哥哥巴特尔把这个鞍子鞴在自己的铁青马背上，伸出一个拳头，探探马背和鞍座之间的距离，也是恰到好处。他不由飞身上马，如一面旌旗猎猎展开，驰骋向远方。这个马背上长大的少年，明白了自己满心的喜悦来自骏马的敏悟，而能够驾驭那非凡的骏马，靠的是一副贴心的鞍子。

达拉嘎告诉我哥哥巴特尔，是海拉尔鞍具社的头牌老师傅修复了这副老鞍子，他还特意引用了草原上的谚语——马背坐着一个有手艺的人……我哥哥巴特尔接了下半句——总比坐着一个光会吃肉的人强。于是达拉嘎写了一张二寸的小纸条，介绍我哥哥巴特尔到海拉尔鞍具社做了师傅的学徒。

师傅终日坐在他师傅留下的砧子跟前，打錾紫铜和白钢，琢磨玉石，修整鞍具的木构件，很久才会抬起头来，轻轻抿一口奶茶，复又埋头于手里的活计。我哥哥巴特尔学徒的第一课，是使用斧子和凿子，练习斧凿马鞍的木头底座。这个惯于在草原上四处飞跑的年轻人，完全不适应如此单调乏味的营生，他玩心太盛，不时走神，每每戳伤了手，然后就开始大呼小叫。师傅抬起头，看他一眼，什么都不说，照旧做手里的活。后来，我哥哥终于完成了基本功训练，把斧子和凿子变成了无所不能的魔术棒，掌握了金、银、铜、铁、木、皮、竹、漆全套手艺。当他将第一架自己做的鞍子交到师傅的手里，难免有几分喜形于色。师傅随手把我哥哥巴特尔的处女作，置放在高高的壁炉台上。他说：“你给我每天看一遍，看上两个月再说。”于是，我哥哥巴特尔每天反复看自己做的鞍子，琢磨来琢磨去，终于懂得了师傅的沉默。

有一天，一个牧人拿来一副鞍子请师傅修理，我哥哥巴特尔没有管住自己的嘴，他说：“就这烂鞍子还配找我师傅修理，你怎么想的！”那副鞍子的确是个孬活，鞍座不具形状，鞍韂开裂，所有的装饰品都粗俗难看。说话间，一个飞来的小螺丝打在我哥哥巴特尔的手上，刀割似的痛。我哥哥巴特尔赶紧闭嘴，师傅亲自接过了那副旧鞍子。当这副旧鞍子起死回生，伴着主人满脸的欢喜离开车间之后，师傅教导我哥哥巴特尔：“你少说话，你做的鞍子会说话。师傅的语气有些重，没想到这话竟成了遗言,不久他就去世了。我哥哥巴特尔就这样成了师傅的继承人。

记不得那是哪一年,草原上改变了游牧的传统,家家圈在包产到户的小草场里放牧,远方和天边的概念消失了,摩托车的轮子替代了骏马的四蹄。由于生意清淡,鞍具社倒闭,师傅的徒弟们也散了。只有我哥哥巴特尔,还在做鞍子。他每天用狼油揩拭师傅传给他的铁砧子,揩着揩着就回到了以往的日子里,嫂子不喊他,他就忘记了吃饭的事。他卖掉了家里的羊群,去买制作鞍具的原材料;他让嫂子辞了工作,帮他绣鞘皮的花纹。有人说,这个老头吃了醉马草,醒不过来了。我的哥哥巴特尔,就是两耳不闻窗外事,一心做他的鞍子。他做的鞍子摆满了一屋子,一副比一副更带劲,既有来自师傅的神韵,又添以时尚的华彩。虽然赞叹我哥哥巴特尔手艺的人没有减少,却没有谁愿意买走他做的马鞍;虽然女儿结婚时家里的存折上仅仅剩下五十元,我哥哥巴特尔一点都不慌乱,他相信只要草原和天空不分离,蒙古族人就还在马背上,长调和史诗就还在蒙古族人的血液里,自己做的鞍子就会有人要。

只有一件事,让我哥哥巴特尔惦记了很久。终于有一天,他雇来汽车,把一副副漂亮的鞍子往一所所学校送。他说:“老师们,你们让咱们的孩子看看鞍子,他们就知道自己是从哪里来的了。”学校的老师很感动,连连说传承民族文化是必须的。我哥哥巴特尔把这事办妥了,便心满意足地回了家。他做的鞍子放在学校的陈列室里,上面小心翼翼地覆盖着塑料布,有人按时去擦塑料布上的灰尘,却没有人触动那鞍子。我哥哥巴特尔没有看到这一幕,他坐在铁砧子跟前等待着,他觉得学校应该请他去给孩子们讲一讲马鞍的故事……

到底是大自然唤醒了草原上的畜牧业,牧民之家纷纷剪断了阻挡马蹄的铁丝网,开始互助游牧。辽阔的草原回来了,无垠的大地回来了,再没有什么可以阻止他们飞奔的心!马群如云从天而落,牧马人的呼哨随风传送，四面八方的客人相约草原，马鞍不仅恢复了它的实用功能，还作为一种光荣的象征，矗立在每一个有蒙古包的地方。一代鞍具大师我哥哥巴特尔，他忙极了，每天都有人盯着他手里的凿子和身前的铁砧子，渴盼着脱颖而出的新鞍子。有人一掷万金，有人开来宝马豪车，只为获得一副大师的杰作。

我哥哥巴特尔，草原上的一代鞍具大师，他无动于衷，不言不语，脸上的微笑像湖水一般宁静，将手中的凿子徐徐举起，徐徐放下——他听见师傅在天上说着话，他听见自己做的鞍子在草原上说着话。说云卷云舒，说花开花落，说百年犹如一夜，说岁月荏苒，说源远流长……

你做的鞍子会说话，你做的鞍子在说话。

煮手把肉的女人

在呼伦贝尔草原，家家的年夜饭都是文化大荟萃，有农耕人传统的饺子，有狩猎民族的芸豆柳蒿芽汤，有俄罗斯族的酸黄瓜……但餐桌上真正的主角，不可替代的王牌，永远都是来自草原的手把肉。到了腊月的最后几天，人们会挖开院子里的雪堆，取出一只埋在雪里的白条羊，放到厨房缓着。这时候你到谁家串门，都会看见羊肉，红里透白的羊肉，鲜鲜嫩嫩的羊肉，叫人想起草原上纯净的露珠，想起草原上一碧千里的季节。于是，煮手把肉的女人出场了，那个女人就是我。

你看把我忙得——天不亮就起来了，脸都顾不上洗，把特意从草原拉来的牛粪盘捡了两筐，放在室内晾干霜雪，磨了剔肉的尖刀，又把铁皮炉筒接在排风机口上，在炉子上安置好一口铁锅。

气候不仅决定历史，也决定文化。初冬时候，在草原上饱食了一夏天好牧草的牛羊，个个膘肥体壮。恰好大雪来临，有了天然冷库，牧民便纷纷开始“打冻羊”，就是杀掉一批肥羊，去了头蹄下水，料理成干干净净的白条羊，埋在雪堆里，作为整个冬季的餐食主打。这时虽然羊群里只剩下了基础母羊和种公羊，牧民还是要顶风冒雪出牧，让羊群跟着马群吃马刨出来的草。不久，母羊们陆续怀胎，牧民又要日夜庇护母羊以免它们流产。接下来就是一年一度的冰雪那达慕，这是草原的盛大节日。牧民们更忙了，吊马、吊骆驼准备参赛，拉蒙古包到会场安营扎寨，开店做旅游生意。忙忙碌碌的草原人，家里有充足的白条羊，便有了腰缠万贯的感觉，忙起来，一顿手把肉进肚，在冰雪里挺一天，抗饿又耐寒；歇下来，一锅手把肉上桌，长调满四座，起舞弄金杯，快乐就这样来了。

手把肉到底有多好吃？你就看我的吧——我先卸下肥硕的羊尾巴，片下羊尾尖两侧的羊尾巴油，然后用尖刀在羊胯下一划，朝羊脊背方向一使劲，一只羊后腿瞬间解下。以此类推，卸下四只羊腿，然后用尖刀在羊肋骨根处深剜，卸下两扇羊排。这样用刀有一样好处，那就是可以保留带着里脊肉和外脊肉的完整羊脊骨。我将羊大腿肉和羊尾油留下做羊肉卷，其余部分切成条块，准备下锅。

炉子是铸铁的，我们家用了三十多年，现在贵贱买不着了。我把牛粪一层层摆在炉膛里，往锅里加冷水，下肉。水刚好没过肉，我抓一把干草点燃了牛粪火，便坐在小凳子上，手拿着一根长柄叉子，守着炉子，盯着锅，不再离开。

做手把肉说起来十分简单，白水煮肉而已，然而在草原上，一百户人家，就有一百种口味的手把肉。我煮的手把肉，那简直就是独占鳌头，让你吃一次记一辈子，不信你就到呼伦贝尔来尝尝。我最讲究的是煮肉的水。当年成吉思汗率蒙古大军征战半个地球，势如雷霆万钧，其最重要的秘诀，就是沿河道行军。发源于山间林地的河水，清澈甘甜，是他们熬奶茶、涮羊肉、煮手把肉的绝配，更是他们吃好喝好的基本保证。因此，一到年根，我就要求人去伊敏河源头拉水。那里有很多泉眼埋在树丛里，远隔尘嚣，亘古如初。

牛粪火是慢热型的。眼见锅里的水变成了淡红的颜色，拿手摸一摸，却是温温的，这时十分钟已经过去了。待到十五分钟的时候，锅里的汤才慢慢咕嘟起来，变成了淡淡的白色。我用叉子一扎，肉冒血水，汤表面浮现一层油脂沫。又过了五分钟再一扎，肉里的血水渐渐没了。就这样一直煮到肉汤变成牛乳色，看看表，正好半个小时。我割下一片肉尝一尝，芬芳酥脆，香而不腻。芬芳来自山野，不腻是因脂肪已经溶于汤中；酥脆，说明火候恰到好处，少一分则硬，多一分则老。

你问我是什么时候学会煮手把肉的，我还真说不出来。作为呼伦贝尔人，说我自幼爱吃羊肉，那还不够，应该说，我是一个从小热爱羊肉的人。小时候，父亲当厂长的海拉尔肉联厂，是国家的创汇大户，每到旺季，一天要屠宰一万五千只羊、几千头牛。厂内的外销站台前，开往阿拉伯各国和苏联的冷藏火车一列接一列，父亲穿着白大褂，和工人一起扛白条羊装车，别人扛一个，他扛两个。厂子里新建的冷库没有完工，父亲就带头购买“爱国肉”，我们家的仓房里白条羊堆成了山。赶上父亲不加班的星期日，他就会在院子里支起铁炉子，让我在一边拉风匣，他那边煮羊头，或者烤羊蹄、烤羊罗肌肉、烤肉肠、烤腰花。我手里拉着风匣，眼睛直勾勾盯着嗞嗞冒油的美味，偶尔一抬头，看见父亲已经被一圈又一圈的孩子围了起来。那时候，羊头五分钱一个，羊蹄一分钱两个，羊肉一角七分钱一斤。春节到二月初二的那段时间里，大人们见面寒暄，总有这样一句话——今年吃了几个？他们省略了那个“羊”字，因为在肉联厂，羊肉就跟米面一样寻常。孩子们被吸引过来，是因为没见过如此花样翻新的厨艺，也是没尝过如此别具一格的香味。肉熟了，父亲拿一把蒙古刀，刀刃向里，一片片地割肉，每割下一块，便蘸上一点盐，说着——羊口条……来一片，羊拐筋……来一块，羊胸口……来一片……依次放到孩子们老早就伸出的舌尖上。而我，总是最后吃到食的那只“小狗”，不过，各种烤肉绰绰有余，一直把我吃得小肚子滚圆。

吃到最后，父亲的汤也熬好了，一大铁锅，上面漂着一层蛋白质和脂肪的稠皮，里面有羊骨、羊肉、羊血、羊肚、羊肺、羊小肠等等，撒一把葱花和盐进去，好喝得让人顾不上说话。现在想想可真是的，地上是厚厚的冰雪，炉子里是熊熊的火焰，孩子们手捧汤碗，像捧着一个蒸汽团，喝得那叫一鼓作气，荡气回肠，没见过谁感冒，谁坏肚子。

父亲去草原看畜情经常带着我，成年以后，因为工作的需要，我也经常到牧民家做客，已经记不清喝过多少蒙古包的奶茶，吃过多少人家的手把肉了。唯有草原上那些煮手把肉的女人，日益鲜明地珍藏在我的记忆里。

她总是拿个短把套马杆，放倒一只肥羊，用膝盖将羊抵住，在羊胸肋骨下划出二寸口子，伸进去手，瞬间掐断羊的心血管，羊没有痛就走了。接着她忙不迭地剥羊皮，洗下水，灌血肠，煮肉，熬肉粥……一个小时后，美味佳肴隆重上桌，客人们大快朵颐。再看煮手把肉的女人，她换了一身簇新的蒙古袍，而脸面依然是风雨剥蚀过的色泽，汗水正从皱纹里一滴滴落下来……只有她那双正在系扣子的手，像脂肪一样细腻柔润，我知道，那是一双挤牛奶、炼羊油、煮手把肉，整日浸在脂肪里的手。她给每一位客人斟满酒，就不见了。原来她在门外，用碎肉喂家里的狗，几只肥壮的喜鹊飞来，她连忙也撒给喜鹊一些。喜鹊欢天喜地地吃完了，还要。她反身回到蒙古包里，看见她的孩子也饿了，就从锅里捞出一块肉，坐在床边，给孩子们一块块分食。当客人酒足饭饱，孩子也吃饱了，她收拾了桌子，重新给客人斟了奶茶，才顾上自己。她还是老习惯，不管日子已经多么富有，也不肯把客人们吃过的骨头扔掉，因为客人们往往没有把骨头啃干净。她拿着小刀子，一边剔着骨头上的残肉，一边往嘴里送，直至手里的骨头变得如象牙一样洁白。在整个过程中，她嘴里反复叨咕着："可怜哪……可怜哪……"

父亲告诉我，阿妈叨咕这话的意思，是在表达她心里的疼爱。她疼爱春去秋来的草原，疼爱来自远方的客人，疼爱成为食物的羊，疼爱渴望食物的狗和喜鹊，疼爱她的孩子们，甚至疼爱手里即将被扔掉的骨头。在一个草原母亲的眼里，万事万物都需要她的疼爱。

手把肉出锅了，我按照羊骨骼的顺序将肉摆好，从胸骨、肩胛骨和小腿骨处割下来三片羊肉。在草原上，这三处的肉，体现最大的敬意。接着我满上一杯老茅台，面对窗外满天的星光，献给父亲——那个把我领向草原的人。

年夜饭即将开始，我从冰箱拿出独家配方的调料。那是初夏时采的野韭菜花，拌着野生白蘑碎丁，经过大半年的低温发酵，如今绿莹莹的，那香气顿时弥漫了厨房。吃手把肉，只此一种作料足矣，我认为饭店里那种酱油蚝油辣酱芝麻酱等等的五味杂陈，实在是傻到了喧宾夺主的程度。

“肉来了，过年了……”

我把热气腾腾的手把肉端上桌子，招呼着家里的老老小小，看着他们喜气洋洋地上桌，感觉自己就是那个在草原上煮手把肉的女人。

血液的源头是水

一

在熙熙攘攘的大街上，谁是那个草原之子？我寻找他，看的是步伐。但凡年幼时长期骑马的人，不论走到哪里，身体都保留着一种倾斜起伏的节奏，仿佛脚下依然是那柔软而广袤的草原。

呼伦贝尔需要他为故乡的发展做点宣传，他说他离开呼伦贝尔快五十年了，感谢草原还记得他。他的这句话让我想起呼伦贝尔长者们的话——是马让你跑起来的，是地让你站起来的。呼伦贝尔人认为自己是一株牧草，因此时刻都在感恩，感恩草原，感恩长生天。就这样，我对他的距离感瞬间消散了。在他一无所求地帮助我为故乡做事的过程中，他曾经为官的经历基本没有起到什么作用。他办成我所托的事，全靠锲而不舍和锱铢巨细。在早晨拥挤的地铁车厢里，他离我很近，使我看见了刻在他神情中的那些嶙峋的皱纹，感觉到了他略显沉重的呼吸。一个草原人竟然五十多年没有回故乡，简直不可思议，而他隐匿在疲惫中的执着和热情，却分明告诉我，他的心每天都在回归的途中。

从此我叫他扎木苏哥哥。

我通过扎木苏哥哥五十年秘而不宣的人生经历走近了一位老师，并通过聆听这位老师的故事，开始审视自己的内心，终于发现了自己心中也和他一样，还珍藏着没有翻阅过的挚爱，并且深感岁月无情，时不我待。

离开上海的那天，扎木苏哥哥突然问我："你听说过布尔古德老师吗？"我说："我不认识，草原太大了，找一个人就像找大雪里的一片雪花那么难。但是既然扎木苏哥哥委托了，我就一定能找到。"

五十余年前，布尔古德是扎木苏哥哥家乡学校的校长。那所学校包括小学和初中，起初只有一个老师，就是布尔古德。他骑着马行走在几十个游牧人家之间，选择几个方便牧民孩子汇集的蒙古包，开办马背课堂，给牧民的孩子们上课。后来牧区教育条件渐渐改善，有了固定的校舍，中学和小学分开，布尔古德老师当了中学的校长，一直做到退休。由于时间太久远，我去那所学校打听他的时候，学校里已经没有一个人知道布尔古德老校长是谁了。后来，我去老干部局询问，才知道布尔古德老校长还健在。我跑到他居住的小区打听，一个邻居告诉我，布尔古德校长在很多年前搬到草原去住了。因为自从草场承包到户之后，牧民忙于生产，有老人可以进城陪读的家庭就把孩子送到城里上学；那些没有老人可以进城陪读的人家，只有把孩子留在牧场，因此有不少到了学龄的孩子不能受教育。于是布尔古德老校长又像当年一样，回到了马背上，到一个个蒙古包尽义务，教那些孩子读书。每个寒暑假结束之前，他会回城取工资、报刊和新教材，所以他的房子一直留着。那个邻居还说，也许是草原上的空气新鲜，老校长这几年气色越发好了，身子骨很硬朗，骑马走几十里路，不在话下。言语之间不无敬意，也是这位邻居帮我找到了布尔古德老校长的地址和电话。

我连忙给扎木苏哥哥打电话，汇报了我寻找布尔古德校长的过程。电话那端传来低低掩抑的叹息，我连忙说："哥哥你就放心吧，到了开春雪一化，我就去看他。"半天，扎木苏哥哥才说："还骑马呢？他要是愿意教学，就给他买台车吧！"没想到他不久就汇来一笔钱，让我帮布尔古德校长买一辆车,雇一个司机,他说这样布老师会减少点劳累。

记得扎木苏哥哥说,他从小是个孤儿,草原上已经没有什么亲属了。他唯一的亲人就是布尔古德老师。扎木苏哥哥如此情深义重,让我深受感动。但是令我不解的是,哥哥为什么五十多年没有回来看望他的老师?而当我热情洋溢地邀请扎木苏老哥哥回来,亲自向老师表达他的心意,或者打个电话给他的老师时,他却突然语气一转说:“拜托妹妹受累,把这件事扛在自己身上吧!千万不要在老师面前提起扎木苏的名字。”这事有点大,我不能妄担别人的美名,更无法理解扎木苏哥哥的心思。

二

四月初,草原上的雪刚一开始融化,我便去探望布尔古德老师。那里是草原腹地,没有路。我们的车是从他家门前那条小河的冰面上开过去的。远远地就看到了那两座蒙古包像两片荷叶一样漂在雪与水的汪洋里。天蔚蓝,地倒映着天,也是蔚蓝的。没有院子,门前的拴马桩上有几匹马,马的鬃尾随风飘着,形成苍穹间唯一的动感。我注意到,那些马不高大,但是壮硕,应该是耐力很强的老蒙古马的后代。我想布尔古德老夫妻俩选择在这里驻扎蒙古包,是为了方便学生来,也是为了打水方便。看来布尔古德老师不肯在草原上打井,舍不得毁坏一寸草地。

布尔古德老师接了我的电话,便骑着一匹马,牵着一匹马出来接我们。从河边到他家有一百多米的距离,冰雪水之下掩盖着坑洼,即使是越野车也无法通过。布尔古德把另一匹马交给陪我来的当地宣传部副部长,示意我上马,然后他一跃上马,坐在我的身后,感觉他的动作轻盈得像一片云。

进了布尔古德老师的蒙古包，我犹如回到了少年时第一次进入蒙古包的那般场景里。布尔古德老师的蒙古包里，左右两侧是他和老伴的两张单人床，上面铺着光板的羊毛毡和羊皮大氅；地中央圆形炉子上的炉盖是由一层层的炉圈组成的，像个古董；炉子后面有一张小桌子，上面放着奶食和一本打开的书，蒙文的，我不知是什么书。小桌子的后面，便是主人的座位。布尔古德老师坐定，然后展开双手，伸向高处。这是草原上的习俗，这里的人们给客人让座的手势，永远都不会向下，这里面蕴含着对长生天的敬意，是长生天让你成为草原的客人，长生天在欢迎你。

让我非常吃惊的是主人座位后面放置的两个简易书柜。说句实话，这是我第一次在蒙古包里看到如此规模的藏书。书柜中的汉语书很多，而且很多都是新出版的，有《呼伦贝尔民歌》《诺门罕战役》《人类与大地母亲——一部叙事体世界历史》《中国古代散文精华》。我还发现了一本自己作序的《长调唱响的草原》，那是一部有关当地草原民歌的典籍，收录了很多当地民歌，也详细地记录了当地民歌形成和沿革传承的过程。

那位宣传部副部长，是一位对草原文化充满自豪的当地干部，他说话很是热情洋溢，也常常一惊一乍。这时他又指着书柜里一摞手工装订的复印书惊呼起来："布老师，您要出诗集了？"

八十岁的布尔古德老师像个第一次参加赛马的小骑手那样笑了，腼腆却难掩心里的自豪。他说："哎呀，给学生们写的。"

我说："您的学生中还保留草原的古风，喜欢诗。真好！"

布尔古德老师半晌才说："草原上的人，要是找不到诗歌，让他们把自己的心放到哪里去呢？"

门外是无边的雪水，蒙古包里的地面布满泥泞，一炉旺旺的牛粪火，虽然暖着胸前，却无法驱赶背后的严寒。布尔古德老师守望的并不是这份生活，而是生活里蕴含的品质。这让我肃然起敬。

布尔古德老师邀请我去看看他家的另外一座蒙古包，那是他的教室。那个蒙古包的装备比布尔古德老师的居室好许多，周围垫了红砖，红砖在冰雪中红得耀眼，我们不由自主地开始甩蹭自己满是泥水的双脚。布尔古德老师发给我们一人一双塑料鞋套，原来蒙古包内铺着地毯，一尘不染。寒假还没有结束，学生们的小马扎整齐地摆在墙边，讲台上放着一台笔记本电脑。这个蒙古包安装了电暖器，关上门就是一个温暖如春的小世界。布尔古德老师轻轻点击鼠标，一个个草原孩子出现在我们眼前。在布尔古德老师给孩子们搭建的网络平台上，孩子们可以拥有一个比草原还要博大的世界。

快人快语的宣传部副部长告诉我，布尔古德老师的学生，到了可以住宿的年龄，就可直接到旗里的学校插班就读，功课完全可以无缝对接，而且个个都是优秀生。他还随口列举了一长串名字。

布尔古德老师的老伴告诉我，夜里睡不着觉的时候，布老师常常在网上搜索他学生的名字，那些远在四面八方的学生，就像天上的星星，把草原寂静的夜空照亮。

我趁机说："布老师，您的学生也会想念您的。尤其是那些远方的，年龄大的，已经退休的，更会懂得师恩。"

听到我的话，布老师从电脑上抬起头，看着我，似乎有话要说。

我接着说："您骑马在草原上奔走，太辛苦了。要是您的学生愿意赞助一台车，就方便多了。"

布老师半晌无语。后来他笑笑说："车？我要是坐上车，就再也上不去马背了。"

当我们离开布老师家的时候，他说开春了，冰上或许有裂口，不安全,执意要骑马给我们引路。我从车窗里看见布老师骑在马上,沿着河岸细心地查看着河道,想起了扎木苏哥哥在地铁电梯上的样子,两个身影在我的思绪中渐渐融为一体。

三

回到海拉尔,我赶紧给扎木苏哥哥打了电话,详细地向他汇报了我在布尔古德老师家看到的一切。扎木苏哥哥像是自言自语,也像是在问我:"也不知道布老师在网上有没有看到我?"

草原上有一句老话,说生活的变故总是和春天的暴风雪一起走来。我离开还不到一个星期,就接到那位副部长的电话,他告诉了我布尔古德老师遇难的噩耗。当时布老师正在去接学生的路上。大地像被厚厚的白被盖死了一样,看不到一条路,也找不到河道。人们看到了布老师的红马,它还活着,从雪坑里挣出脑袋,使劲地甩着。布老师的遗体就在他的马旁边,已经变成一座雪雕。当人们拂去他身上的冰雪后,我看见他正在仰天大笑,嘴巴大张着,一只手像他迎接客人时那样向头顶的前方伸去。人们说他肯定是梦到自己在铁炉子前烤火,或者梦到一杯酒下肚浑身热乎乎的。凡是冻死的人最后都会感到温暖,都会满脸笑容。

由于布尔古德老师德高望重,出殡时按民俗采用了"走棺"仪式,也就是将棺椁从跪在地上的晚辈头顶抬过,以示敬重。当布尔古德老师的棺椁上了灵车以后,我看见扎木苏哥哥跪在晚辈中,正揉着膝盖,要站起来。他是接到我的电话,立即上了飞机,然后打车直奔草原的。呼伦贝尔的春寒,很伤心里有火的人,连天忙碌,扎木苏哥哥感冒了。在宾馆,他用浓重的鼻音,给我讲了他和布尔古德老师之间的故事。

"我从小是孤儿,由我的舅舅、舅妈抚养,后来我舅妈因病去世了,我舅舅整天喝酒，我又过上了跟孤儿差不多的日子。当时舅舅家还有个同岁的表姐，和我一起在布老师的马背学校里上学。学校只有布老师一位老师，他隔两天就来牧场接我们去大队上课。每逢这天，我和姐姐都欢天喜地等着他从远处的山冈飞驰而来，他总是骑着一匹红马，披着霞光。他对我和姐姐特别好，他知道我们常常没有饭吃，来的时候总是带着炒米和馒头。我第一次吃的糖块也是他带来的，还记得糖是黑色的蜡纸包装的那种。过年的时候，他还给我们做新袍子，他说男孩子要穿蓝色的，和天空一样；女孩子要穿绿色的，和草原一样。他接我们上学，要是遇上下雨下雪，就让我们趴在马背上，用一块黄油布盖着我们，自己宁可在雨雪中挨浇。有一次发山洪，他自己留在山根底下，让马把我和姐姐送过河上了高坡，要不是他的马通人性，知道回去接他，他肯定让洪水冲走了。

"他当中学校长的时候，我已经上初三了。他兼着我们班的语文课，同时用蒙汉双语讲课。我爱听他的课，成绩很好。他经常和我说的话是，咱们蒙古族要出人才，为实现共产主义贡献智慧和力量，要当思想好学习也好的无产阶级革命事业接班人。运动来了，布老师一夜之间就成了坏人，传说我们学校的不少老师都是他的黑帮。我一个十二岁的牧区孩子，完全蒙了。批斗布老师的时候，我站在人群外吓得够呛，一开始还想，布老师从来也没有和我说过啥反动话，怎么就是反革命了呢？不一会儿，突然听到有人在一遍遍喊我的名字，接着不知道是哪里伸来的手，一下子就把我推到了圈子中。

"许多年之后，我在北京遇到了当年的一个同学，他告诉我，当时学生批斗布老师，造反派问布老师：'谁是你最喜欢的学生，是不是扎木苏？'布老师说每个学生都喜欢，他们接着说，'那你为啥总是表扬扎木苏？'事情就变成布老师交代了我是他发展的小黑帮。

“我就用他们塞在我手里的羊鞭子，在布老师身上抽了一下。布老师没有睁眼睛看我，但是我看到他的脸在抽搐……我想我给布老师的心里留下了一道深深的伤痕，也给自己的心里留下了一辈子治不好的痛！

“不久我就作为回乡知识青年，重新开始了游牧生活，后来上了大学，离开了草原。虽然生活完全变了，但是那一份伤痛，经常在半夜醒来的时候折磨我——你是一个狼崽子吗，吸吮干了母亲的奶，还要在母亲的乳房上咬一口？我真的恨自己，也非常想念布老师。可是我不敢回草原，我知道我没有办法在故乡的土地上，向着长生天仰起脸。我想布老师是希望我有点出息的，我便十分努力地学习工作，希望以自己的成绩告慰他。当我戴上博士帽的时候、结婚的时候、有了自己的孩子的时候、当上领导干部的时候，我都想过，他能知道该多好！我一遍遍在心里对他说，布老师，您还要我这个学生吗？您原谅我吗？可是出现在我眼前的总是当年布老师抽搐的脸，我真的没有勇气……时间就这样一年年在我的懦弱中过去了。”

四

扎木苏哥哥吐出心中块垒，开始了久久的沉默。然而，他的故事开始在我心中回响，他的那句话——他能知道该多好，就像一个弹簧，猛然弹开了我记忆的箱子。那些遥远却清晰的细节从尘封中接踵而来，把我唤回心灵的深处。我也有幸运的少年时代，也有平凡而伟大的老师！许多年来，那些敬爱的老师似乎远在天边，却从未离我而去。如果说水是血液的源头，那么老师就是浇灌我成长的第一滴水，这洁净温暖的水，那么寻常，那么容易被忘记，却永不衰竭，年年岁岁在我的生命里流动,给予我生机和力量。现在,扎木苏哥哥和他老师的故事还在草原上延续。

布尔古德老师去世后,扎木苏哥哥组织了一批布尔古德老师的学生和当年在草原插队的知青,成立了志愿者团队,到草原支教,继续帮助牧民的孩子读书。他们还参与了草原治沙活动。人们看到扎木苏哥哥就会想起当年的布尔古德老师。在写这篇文章的时候,我征求了他的意见,他说:“写写这个故事也好,就别点我的真名了,这也不是多么好意思的事情。”

我也常常告诫自己,别让老师哺育你心灵的那一滴水在岁月里干涸。

额布格的秋天

1918年到1924年间，苏俄(后来改称苏联)战乱，布里亚特蒙古族人想起了先辈曾经游牧的呼伦贝尔，他们赶着牛羊，唱着牧歌，从贝加尔湖东岸向东迁徙，穿过绿野长风，落脚在呼伦贝尔锡尼河草原，从七百人繁衍至八千余人。

他是我的老祖父，在母语里我叫他额布格。

他骑马跑起来就像草原上的河水那样湍急又平稳。

现在额布格默默坐在四楼的阳台上，将眼睛埋藏在深深的皱纹里，与一个带骆驼绒垫子的马扎、一壶奶茶相伴，任时光在身旁轻轻飘过。看着他，我总是想起一棵吸纳了百年雨雪的树，当它慢慢倒下的时候，山谷里一片寂静。

我知道松树的针叶永远不会枯黄，一切记忆都在额布格的沉默里醒着。

那是一九一七年春天，小草的嫩芽钻出柔软的残雪，空气里弥漫着松树和湖水的气味，苦、甜、腥一起搅拌在清冷的天气里。湖水与苍天幽蓝一色，木刻楞房后的白桦树上，挂着一串串哲罗鱼干；牧草葳蕤的湖岸，一群群大肚子的母羊在咩咩叫，接羔旺季刚开始；林地间小牛犊和小马驹吸饱了妈妈的奶水，开始了生命中第一次奔跑……可是，如此安恬的日子，如此丰饶的家园，不舍也得舍，烽火硝烟已经越过叶尼塞河，同胞的血，点点滴滴，染红了贝加尔湖的银沙滩。族人们想起了远方的呼伦贝尔，那是草尖上挂满珍珠的地方，那是岁月静好的地方，那是游牧祖先留下过足迹的地方。

用贝加尔湖晨雾洗过脸的额布格，用西伯利亚森林的松香涂过马头琴弦的额布格，那时还是个牧马少年，他骑一匹红色的快马，走在马群的前列，他的身后是一支长调般的队伍，缓慢地穿过荆棘，越过沼泽，走向东方。泅渡克鲁伦河的时候，他的马镫在水中金鱼般滑翔，划破翡翠似的薄冰，终于登上了彼岸。

部族从苏武牧羊之地来到了呼伦贝尔，将蒙古包安置在锡尼河草原。呼伦贝尔的第一场春雨湿润了额布格渴望的眼睛，他在那个彩虹升起的清晨，看见德高望重的父老们将一只来自贝加尔湖的全羊供奉在敖包前，将一件丝绸质地的袍子铺展在草地上，献上布里亚特蒙古族儿女对长生天的供奉，表达草原子孙对大自然的感恩。从此，这个时刻在额布格的记忆中长于百年。

在后来很多很多的四季里，我的额布格骑马游牧四方，一年年看着自己马群的公马在草原上播种，把呼伦贝尔草原的矮马变得高大健硕、雄风猎猎；一年年送肥硕的羊群出栏，那些羊——骨头白白的，尾巴肥肥的，每一个嘎拉哈都像鹅卵石那么结实；一年年引领驼铃叮咚的爬犁队踏破千里冰封，给乡亲们的畜群开路；一年年把乳房饱满的母牛交给挤奶的阿妈，然后挥一挥短鞭，又带走一群牛犊。

额布格说，好牧人的马群是会飞的惊雷，把草籽踏入泥土，当小草冒芽，又把冰雪踢开，草原的春天是马蹄带来的；小羊羔落地打了个滚，便跟着牧人的长调走，走着走着就变成了一朵云，挂在他的袖子上飘；牛一辈子最重要的事是喝水，一定要给牛群喝大兴安岭流下来的山泉水，那蕴含着白桦和柴胡味的牛乳，才是养活草原人的好奶子。

额布格这辈子跨过的马鞍子，比大兴安岭连绵的山峦多；额布格这辈子走过的牧场，只有北斗七星能数得清。一群群黄羊跑过，一队队白天鹅飞过，部族长长的脚印在他的眼睛里，他渐渐变成了一条河，流淌在锡尼河草原上。

额布格生命的秋天，在一幅散发着阳光味的画里。

快要一百岁的额布格，坐在旷野上目送晚秋。一队鸿雁飞过他肩头，把影子撒落在他脸上。亘古的风和老藏獒的舌头，吻过他筋骨嶙峋的手，缭绕着他的靴子尖打转。他伸出手抚摸草地，只见草地延伸至无极的远天，阳光的金箭打透缤纷的深蓝、碧绿和赭红，苍穹澄明剔透。他撸了一把新鲜草籽放在嘴里慢慢咀嚼，渐入微醺。那匹红马走来，鬃毛在腰际舞动，飘飘若一条哈达。马屈膝，我苍老的额布格，瞬间把风带上马背，弯曲的身子展成旌旗。马知道他想去的地方，带着他走进宽广的天幕。

额布格的肩上背着一个带孔的干羊尿泡，里面装着他一秋天采集的草籽，他骑马的剪影漫山遍野地迂回，撒下遍地希望。他想象着草原的春天，在朦胧的小雨中一朵朵开花，忘记了劳累和颠簸；他拿着一把大铁钳，将自家草围栏的铁丝网一根根剪开，给别人家游牧的畜群让开一条道；他终于大声地和旗长说了心里话——要是草原这样被铁丝网分割下去，几千年的游牧就要消失了，不游牧的草原也终有一天会沙化，悠扬的琴曲和洁白的乳汁将会在风中飘散……他吃力地卷着剪下的铁丝，铁丝上的羊毛和驼绒粘在他满是汗水的脸上。他终于做完了自己该做的事情，长长舒了口气，像婴儿那样舒展着四肢在草原上睡着了。

额布格准是又梦见了他的两个母亲，因此依恋着自己的梦境，虽然已经醒来，却还是闭着眼睛。当我把一碗香喷喷的奶茶端到他跟前，他又跟我说起说过了好多遍的话:“该是回到母亲们身边的时候了。”我很小就知道额布格有两个母亲,琪琪格母亲是额布格的生母,萨兰母亲是额布格的养母,我们蒙古族人不避讳这些事。

额布格告诉我,在这一次的梦境中,先是琪琪格母亲来叫他,还带着逝去多年的阿莱夫弟弟。阿莱夫弟弟是萨兰母亲的儿子,额布格和阿莱夫弟弟一起放马,是部族来到呼伦贝尔以后的事情。之前琪琪格母亲本不认识他,为什么会和他一起出现在自己的梦里?这叫额布格很是奇怪。

额布格说他在梦境中看见,慈爱无边的琪琪格母亲,站在一团会飞的云朵上,带着粉红色的珊瑚头饰,眼睛像黑玛瑙一般闪动,手里端着一碗热气腾腾的奶茶,因此每当喝奶茶的时候,自己就会想起分离的那天。琪琪格母亲就是这样给自己的儿子斟满了最后一碗奶茶,只是他们母子都没有想到这竟然是永别。后来,他恍惚中坐上一辆大轱辘的勒勒车,萨兰母亲一伸手,为他拉开的却是一扇蒙古包的门,萨兰母亲召唤他去抱小牛犊,又好像叫他去看满天的星星。突然,小牛犊的叫声像水一样弥漫起来,装满了苍穹。出现在他眼前的不是跑来跑去的小牛犊,而是逝去多年的阿莱夫弟弟。阿莱夫弟弟还是当年那个样子,一脸腼腆,坐在成吉思汗圣主像西边的床沿上,穿着带马蹄袖的蒙古袍,上面是萨兰母亲绣的芍药花,那芍药花活生生的,在月光下闪动。白发苍苍的萨兰母亲和美丽的琪琪格母亲一起出现了,不一会儿又变成了一个人,她把手放在额布格的膝盖上说:“可怜啊,我的儿子,你这是怎么了,你为什么把我给你缝的水耗子皮的护膝弄丢了呢?你冷了,快把脚放在母亲的袍子里……”

这个纷乱的梦境让额布格回到了当年,额布格又一次开始了长调般的述说。我像以往一样恭敬地聆听着。我知道一匹马站在流动的河水里，每一次吸吮到的都是不同的水。

按照游牧的规矩，畜群先行，最后是一长串勒勒车。额布格骑马出发了，琪琪格母亲和阿爸赶着装载蒙古包的勒勒车走在最后面。穿越赤塔林地的时候，他还远远看见琪琪格母亲的红色帽缨在风中飘动。谁知一场暴风雪过后，再没见父母的勒勒车跟上来。族人为此在克鲁伦河畔等了很久，额布格飞马寻遍了来路，几次穿越荆棘丛生的森林和布满险滩的湿地，始终没有找到他的父母。当迁徙的队伍到达新的家园锡尼河草原，额布格就成了没有双亲的孩子。每到冬天，他就扑在雪地上亲吻西北风送来的雪花，他想那是贝加尔湖飘来的雪，那是父母有可能落脚的地方飘来的雪。那些雪花在他的舌尖上融化，使他回味起琪琪格母亲身上的奶味，他就趴在雪地上久久地亲吻，好像回到了母亲的怀抱里。时间一年年过去，他总是在思念中回到童年，回到父母的勒勒车里。

额布格住进了一起放马的阿莱夫弟弟家的蒙古包。每天半夜里醒来，他都会看到萨兰母亲还在做针线。冷风从门缝中透进来，那盏牛骨髓油佛灯的火苗不停地晃，萨兰母亲抬头揉一下眼睛，又埋头在手中的针线上。到了冬天，萨兰母亲拿出两副绣着芍药花的马蹄袖，交给阿莱夫一副，交给额布格一副。她说：“草原从来就没有孤儿，一个孩子喝过多少座蒙古包的奶茶，就有多少个母亲，你就是我儿子阿莱夫的哥哥，阿莱夫就是我儿子的弟弟……”失去了父母的额布格从此做了萨兰母亲的儿子。放马的时候，额布格把绣着芍药花的马蹄袖扣在口鼻上，握套马杆冻僵了的手便被温热的呼吸嘘暖了。一个有母亲的牧马人，他的冬天不会寒冷。

额布格告诉我，离见到两个母亲的日子越来越近了，他每天早上睁开眼睛的时候，就想着今天会不会是那一天。他要在金色芳香的秋草里，等着那一天。

是谁让额布格在生命的秋季离开了他的草原？是我？还是我的孩子们？

苏木的学校合并到了旗里，我的孩子只好到旗里上学。读书的时候，他们整天想象着毕业以后如花似锦的生活，就是没想到后来的日子会走到酒吧里，天天在昏暗的灯光里唱歌。哥哥毕业考不上公职，就当了歌手，每天挣到的小费全都吃了西式快餐和麻辣烫。妹妹也跟哥哥学，去发廊当了小学徒，她挣到的小费，变成了化妆品和名牌智能手机。他们在城里住的房子虽然很温暖，却是租来的，不是家；他们的日子虽然过得挺乐呵，可不知道明天在哪里。他们思念我熬的奶茶和阿爸煮的手把肉，说好想好想骑上骏马变成草原的风，好想好想放开嗓子变成蒙古包前奔流的河，可是他们不能回头，他们已经回不去了。他们告诉远来的游客，自己是牧民的孩子，可是他们并不知道什么是牧民，更没想过回到草原去做牧民。他们的偶像是大明星，不是父亲和母亲。他们偶尔回到草原，见到阿爸骟小公羊、打马印，捂上眼睛就跑开，一边跑一边嚷："你们简直太残忍！"我真不知道这种话他们怎么说得出口。

在我们的草原上，男孩子的屁股要像牛皮一般结实，那是在马鞍上磨出来的；女孩子的双手要像羊脂那样酥软，那是挤牛奶滋润的。如今，我的儿子举手鞴不上马鞍子，我的姑娘哈腰点不着牛粪火。这都不是孩子们的错，他们虽然降生在蒙古包的毡子上，到底还是长在城市的暖气里。他们的手指头是细细的，脸颊是白白的，骨头禁不住寒冬的刀锋，鼻子闻不出马粪里的清香。因为他们的老师说，因为他们的朋友说，因为他们身边的每一个人都在说，上大学、上大学，只有上了大学才有出息，才能到城市去。到城里去、到城里去，要是谁家的孩子留在自家里的马鞍上，没有人会夸奖他。草原上，家家的孩子进城读书，家家的蒙古包都成了没有雏鸟的杜鹃窝。说不好普通话的孩子在城里能干啥？我的孩子们在城里变成了远离泉水的小马驹。

我说:“我的孩子啊,跟你们的阿妈回草原吧,家里的羊群和草场是你们一辈子的依靠,咱们牧民有了这些就不会害怕了!回家吧,回家吧,你们现在要是不肯回草原,就永远回不来了。”

额布格说,他们已经回不来了。

我的孩子们说:“阿妈、阿爸进城吧。”

我知道额布格不愿意离开草原,如果离开草原他就会变成一只离开天空的鹰。

额布格说:“草原的风在我的骨头缝里走着呢,我到哪里,草原都会跟着我。”他卸下马鞍,脱下了蒙古袍,穿上了羽绒服。他坐在长途大巴上,把礼帽扣在鼻梁上,用围巾捂住了下巴颏,他不愿意让人看出他是额布格,他觉得一个布里亚特蒙古族人不穿蒙古袍出门并不是什么光彩的事。途中停车的时候,他也不肯下车吸一口新鲜空气,他害怕自己的心往回看。

一个放马的人,脚下没有上不去的山冈。

他骑马跑起来就像草原上的河水那样湍急又平稳。

快要一百岁的额布格,上楼梯的时候说啥不用人扶。他扶着楼梯扶手,身子随着抬起的腿倾斜,节奏就像绕着障碍杆的雪橇,左右漂移着上到四楼。他站在钢铁做成的安全门前,淡然一笑,透露出经久的豪迈。他看见地板上有一双崭新的旅游鞋,于是慢慢地脱下了脚上那双老马靴。低头时他胸腔里发出沉重的喘息,慢慢地在他的克制下消弭。一个年迈的牧马人,他试着柔软的旅游鞋,眼睛久久停在脱下的老马靴筒子上,仿佛一百年的岁月在靴筒里喊他。

我就这样带着年迈的额布格到城里生活,住进用出租草场的钱租来的楼房。

寂寞的额布格终日坐在阳台上，朝阳和夕阳，每天从不同的方向投给他一束古铜色的侧光，他的形象就像博物馆里的一座雕像。

有谁能听懂他用皱纹说的话？

当旅游客机低空划过的时候，他的皱纹在额上蹙成沟壑纵横的山；当楼下立交桥上的汽车紧急刹车的时候，他的皱纹随着脸颊和嘴角的颤抖变成一团纷乱的麻。

额布格，我的老祖父。他的眼睛埋没在深深的皱纹里，他的心思跳动在久久的沉默中。他的手中总有一只大羊的哈拉巴（肩胛骨），那奶油色的骨头上，纹理细若游丝。额布格每天千百遍地抚摸这只羊的哈拉巴，无数遍地对着太阳观看这只羊的哈拉巴。春雪、夏雨、秋日的阳光和冬天的暴风雪，草原的万千气象都细细地写在这只羊的哈拉巴上。这本大自然的书只有额布格能读懂。

额布格说，接羔的棚圈要苫严实，四月里一定有暴雪；额布格说，把打草的日子提前一个星期，八月里一定有连阴雨；额布格说，耗子多了自己会死，不要往草原上撒毒药，果然草原就遇到干旱闹鼠灾；额布格说，把马赶到朝阳的山坡放，冬天的大雪果然填平了深深的山谷。秋草的种子在地上翻飞，终于找到扎根的土；云被大雪牵在手里，站住脚变成了漫天的雾……额布格的每一句预言都成真了，他就这样把草原带在身边，有了终日的营生。

可是我的额布格还是衰老了。那个飞马万重山的小伙子，那个破冰踏雪的好骑手，那个通灵天地的老牧人，在城市的楼房里，就像一只不能飞翔的鹰。不能飞翔的鹰有多么孤独？他坐在悬浮在半空的阳台上，记忆一点一点在消失。有一天，额布格突然紧紧抓住我的手，把他的孙女拥抱在怀里，喃喃地叫着“阿妈，阿妈……”他的记忆回到了八十年前，他变成了一个从暴风雪里归来的少年，急匆匆地扑入蒙古包喊阿妈。

樟子松一般永远不会老的额布格,他真的老了。

每当我说,亲爱的额布格,碗里的肉干泡软了,喝茶吧,快要一百岁的额布格一动不动;每当我说,亲爱的额布格,回房睡觉吧,快要一百岁的额布格一动不动。可当我说,额布格啊额布格,等到春羔吃上金针花的季节,咱们就回去看草场,他的眼睛里立刻生出两颗明亮的玛瑙,脸上的皱纹舒展成一朵白菊花。

我为额布格缝制了海蓝色的蒙古袍,定制了一双绣着吉祥八宝的靴子,揩拭亮那把刀鞘镶嵌着珊瑚和松石的蒙古刀,决定和他一起回草原。孤独的额布格开口说话了,他好像一下子年轻了,思维清晰得让我吃惊。他说他知道窗外是这座城市的北出口,南来的伊敏河在这里汇入东来的海拉尔河,一起向西,归入额尔古纳河。河的北岸还有一条弯弯曲曲的河,就是“天下第一曲水”莫日格勒河。这一带原来是呼伦贝尔牧民的夏牧场,碧水回环,草香弥漫……楼下的小区广场正是当年牧民从冬牧场走向夏牧场的必经之路,他年轻的时候曾经赶着畜群走过无数回。

额布格,他说着说着突然起身打开了窗子,让我随着他的手指往外看。

“呼!呼……转场了……转场了……两万马,五万羊,一万牛……呼!呼……”额布格探出身子向楼下挥舞着手,他的声音越来越大,浑身不住地颤抖,眼睛呈现出熠熠的光芒,召唤着他的幻觉中的畜群,沉浸在极度的兴奋中。我快要一百岁的老祖父,在遗忘了现时的那一刻,翻出了大脑沟回深处的记忆。

额布格的生命源泉在草原,一定要快快回到草原去!

额布格好开心,他不用我帮忙,自己穿好了蒙古袍和马靴,迈开蜷缩的双腿,几步就走到了房门口。额布格要回草原去了,要回去亲吻那秋草的幽香,要回去呼吸那香甜的空气,要回去躺在温暖的草地上,看白云从天边渐渐升起,慢慢融化在蓝色的苍穹里……额布格走到楼梯口的那一刻,突然停住了,好像有什么东西把他粘贴在地面上。

额布格,我的额布格,他使出全身力量把脚往起抬……

额布格,我的老祖父,他骑马跑起来就像草原上的河水那样湍急又平稳。

锯羊角的额吉

在天下，草原是一只展开的巨掌，额吉的家被捧在手心里。天边，起伏的地平线，像一条真丝质地的哈达慢慢铺展。云的足尖，在哈达上弹奏没有声响的舞曲，神仙一般妖娆变幻，向大地俯冲，又优雅地升去。如果不是银鸥用翅膀在晨晖里蘸了一滴金子，淋淋漓漓地从空中落下来，你眼睛里的呼伦贝尔大草原，没有视点，没有细节，只有视野，只有辽阔。

额吉就是草原的一个细节。她站在地上，那么纤小，像百草中的一株。风是天的舌头，吻着她灰色的发丝；露水是地的手指，抚摸她的靴子。影子在西侧与她相伴，渐短，却寸步不离。她的脸和手，被高原的凛冽剥蚀，呈黑褐色。她身上芍药般的明艳已经枯萎，那无声的花叶，一瓣瓣飘落，成为泥土的一部分。余下的枝干用力挺着，而神情犹如结实的籽壳，包裹着一粒成熟的生命。

额吉的心在儿女生活的地方奔跑。她盼望着儿子或者女儿从旗里回来，像一道彩虹那样飘然而至，栖落在蒙古包上面的晴空里。额吉她生了五个孩子，如今孙子和外孙女都有了。在最近十几年里，孩子们像初飞的小燕子那样，一个个一去不回头，大的小子和二的姑娘，在旗里生活，其他的三个走得更远，一个在呼和浩特，一个在北京，还有一个在日本。他们的名字，像一首诗，在巴尔虎人的嘴里一遍遍传诵。每当草原上有婚礼的时候，额吉就忙着给放羊的阿爸准备好吃食，兴冲冲地赶去祝贺。回家以后，她便把在婚礼上听来的赞扬自己儿女的话，讲给阿爸听，讲了十遍八遍，还要讲。额吉和阿爸始终没到城市里去享受一下儿女的成功，他们怎么能离开草原呢？羊怎么办，草场怎么办？每当酸奶子成形，手把肉出锅，额吉便想起年轻的时候，蒙古包里那五个小脑袋瓜，围着小桌子扎成一堆，等着她一一分食的情景。每当大雪把草原变成银盆，额吉就后悔把马群卖出去的事情，要是那匹沙毛马还拴在蒙古包前，额吉就会自己抱着鞍韂上马，在太阳躲进晚霞的时候出发，听着马蹄咯噔咯噔地敲打雪壳子，不等天黑就能看到自己的孩子了。只要和他们一起喝上一碗茶，她心间的草地也会像获得了雨水那般滋润。可是草原上到处都是一个个圈起来的草库伦，难道让马到水泥马路上和汽车抢道去吗？马被卖给了生产马奶酒的商家，在额吉的心里留下一道伤痕。额吉她骑了一辈子马，只有马才能跟上她的心。

在这草原上最忙碌的春天，夜里只有阿爸劳累后的鼾声陪伴额吉，白天只有那些不能出牧的病羊陪伴额吉。每一天都是这样，阿爸骑着摩托车赶着羊群在地平线上渐渐沉没了，远方山峦上一直没有儿子的红汽车开过来，更没有什么客人像从前那样，骑着马走到蒙古包跟前，一边端起斟满奶茶的木碗，一边告诉额吉山那边的云彩正孕育着蘑菇一般大的雨点，羊群的膘情在一天天往上涨，贝尔湖的潮水把一条条大狗鱼推到的牛、马、羊的鼻子底下……草原上找不到一个人的影子，牧民家有了摩托车和手机，邮局的投递员都不再像春风那样出现在蒙古包的门前了。只要西旗和海拉尔的鼠标轻轻一跳，额吉家的草库伦就知道了，草尖上的露珠和芦苇里的天鹅就知道了。要是露珠跟着风走了，要是天鹅为寻找梳妆的湖水飞了，就是那轻轻跳动的鼠标把手伸到了草原的地底下，把土地里滋养万物的水取走了。儿子说，城市正在走向草原，草原正在走出传统。额吉的草原空旷无边。

额吉听见一只小苍鹰正在飞来，她的眼睛开始在蒙古包顶上游走。鹰的一种声音变成一个黑点，又融化在额吉的耳朵里……寂静使额吉的耳朵里出现了一连串的梦境，她听见哈栅上的桦树皮摇篮发出婴儿咿咿呀呀的笑声，听见沙毛马还是个驹子的时候那种细细的响鼻声，听见有人在蒙古包后头的牛粪垛里叽叽喳喳地私语……其实额吉也知道这些声音都是自己胡乱想出来的。不过，这些胡乱想出来的声音却让额吉萌生出想说话的渴望。她想告诉一个人，随便是谁，不管是来检疫的兽医还是路过的小贩，只要是肯在额吉跟前站停住脚步的人，额吉就要告诉他，自己夜里睡不着觉的时候老在心里翻腾那点事——有一只羊的犄角好长时间前就该锯掉一段了，你说把孩子叫回来吧，还有点不值得；不叫吧，可能自己是干不了这个活了。那羊不能吃草了，可不能看着它一点点饿死啊……现实是，一个人的草原，没有人和额吉说话。

这时额吉想，儿子忙，给女儿打个电话吧，让她回来的时候捎上一把小钢锯。可是女儿的电话暂时无法接通。额吉刚把电话放在草窠里，电话却响了，那声音像一只突然跳出洞来的旱獭，在额吉的靴子跟前跳舞。额吉喜上眉梢，心想可能是女儿下课了。女儿在学校里当班主任，只有下了课才能接电话。一拿起电话，额吉就来气了：又是一个推销电话，这一次推销的是港澳台双飞游。

草原又安静了。可是额吉心里的马不听话，东一头西一头地乱撞。额吉把头上的白色头巾摘下来，在阳光里抖了抖。额吉知道，头巾上没有一丝灰尘。去年冬天雪大，今年的草好，厚厚的，像在土地上绣了一层丝绒，风只能刮起满世界的花草味，刮不起一丝沙尘。一想到这些，额吉的心就宽慰了许多。她心神一定，就听出来草原上其实只有一种声音，是身后那只羊的肚子在咕噜咕噜响。那羊整日饥肠辘辘，连“咩咩”叫的力气都没有，只是可怜巴巴地看着额吉。因为它的两只角长到脑后，打了一个弯，又向前长，直杵到它的嘴巴里。这是一只好羊耙子，高大健壮，家里的羊群里有好几十个它的儿子和孙子。现在它难以张嘴吃草，腮帮子被自己的犄角杵出两个坑，身子明显瘦弱了。

额吉手里的那根小锯条，都用好几年了，在那羊角上锯半天，只能留下一道白印子。额吉昨天给儿子打了电话，让他回来时捎把锋利的小锯条，儿子说："额吉那羊角你锯不动，等我放假回来锯。"儿子有出息，在旗委当秘书，一到双休日就加班，不是去慰问，就是去救灾，到了春暖花开的季节，一天要陪着领导出席好几个接待的场合，好不容易不加班，总得照看一下孙子的学习吧。额吉知道他忙，不能让他为两只羊角专门回来一趟。于是，额吉每天烧好了茶，给阿爸预备好中午带的面包和肉干，就跳进羊圈，一把抓住羊耙子的一条后腿，把它放倒，再用一条皮绳捆紧了它的三条腿，自己慢慢地锯羊角。这羊耙子是额吉一手养大的，除了初冬的时候放进羊群，额吉把它放在蒙古包前的小圈里，像个佛爷似的供养着。近来，额吉朦朦胧胧中有一点怕，怕什么呢？怕这只大角的羊耙子老，老得冲不到母羊的身上去；怕它老得嘴里的八个牙七裂八瓣，再也不能把青草咀嚼成浓浓的绿汁水；怕它有一天突然往草地上一歪，就把自己的魂交给长生天了。额吉知道谁也躲不过那一天，只是希望这一天来得晚一点。还好，额吉的身手还是那样矫健利索，和四十年前打草的时候没有什么太大变化。那时候额吉手舞草叉子，站在草车上接草捆，一捆草比一只羊的个头还要大，额吉一叉子一捆，不消两小时，就整整齐齐地把一座草山码到云端里，她自己被人们称作"大寨铁姑娘"。当民兵突击队队长的阿爸，就是在打草的秋天里看上了能干的额吉。

额吉慢慢锯羊角。阳光顺着她手上的小锯条爬来爬去。羊侧着头，一只大大的眼睛随着小锯条上的阳光眨动，后来它似乎知道这并不是去死，很安全，就很受用地闭上眼睛。额吉锯着锯着，眼睛就有点湿润，她无法忍受草原上的寂静，更无法忍受寂静中单调的锯声，她想放开嗓子唱一首歌，唱一首经年已久的长调《牧歌》。她又由《牧歌》想起宝音德力格尔老师，这首歌谁也没有她唱得好。年轻时，额吉也当过粉丝，就是宝音德力格尔老师的粉丝。那时候宝音德力格尔一回到故乡，额吉在百里之外就听到她的歌声了。她唱起歌的时候，吃草的牛羊会叼着草尖不动舌头，游泳的骏马会停留在水中扬起脖子，女人们会把小羊羔和小狼崽一起搂在怀里，搏克手们会像鹰一样高高扬起双臂。宝音德力格尔老师的歌声是翡翠一般的美酒，是绸缎一样的奶汁，日日夜夜滋润在巴尔虎人的心坎上。宝音德力格尔怎么会死呢？草原怎么能离开宝音德力格尔呢？宝音德力格尔她怎么能离开草原呢？她一定是变成了一朵最洁白的云朵，在天上看着草原，看着五畜，看着春风吹绿的百草，看着盛开的萨日朗花……于是，额吉哼起了宝音德力格尔老师那好听的歌曲。额吉想唱出声来，在一个人的草原上，无拘无束地回到年轻的时光里。可是额吉哈着腰，锯着犄角，她气喘吁吁地唱不出来。于是她便在心里默默地唱，间或还把几个音符送出嘴唇。可是那些音符已经不能飞起来了，额吉的确有点老了，这位五个孩子的母亲，这个走过六十年雨雪的蒙古族女人胸腔里的那条河已然结了薄薄的冰。额吉需要一个嘹亮的声音助推一下自己这不由分说的念头，连忙又打开手机，她想起来，小女儿说手机可以找到很多草原歌曲。

手机里的歌声果然就来了，高亢而悠扬，“阳光……阳光流淌……就在……就在……这片草原……”原来是一首绕着敖包转了一圈又一圈的歌，额吉不明白，她的手机为什么老是唱这一首歌，她的手机是最新的智能手机，是小女儿给设置的。小女儿还经常从呼和浩特给她发来五颜六色的照片，额吉和阿爸虽然不会翻看，却还是盼着宝贝小女儿不断给他们发照片，因为每次一发完，那调皮的小女儿就会打电话来，上了大学的小女儿还是那么奶声奶气的，喊着叫额吉和阿爸快点看快点看，虽然是在电话里，额吉和阿爸好像能看见，十年前把她留到旗里的小学宿舍时她那娇娇的样子。因为这些小女儿跳舞的照片，额吉和阿爸就有了叫大儿子和二女儿回来的理由，他们一到家，家里的蒙古包，就会像芍药的蓓蕾绽放盛开，变得活色生香。

额吉研究了老半天这部新手机，除了接电话，别的功能还是没有弄明白。要看侍弄羊，额吉可真没显老；要看鼓捣手机，额吉是真老了，眼睛花，手指头也笨。额吉的习惯是，做事情是要用劲的，哪怕是小母羊娇嫩的奶头，也要使劲才能挤出奶来啊。屏幕上的符号老是比蚂蚱跳得还快，还没等她的手指使劲，就展开一扇又红又绿的翅膀，唰一下不知飞到什么地方去了。

“阳光……阳光流淌……就在……就在这片草原”额吉听着听着，觉得，这首好听的歌声，竟就剩下了：“流淌……流淌……流淌……流淌……”阳光真的就在额吉的袍子裙裾边上流淌走了，岁月被流淌的阳光给冲得没有多少了，儿女们在流淌的阳光中长大飞翔了，偌大的草场上，就剩下额吉和阿爸两个人了。自从苏木的学校被取消，连八岁的小女儿也到旗里去上了小学，后来又上了内蒙古自治区的舞蹈学校，回家的时间越来越少。额吉想，人要是草原就好了，年年都重新发芽，永远都不会离开自己最心疼的小草和鲜花。额吉一想到老就烦了，她关闭了手机。

羊耙子的角太结实了。额吉直直腰，眼睛看不清，就用手摸摸自己锯出的口子，原来还是那么小，那么浅，几乎就是一道无关痛痒的划痕而已。额吉感觉有点疲倦，她喝了一碗奶茶，开始喂羊。额吉用两只手向外掰着两只羊角，蹲在羊头前让羊自己吃草。冷蒿和碱草还有野葱，幽绿发亮,羊耙子性子急,老想摆脱额吉的手往前够草,额吉哈着腰,慢慢随着羊往草厚的地方退。额吉想,只要羊能吃进去草,它就会活下去,就不急着叫儿子或者姑娘回来锯羊角。额吉想,老母狼冬天不让崽子出来打食,天下哪个母亲不心疼自己生的孩子?自己就慢慢地锯吧,早晚能锯下来。额吉往后仰了仰身子,甩了甩麻木的胳膊,眼角的皱纹悄悄地舒展,心想,要是老头子看见自己这样跪着锯羊角,一准会说,你这个女人是傻狍子啊,你要不要你的老骨头了?额吉嘴边不由浮现一抹笑,在心里和他说,你不是一直说你老婆像一匹四岁的小母马那么扛造吗?你这爱尥蹶子的儿马子啊,也懂得心疼人了……不过,额吉还是觉得腿有点不舒服,她想换个姿势,到底是身子骨不听使唤了,没等姿势拿好,就一个屁股蹲跌坐在了草地上。

随着额吉这一跌,呼啦啦从草窠里飞起一只大百灵鸟,它盘旋在额吉的头顶上,一声比一声叫得凄厉,就是不肯离开。额吉低头一看,身后有一个用乱羊毛做成的窝,里面是四个浅褐色的鸟蛋。额吉知道春天深了,她赶紧解开羊,远远地躲到牛粪堆的影子里。于是,大百灵鸟落下来继续自己的天职。

阳光流淌,在寂静的草原上。一个巴尔虎母亲慢慢地锯着羊角,一个百灵鸟妈妈静静地孵卵。

游猎之地的你

吉登嘎查位于呼伦贝尔草原深处，大兴安岭西麓群山之中，是亘古的游猎之地。

猎人妈妈，吉登嘎查鄂温克狩猎部落的女儿，你从城里返回，在家中等我。

猎人妈妈是你的微信昵称。这个昵称，让我于千山之外，感觉到了森林的气息。

砖房、新修的砂石路、太阳能路灯、越野汽车、羊圈、马栏是你的背景，一泓来自森林的泉水从你脚前汩汩流过，流淌成曲曲弯弯的伊敏河。伊敏河汇入长长的额尔古纳河，额尔古纳河流入黑龙江，黑龙江走向太平洋。

天像雪原上的蓝湖，雪像浪花堆砌的岸，天地浑然，无边无际。洁白的残冬铺在太阳之下，常青的樟松林，就像激情四溢的重彩，曼妙起伏，在雪上描绘出峰岭叠嶂、幽林密境，浓重浅淡、高低逶迤，弥漫到不可知的远方。

你让我和你一起站在这里倾听。

我听到的是一种绝尘的安静，而你听到了风在林子里休息的声音，一群松鸡为爱情跳舞的声音，一头驼鹿咀嚼树枝的声音……你是猎人的女儿、猎人的妻子，自己也曾是个猎人。你手中的半自动步枪，虽然没有像你祖父的别力弹克枪和父亲的7.62步枪那样屡创辉煌，但也有过非凡的鸣响——霜天晓角，你匍匐在灌木丛中，纹丝不动，目光飞速扫描定位，俄顷，你右手食指优美端庄地一扣，子弹飞翔而去，瞬间，霜雪落幕，野兽金属崩裂般的嚎叫和残星一起渐渐隐于苍穹。

即使是这样，你也不是事实上的猎人妈妈，你的两个儿子没有一个是猎人。在你之后，吉登嘎查并无猎人。

你自称猎人妈妈，是因为你觉得你的儿子应该是猎人。你的谈话离不开狩猎的事情。猎人是你永远的主语，一如既往地在你的血液里脉动。

没有寒暄。你径直说："我们的老姑奶奶在呢。"

这个鄂温克族聚居地如今已经没有了现世的萨满，老姑奶奶一百多岁，是逝去的萨满，已于香火供奉中长生。半块带流苏的红布面具，遮挡住了她的额头和眼睛。我看不见那传神之眸，也看不见她额头上的岁月，只看见她干瘪的鼻翼和嘴角边的皱纹。照片上，老姑奶奶瘦小，在儿孙的簇拥下，越发显得像一截林间的老树桩。我听从你的引导，奉上食物。来自城市的糕点，掺杂了太多的香甜，迥异于林中天物。我心下嘀咕，在山神的世界里，会不会引来错愕和惊诧？于是我拿出面条，原味切面，我带来了不少。

老姑奶奶的照片虽然是翻拍的，但仍具有一种摄人魂魄的力量。曾几何时，火焰炸裂，鼙鼓雷腾，老姑奶奶羸弱的身躯，离地三尺，狂舞于荫翳之下，为神代言？你说有老姑奶奶在此，森林就会让我们永远做她的孩子，无论走到哪里，我们也不会丢失。

与你一见如故，使我确信这是一次重逢。我从小就懂得敬畏猎枪，我的父亲曾经身背一支老猎枪，为了保护工厂的牛羊征战山野。每一个星期天，父亲都要擦拭他心爱的猎枪。父亲擦枪时总是一言不发，但是他的双手会说话，每一个动作都灵动微妙如虔诚之舞。许多年之后我才发现,在自己的记忆中珍藏的,除了这个镜头,还有一种父亲留下的气味,那是雪、风、泥土、野兽的膻味和森林草原的阳光混在一起的气味。平日里我无法找回这种气味,今天一拉你的手,这气味就鬼魅般地回来了,在我心里怦怦地跳。

你说你的手好久好久没有触摸枪柄了,好久好久没有扣动扳机了。雨雪潇潇,十年、二十年,你用稚嫩的眼睛印下了历史——母亲把马拴在新砖房的大门上,从马背上摘下那个烟熏如漆的吊锅,放在一个装满火焰的箱子上。那时你没有炉子的概念,你发现从此那个锅里传出来的香味变了,有了许多前所未有的内容;你发现从此冬天和夏天一样暖和,一粒沉睡的草籽,竟然从地板缝里长出绿色来。撮罗子被遗留在林子里,后来又进了博物馆,猎民新村成为你的家。你看见爸爸的胸前多了一枚红色的金属徽章,他有了猎人之外的另一个身份——人民护林员。鄂温克人以自己的方式看护森林,爸爸说:“春天的母兽不能打,孵卵的飞禽不能打,交媾的走兽不能打,小熊崽和小鹿羔不能打,就是一个狼崽子也不能打。老白桦的眼睛能看透一千年,老樟松的根能绊倒做坏事的人……”鄂温克人守卫的山林兴旺繁荣,树木蓊郁,百兽绵延。

你说:“来,我给你看样东西。”咦?是煤灰。吉登嘎查还在用燃煤烧火,黄褐色的煤灰使我想起三十多年前那些极寒的日子。你从炉膛里铲出一些煤灰,又拿来一块胶合板和一块带着脂肪的羊皮。你这是要做什么?只见你用羊皮上的脂肪擦湿了胶合板,把煤灰撒了上去,接着奇妙的事情发生了—— 一层煤灰挂在胶合板上,就成了你的黑板。你用一根筷子写着你人生的第一堂课:好好学习,天天向上。然后以此方法继续写:欧阳海之歌——这应该是你的中学。你知道了吉登嘎查之外,是鄂温克族自治旗,鄂温克族自治旗之外是内蒙古自治区,内蒙古自治区之外是中国……你学会了看报纸,听广播,成为一个可以熟练使用蒙古语言文字与山外对话的鄂温克族女孩。

也可以用当年的说法，把你叫作回乡知识青年。其实没有什么人跟你说——知识青年到农村去，接受贫下中农的再教育。你说，毕业归来，跟每一次回家的心情一样，就是嫌客车开得太慢，恨不得一步到家，捧起清凉凉甜滋滋的泉水喝个够，站在林子厚厚的腐殖层上放声喊，喊得树叶扑簌簌地抖，像山神在说他听见了……

你从此有了不可更改的骄傲、不可更改的光荣、不可更改的情结。瞧，女猎民，好一个气吞山河的称谓，与你英姿勃发的青春多么匹配！一位鄂温克族作家说："我是一匹马，从森林里走来。"你喜欢他的小说，你痴迷于他比霜雪还要清澈的文字，因为你就是他的书中之人，你和你的族人在森林里追随祖先的足迹，永不言退。

随着历史的进程，鄂温克猎民转变亘古不变的生产方式，告别狩猎，用持枪的手举起套马杆，开始在林缘草原牧放牛羊，也继续牧养着世代相依为命的骏马。你当上了嘎查妇联主任、党支部副书记。你的职位堪比一个人手指头上的神经末梢，不算干部，每月五十元补贴，似乎无足轻重。可是你在这无足轻重的位置上，想了很多。惯于信马由缰的你，不知不觉地收紧了缰绳。

果然一夜长于百年。

崭新的日子开始了。在那个早晨，几千年的游猎生活说走就走了，像飞翔的云朵，把影子留在了大地上。

我很想知道那个早晨的事情。

那个早晨的事情就是你悄悄地保存了三颗子弹。你想总要给孩子们留下点什么，就把这三颗子弹抹上狼油，装进塑料袋，放在姑奶奶照片的下面。你对你的儿子说："咱们应该当个好牧民，也别忘了自己是猎人的儿子。"

你拿出了那三颗猎枪子弹，依循它们被使用的时间顺序摆在桌子上——7.62步枪子弹，半自动步枪子弹，民兵训练使用的手枪子弹。如果还能有一颗俄式老别力弹克猎枪子弹，正好是一部游猎百年史的写照。这三颗子弹，红铜色，被精心揩拭过。它们光彩熠熠地站立着，好像一队并不知道自己已经退伍的老兵。这是你父亲使用的子弹，是你丈夫和你使用的子弹。每一颗子弹都意味着一种生活。

我不由想起《在乌苏里江的莽林中》一书中，你的一位通古斯远族前辈在林中奔走的样子。他用猎刀在密林里劈出一条条路，他的鹿皮乌拉唰唰地掠过灌木丛，无所畏惧地前行。在一百多年以前，他的手里没有枪。他是个能听得懂虎豹熊罴说话的猎人，他的每一句话都成谶，灾难之后的幸运，不幸之中的万幸，都被他事先言中，仿佛天神就栖落在他的肩上，你的祖先是与天地通灵的人。

7.62时代，你的记忆和那个叫秋浦的文化人类学家所记载的情形十分相似，但又有所不同。他使用了“原始共产主义社会形态”这个概念，来界定鄂温克民族当年的狩猎生活。你说，快过年的时候，雪总是很大，撮罗子后面的山挡住了北风，雪像一团团棉花拥在撮罗子外面，整个山谷都能听见吊锅里的水翻着跟头响，就等着爸爸带回来新打的肉煮。马蹄的声音由远而近，你撩开熊皮做的门帘，看见爸爸的马披着霞光从地平线上升起来。部落里开始人欢马叫，家家户户都开门迎接猎手归来。那些没有人打猎的困难人家，总是最先分享猎物。这家割去个狍子腿，那家卸下个鹿排，爸爸进了自己家门，手里就剩下了几副野兽骨架。亲爱的爸爸回来了，全家人还是欢喜，妈妈拆了野兽骨架，砸出骨髓，骨头汤炖蘑菇野菜，撮罗子的天窗飘出带着香味的歌。

猎枪和半自动步枪子弹，总是使你想起深爱的丈夫。他走了十几年，四个孩子全都长大成家了。你常常一个人走进迷茫的晨雾，在通往山林的路上徘徊。没有人知道那两颗子弹正揣在你的胸口上，已经被你的体温焐得滚烫。你不抬头，盯着布满车辙的路面。在别人的眼里，你是在寻找丢失了的东西。只有你自己知道，你看见了他当初留下的马蹄印。一年又一年，你就这样在路上等他。那个肩挎猎枪的人总会慢慢走到你跟前。他果然老了，让你想到一棵缀满冰霜的老松树。没有改变的是，他的眼睛还是那么亮，在暮色中为你照亮了回家的路。

我看得出来，述说的愿望埋在你心底很久了。恰好我是一个理想的倾听者，我安静，我专注，我一直在看着你的眼睛，我的眼里也有泪。你说你丈夫是鄂温克最好的猎人，民兵训练的时候，他把全公社的青壮年都教成了好枪手。他刚走的那些年，总是在梦里回来跟你要子弹，总是在梦里告诉你林子里的熊洞要着火了。真是奇怪，他回来的时候没有开门声，走的时候老是踩得雪地咯吱咯吱响……

林子里真的出事了。

你拿出那枚胸章给我看。胸章上六个金色的大字十分鲜明：护林防火检查。你说，这是你父亲和丈夫当年戴过的胸章，有他们在，林子的雪地上除了动物的脚印就是树的影子，偷猎盗伐的人不敢来。遗憾的是，当真正的猎人放下了枪，小偷开始猖獗。

冬天的第一场大雪下过，动物游动的脚印显现出来，传统的狩猎季节到了。这时候你已经变成了女牧民，大兴安岭森林边缘地带的十万亩草原成为吉登嘎查的牧场。男人手里的猎枪变成了套马杆，女人的手整天被奶牛油汪汪的乳汁浸润着。

生活是那样安静。你挤奶，喂羊羔，累了就站起身看看远处那白银似的山冈和绿海似的林子。突然，大儿子喊起来："阿妈——不好了——人来了。"其实你早就听到了汽车的声音。你没觉得这有什么可怕的，吉登嘎查已经通上电，乡亲们看上了电视，孩子要读书，生活要向前走，你愿意有客人到吉登嘎查来。谁知道,汽车的声音停止没多久,突然传来四声枪响。你听得出来,其中一声是放空的,像只有劲的小鸟飞远了,另外三声很短很闷,肯定是命中了动物。正好身旁有一匹鞴好了鞍子的马,你上了马就往枪响的地方跑。

林中的不冻泉边上,到处都是血。应该是有三只正喝水的狍子刚刚被袭击。偷猎者把狍子的内脏掏出来丢在雪地上,拉着狍子肉离开了。那一堆狍子内脏在一下下地抖动,你翻开一看,哎呀,真是作孽,在一个热气腾腾的母狍子胎盘里,有两只足月的狍子崽,身上的绒毛都长出来了,舌头从嘴里伸出来,在舔自己的嘴唇,给寒气一打,不一会儿就没了动静。

开花的夏天走了,秋天的霜刚刚露脸。小儿子突然喊起来:“阿妈——阿妈——不好了——变形金刚来了!”村子里布满了恐慌,人们三五成群地向牧场走去。后来你才知道,那比猎刀还要锋利,比冰排还要冰冷的“变形金刚”叫五铧犁,是来开垦原生态草原的。五铧犁吼叫着开过去,一条条黢黑的蟒蛇跟着它从地下冒出来,一直爬到天边的云彩里。那个操纵机器的人很累却兴致勃勃,脸被太阳晒得通红,像一张粉红色的钞票,根本不理睬抗议的牧民。草原的皮肤被撕裂,三万两千亩金色牧场就这样变了颜色。土壤暴露,沙尘弥漫,动物世世代代苦心经营的巢穴,化为铧犁下的齑粉,旱獭、鼹鼠、沙虎子幼崽的残尸散布在泥土上。一只母狼疯了,毫不在乎身边的人类,撕肝裂胆地嚎叫,两只前爪奋力刨地,一定是它的孩子被埋在了洞里。草原豆鼠的洞穴,结构精致,堪比人类家园,有储藏过冬草籽野果的仓房,有起居室,还有厕所。它们其乐融融地生活在暗处,丰厚的土层就像母体一样保护着它们。如果不干旱,它们不是草原的灾难,在它们松动过的土地上,牧草会更繁茂。它们的尸体,是植物的有机肥。现在它们逃出了家,带着一身准备过冬的脂肪四处乱窜，最后纷纷把脖子卡在灌木枝杈上，上吊而死。到了冬天，它们的尸体会变成硬邦邦的干片，在风里咔咔作响。

三万两千亩草场变成了耕地，放牧的地域小了，羊群只好缩小，奶牛只能在房前屋后吃草，马无处驰骋，在拴马桩旁无奈地嘶鸣。男人们经常烂醉如泥，然后久久地沉睡。女人们再一次上马，到林地里采撷蕨菜、山芹、鸡血蘑，有了这些东西，孩子才有钱买笔买书，老人才会有钱买药。

吉登嘎查该向哪里去?你觉得老姑奶奶似乎看到了你在流泪，可是她在说什么，你听不清楚。她的声音很沙哑，仿佛夹杂着扑面而来的雪，雪很硬，像是一颗颗冰粒在旋转着飞。直到你静静地坐下来，打开报纸，打开电视机，突然间就听清了老姑奶奶的话——骑上马，向前看，别回头，回头你的明天就找不到了。

你胯下的马总是习惯往林子的方向走，被你一次次拽回来。虽然马的四蹄，极其不适应水泥马路，导致几次马掌脱落，但是，你和你的马，终于走进了一个大世界。你在这个世界发现的是真实。原来电视屏幕上的那些好事离吉登嘎查并不遥远，眼看着就像喜鹊那样从电视里飞出来了，落在你的马鞍上，落在你的手心里。

这时，手把肉上桌，有美酒佐餐，还有各种奶食、点心、小菜，我们从你幽深的记忆密林回来，围坐在现实的丰腴之中。大家纷纷拿出手机，互加微信。猎人妈妈，你让你的儿子，青年牧民阿都琴向我们展示他做的手工艺品。阿都琴使用的材料是骨头、皮子、松果，还有鸟脱落的羽毛。他的作品奇特玲珑，令人眼前一亮，其灵感来自猎场和牧场，也来自生命里父亲的基因，而把鄂温克狩猎文化转化成经济效益的想法，是你多次出走深山得到的启发。

你走出山林，几经波折，终于在巴彦托海镇的一条小巷里找到了那个传说中的工艺美术师。你告诉他，吉登嘎查也要像别的部落那样搞民族服饰表演。他答应你一定帮忙。于是你匆匆返回，把这个消息告诉了乡亲们。乡亲们这家卖掉一匹小马驹，那家卖掉一头小牛犊，凑钱买来面料。你又求人赊下裁缝的手工钱，赶制出一套套猎场风格的服装。你终于带着自己的兄弟姐妹，出现在那达慕数万观众眼前。犹如白云谦卑地站在天边，人们没有看到你们飞翔的痕迹，晨光已经给你们披上了壮丽的色彩。你们获得的不只是奖牌，还有一双双温暖的手。你结识了文化学者，结识了司法专家，结识了一位又一位朋友……就像当初的武陵渔人不知道桃花源一样，他们还不知道吉登嘎查在哪里，不知道你是谁。但是没有一个人对你的诉求漠然置之，无不尽心尽力。你的吉登嘎查就这样紧紧拉住了梦的手，脚步越来越坚定，开始与时代同行。

你一笑，不肯说自己为找回那三万两千亩草场经历了怎样的艰辛，只是很满足地告诉我——土地回来了，绿色也要回来。如果为了钱，吉登嘎查人可以把这块土地租给种粮的商人，但是你们没有那样做，你们选择了退耕退牧。现在国家给了村民退牧补贴，你们正信心十足地守望着草原，让那片受伤的土地静静复原。时间或许需要很长，就像你们的孩子还有很多很多明天。

我看见你的头上长满了银色的松针。

后来我与你再次相见，是在巴彦托海镇的大街上。你面含微笑，穿着时尚大方，一袭色彩鲜艳的外套，一双舒适漂亮的短靴，一只手牵着小孙女，另一只手拿着手机，走在人流中。你是当下很多从草原深处来的陪读奶奶中的一个。

来自游猎之地的你，使我想起那一泓来自森林的泉水。

水流千里归大海，你是大海上蔚蓝色的光芒。

萨丽娃姐姐的春天

萨丽娃姐姐的春天在呼伦贝尔大草原。

始于上一个秋季，那碧绿的季节渐渐干枯到雪天一色，种子水滴入海一般与泥土同在。冰雪将茫茫草原覆盖，仿佛一片亿万年的大水晶，解析了太阳的光谱，遍地熠熠生辉。这就是草原的春天，明亮、寒冷、空旷、漫长。呼伦贝尔草原不知“清明时节雨纷纷”“烟花三月下扬州”为何物，沉寂于十月、十一月，延至次年的五月，直到六月才肯葳蕤。

呼伦贝尔在北纬53°到北纬47°之间，几近冻土带，一年只有不足一百天的无霜期，春、夏、秋三个季节便挤在这一百天里奔跑，每一种植物都是百米冲刺的运动员，奔跑着发芽，奔跑着开花，奔跑着打籽，奔跑着完成生命基因的使命。你若细看草原上的那些芍药、萱草、百合、野玫瑰，就会发现它们都比内地同类的花朵开得弱小、开得简单；那些毛发一样附在原野上的草类，更是生得低矮壮硕，因为它们没有时间拔高，必须快快成熟。或许是夏日为了争取一次尽情地盛开，或许是秋天为了留下一次矢志不渝的延续，把春天挤到了无霜期的边缘。乍暖还寒，草色遥看近却无，呼伦贝尔的春天在残雪中闪出，酷似去意已决的爱人，莞尔一笑，转瞬即逝。一夜南风，醒来时百草猛然长高了半尺，草原焕然碧透千里，如深深的海洋，波动在阳光下，泛起绸缎般的华丽。花朵们忙了一夜，终于捯饬一新，佩戴着天上的彩霞和地上的雨露，跟着绿浪摇曳曼舞。好比是沉睡百年只等这一天，游牧纪元的季节盛宴开启，旅游时代的草原LOGO出台，人们醉如花丛，欢喜得忘乎所以，于是轻漫地比照远方的场景，直把这草原夏日叫作草原的春天。他们不曾体验，因此不懂——草原孕育春天的历程就是春天，草原的春天就是一场望眼欲穿的期盼，而最终让你看到的却永远是结尾的那一瞬。

萨丽娃姐姐和大地一起记忆着春天。

草原的春天是牧业丰收的季节，也是妇女们含辛茹苦的季节。萨丽娃姐姐看见老祖母蹒跚在纷扬的春雪中，靴子艰难地从冰泥里拔出来又踩下去，湿漉漉的蒙古袍大襟冻成硬邦邦的冰片，在冷风中咔咔作响。她看见太阳的手指伸过来，轻轻地梳拢老祖母的银发，落在那只暗红色的珊瑚耳环上，老祖母汗水淋漓的脸颊布满了岁月的光芒。小羊羔总是走在大野芳菲之前，一个接一个降生在冰碴儿密布的草地上，然后它们站起来，像洁白的云朵一样缭绕着老祖母"咩……咩……"地嚷着饥饿。

百代千年，游牧人家在春季里寻找朝阳的地方接羔，一辈辈把长生天的教诲变成了不可更改的习惯，留在了老祖母的银发上。长生天不是传说中的老天爷，而是万物生存的法则，是必须敬畏的大自然。四月接羔，羊羔吃着母乳等待青草，青草和它们的乳牙一起长出来，它们开始奔跑，从此变成了原野的孩子，栉风沐雨，爬冰卧雪，必经几次生死磨难，方能生存。地老天荒，冬去春来，生命就这样周而复始，生生不息。

老祖母的腰是在春天累弯的，老祖母的劝奶歌是在春天里传给萨丽娃姐姐的。

"陶爱格……陶爱格……你的孩子在哭泣，你这当母亲的快喂喂你的孩子吧……"老祖母的劝奶歌升起来，回响环绕。哀婉之中，苍穹附以和声，母体般的温暖笼罩草原，万物生灵的母性开始苏醒。母羊含泪站起身来，羊羔纷纷跪乳。饱食的羊羔肆意喧闹嬉戏，洁白的云朵在阳光里打滚，然后撒开四蹄奔跑，进入季节的深处。

每年十月之后，老祖母把种公羊放进母羊群，母羊怀胎六个月，到次年四月或者五月分娩，完成一个春天的轮回。那前一年接下的羊羔，由于仅仅吃过一个夏天的青草，骨头还未坚硬，脂肪仍然豆腐般多汁，头上卷曲的绒毛里才露出细小的犄角。老祖母仍然叫它们羔子，风雪夜里把它们放进蒙古包庇护。为了给它们取暖，她半夜起来给炉子加牛粪。萨丽娃姐姐依偎在老祖母的怀里说："好像羔子是你的亲孙女。"

后来不知道是谁耐不住漫长的等待，决意改写草原的春天。他们八月放种公羊进群，二月接羔，不游牧，给羊羔喂合成饲料，圈养到落雪之前。明知羊羔还没有长成一只真正的羊，还是一车一车地卖出去。只因为电视广告里出现了"羔羊肉"这个词，有人想出了这个成本低廉的鬼主意。

后来因为老师说，因为父母说，因为身边的每一个人都在说，上大学、上大学，到城里去、到城里去……要是谁家的孩子留在家里的马鞍上，没有人会夸奖他，萨丽娃姐姐戴着老祖母的红珊瑚耳环离开了家。因为城里的暖气和热水，因为城里的漂亮和时尚，萨丽娃姐姐毕业后曾在发廊里做小工，那气味古怪的染发精，每一天都染红她的眼睛；因为三十元的一顿快餐和一百元的化妆品，萨丽娃姐姐又转到旅游景点用母语卖唱祖宗留下的歌。

城里的楼房虽然很舒适，可那是租来的，不是家；城里的生活今天欢笑复明天，可不知道自己的未来在哪里。萨丽娃姐姐思念阿妈的奶茶、阿爸的手把肉，好想好想骑上骏马变成草原的风，好想好想放开嗓子变成蒙古包前奔流的河。

萨丽娃姐姐总觉得老祖母的红珊瑚耳环会说话，一天天在她耳边说个不停，只是那些古老的话，就像飞来飞去的鸟，有点听不懂，想留也留不下。

萨丽娃姐姐终于回到了日夜思念的故乡。

枕着幽幽的草香，她看见了逝去已久的老祖母，听清了老祖母在她耳边说的话——河冰不开，天鹅不来；骏马绕不过暴风雪，大雁甩不掉自己的影子……冬长夏短，谁也逆不过长生天的规矩……

萨丽娃姐姐站在草原的春天里，伸出一双手，这手是洁白细致的；萨丽娃姐姐轻轻托出一只小羊羔，把母羊脱落的子宫慢慢送回腹腔内，这双手浸染上羊水和血液，开始在寒风中皴裂，慢慢地，长生天的怀抱里回来了一个顺其自然劳作的人；当这双手终于被牛奶和油脂润透，不再畏惧风霜雨雪的时候，萨丽娃姐姐的牧场已经远近闻名，她出售的羊，是实实在在吃过三次夏牧草、长了六颗牙的肥腴的羊。萨丽娃姐姐有了自己的广告词——养最有品质的羊。

人们没有看见萨丽娃姐姐一车又一车地出售羊，却看见她家的牧场上盖起了铝合金的接羔棚圈，看到她家蒙古包后面停放了现代化的打草机，看到她家草场的高坡上安装上了一排排太阳能蓄电池。萨丽娃姐姐的故事像珍珠般滚动在草原上，人们传说着她那些有品质的羊卖出了好价钱。

当家家户户都像萨丽娃姐姐那样牧养有品质的羊，萨丽娃姐姐长长地出了一口气，她终于把草原的春天从二月找了回来。

春天依然晚晚地来，快快地走，却把希望和富足留在了呼伦贝尔草原上。萨丽娃姐姐唱的劝奶歌是老祖母在春天里传下来的，草原人那如云的羊群和飞驰的骏马是春天赐予的。是的，萨丽娃姐姐懂得这一点，在这个古老而崭新的时代里成为聪明智慧的人。

萨丽娃姐姐的春天在呼伦贝尔草原上。

我的两个额吉

我的家无边无际。

呼伦贝尔草原面积十多万平方公里。在我上小学的时候，蒙文教科书这样说——在呼伦贝尔草原，平均一平方公里只有十个人，有的地方只有四个人，主要是游牧的蒙古族和鄂温克族、达斡尔族。

这里没有公路，没有电线杆，夏天绿草和繁花淹没了马蹄，掩映着白莲花一样的蒙古包；冬天大雪覆盖了一切呼吸，只有夕烟和马群、羊群在缓慢地变换着形态。蓝天下的地平线浑圆而漫长，人们常说那就是天边。天边因为你的追寻而总在远处，我小的时候非常想到天边去看看，可是一次都没有成功。我那英勇无畏的海骝马呀，它总是在嘴巴没有亲吻到天边彩霞的时候就耷拉下耳朵，累得大汗淋漓了。

大野浩瀚，说不出哪里是我的家，只能说草原就是我的家。骏马的四蹄走过四季，我们要在季节的变换中，寻觅水草丰美、气候适宜的地方游牧。吃草尖的马群带领着我们的畜群，不断地迁徙，到处都是蒙古包的栖息之地，我们的家园和天地一样辽阔。

我的人生记忆是从一盏佛灯开始的。

我就像一匹母马肚子里的小马驹，每天聆听着风的声音和大地的呼吸，慢慢成长。当靛蓝的夜色再次来临，我突然一伸脖子，闻到了原野上的草香味。我来了，在温暖的草地上打个滚，站立起来，眼前一片明亮。我看见了佛像前那盏日夜不熄的黄铜佛灯，它玲珑灿烂如刚出壳的雏鸟一般轻盈跳动,那就是我的生命之光。

我记得自己被一条长长的红绸子捆绑在小黄马的身上,辽阔的草原便慢慢地在我身旁后退。我不知道自己是一个生于草原的孩子,也不知道自己将在马上走向未来。但是作为一个人,我在那一刻具有了不可更改的属性,我的血液和呼吸,我的步伐和歌声,我注视万物的眼神,都蕴含着来自草原的安详和勇敢。

大额吉说是小额吉给她生的我,小额吉说我是佛爷给这个家送来的孩子。为了获得吉祥如意的祝福,她们给我理发时,在我的头顶留下一簇短头发,在后脖根蓄了一根小辫子,其余的位置便剃成光溜溜的样子了。这是古代征战时,圣主成吉思汗发明的发型,为的是马上射箭挥刀,头发不影响视线。

说到这里,我还得告诉你,我小时候的这种发型,现在竟又悄悄地时兴起来了,原因是五彩呼伦贝尔合唱团的那个胖小子剃了这个发型。于是人们为了自己的孩子也能参加儿童合唱团,纷纷模仿,他们想让自己的孩子参加合唱团,是想让后代过上城里人的生活。要是孩子考不进去的话,发型还要改回来,因为当孩子进城上学的时候,这个发型就显得有些与环境不和谐了,当然了,谁也不愿意被别人围观。

我在马背上飞着长大。如果让我说自己是如何学会骑马的,我说不出来。学骑马,那不是草原孩子的功课,我们的摇篮就在马背上,因此天生就是骑手。我模模糊糊中觉得大阿布轻轻一拍马屁股,马就把我送出十来里地,到了小额吉和小阿布放羊的营盘。他们把我从马鞍上解下来,给我吃肉干和奶干。然后,小阿布就把一头小牛犊牵给我,让我骑着小牛犊在草原上跑。他还教我甩鞭子,后来我学得一鞭子下去,能打得在洞口探头的鼹鼠弹到针茅草那么高。说了怕没有人相信,在三年困难时期,为了糊口,我用鞭子,抽断过狍子腿,猎杀过好多的旱獭和野兔。

两个额吉和两个阿布从来没有对我隐瞒什么,我对自己的身世没有什么匪夷所思的感觉。我有两个额吉和两个阿布,他们都把我当成小骆驼,时时刻刻放在心口上。我十岁了,都能拿着套马杆套小牛犊了,每天晚上我还要摸着大额吉的乳房入睡。当小额吉来住的时候,我就黏在她身上,等着她给我篦头发上的虱子和虮子。大额吉眼睛花了,看不清了,她只能在冬天里把我的皮裤和蒙古袍拿到蒙古包外去冷冻,然后一抖落,那些小小的寄生虫,便像黑芝麻一样落在白雪上。小额吉年轻,她总是在我们家接羔和打草、杀冻肉的时候,骑着她的小母马赶来帮忙。

我小的时候草原缺孩子,有布氏杆菌、梅毒泛滥的原因,也有长期在极寒天气中生活,牧民普遍患有风湿病的原因,寒大的男人女人是不会怀孕生孩子的。我的大额吉常年在冰天雪地里劳作,挤牛奶、接羔、放羊,是一个严重的风湿病患者,她的双手就像长出了木疖子的树枝一样筋骨嶙峋,两条腿也弯成了马肚子那样的圆圈。大额吉和大阿布的家庭和草原上很多家庭一样,没有孩子。

我的小额吉和小阿布,是一对漂亮的夫妻。他们都是高高的个头,骑在当时还没有消失的蒙古矮马上,两条腿都能蹚到地上的草尖了。他们的皮肤虽经过风吹雨打和高原阳光的暴晒,但是依然像奶豆腐一样洁白细腻。他们细长的眼睛由于有浓密的睫毛衬托,显得如云如雨,透出幽深的光泽。他们的嘴,有棱有角,錾刻出来的一般。在他们的故乡,曾经发生过嘎达梅林起义,由于农耕的铁犁日益逼近,他们成了失去牧场的人。由于他们的故乡已经半农半牧,他们的蒙古袍,几经异化,变短了,大襟到了膝盖上就不再延长了。他们翻越大兴安岭来到呼伦贝尔,追寻游牧生活,被人称作“短袍蒙古”。

他们青春旺年,健康开朗,生命的力量和呼伦贝尔大草原的盎然万物相得益彰。他们辗转在草原上,形影相随,相亲相爱。虽然他们没有牛羊和蒙古包，只能给放苏鲁克（中华人民共和国成立初期牧区实行的委托放牧方式）的人家打零工，给白音（富牧）家放牧，终年栉风沐雨、爬冰卧雪，可是他们生的孩子，像小马驹般壮实。他们每天用皮口袋装着两个幼小的孩子，揣在胸前的蒙古袍大襟里面，出去放羊。小额吉常常在绿野长风里，解开胸襟，露出羊脂一样饱满的乳房，让孩子咕咚咕咚地吸吮乳汁，令草地的女人们看得眼热。

我的两个额吉相识在夏天的伊敏河边。绸缎一样柔软的河水打了一个又一个弯，映出一连串小额吉的马影子，五彩缤纷地晃着大额吉的眼睛。我的大额吉是来拉水的，我的小额吉正在河边洗濯她的两个孩子，也就是我的姐姐萨如拉塔拉和我的哥哥孟和沙。这两个日夜被装在皮袋子里的孩子，身上长了热痱子，经清爽的河水一洗，舒服得不得了。他们光着身子在柔软的沙滩上乱跑乱爬，不一会儿，又拱在小额吉的身旁，一人叼住一只乳房，像小牛犊那样吃鼓了肚子。那是一番怎样生动的景象啊，天碧蓝，水碧蓝，草碧绿，还有红的萨日朗和黄的金针花开放；太阳长长的手指在一对胖胖的小屁股上移动着，马站在水中享受凉爽，尾巴撩起无数金子一般亮的水滴……我的大额吉看着看着，突然就哭出声来了。

小额吉正要向大额吉问好，见状赶紧就走了过去。

大额吉说："把你的皮口袋换一换吧，都到伏天了，孩子的屎尿味要招苍蝇的。我包里有刚刚熟出来的羊胎皮，比河水还要柔软，比冬天还要洁白。我拿给你。"

小额吉说："姐姐，我知道你喜欢我的孩子，可是他们都有点大了，姐姐抱不走了。我就给姐姐生一个孩子吧！在草原上骑马走过的人都说，姐姐是最能干的女人，姐夫是不贪酒的男人，家里还有自己的羊群，能把天下的孩子都养大。"

我的大额吉说："可怜哪，你生孩子太辛苦啊……"

小额吉说："可怜哪，没有孩子的蒙古包是空的，禁不住大风刮呀。"

就这样，小额吉在我们家的蒙古包里吃了一顿羊肉干面条，给姐姐哥哥换上了羊胎皮的襁褓袋子，便回我小阿布放牧的营盘去了。她走的时候，大额吉在蒙古包门口向小额吉的背影扬了三勺子牛奶，一直看着她骑在马上，一前一后背着两个孩子，渐渐在天地之间成为一个小小的黑点。

小额吉一走，大额吉在河里把油乎乎的羊毛洗得跟棉花一样白，擀成一块大毡子，把几头母牛的初乳，都做成坨，等着小额吉来。到第二年接羔的时候，大阿布把亲手做的桦树皮摇篮拿出来，用马肚皮绳子吊在了蒙古包的撑竿上，他们坚信我的小额吉一定会给他们送来孩子。

让你说出来的是话，让你站着的是地，这是巴尔虎蒙古族人的老谚语。

第二年打草的时候，小额吉的马蹄踏着满地的清霜，嘚嘚嘚地来了。小阿布的枣红马在前开路，让小额吉的马踩着他的马影子走，恐怕前面突然跳出一只兔子或者出现豆鼠洞，惊了马，使即将临盆的小额吉有什么闪失。

蒙古包的炉子里压了羊粪砖，除了天窗故意露着一小块蓝天，支出铁烟囱，其他的地方都严严实实。我诞生在大额吉擀制的白毡子上。新鲜的羊汤和牛奶香气四溢，门外的马和牧羊犬似乎明白了这个家发生了大事，静静地不出一点声音。

大阿布手里是他亲手刻的一把木弓箭，小阿布手里是一块湖蓝色的绸子。我有多么好的命啊，在没有来到这个世界之前，就有两对父母在为我操心。大额吉后来告诉我，当蒙古包里传出我的第一声啼哭时，马竖起了耳朵，直晃脑袋，狗用嘴掀起了皮门帘，要进包看个究竟。大额吉赶紧出来告诉门外的两个男人——是个小子。

四十岁的大阿布乐疯了，一个箭步就冲到蒙古包门口，把木箭头插在了门楣上。这个蒙古族男人，找不到一句可以表达喜悦的话，便一脚踏上马蹬子，没等坐上马鞍就拍了马屁股。马一个蹶子跑出几十里路，翻越了云雾缭绕的宝格达乌拉山。在一座叫阿尔山的小庙里，大阿布找到了格斯贵僧人，求他赐给自己的儿子吉祥平安。格斯贵僧人已经对以往的信仰讳莫如深，可是大阿布长跪不起，他只好开口。他说："这孩子是佛爷给你的，是还愿的命。待他长到七岁，你要把他送到五台山出家，不然保不住。"大阿布一听更是不肯起身。格斯贵僧人只好拿出一盏紫铜小佛灯，亲手点亮，交给了大阿布。

佛光万里，照亮了蒙古族人渴望的眼睛。大阿布为了这灯不熄灭，一只手将它搂在胸襟里，走马回到家里。这盏佛灯在我们家整整点了十五年。无论春夏秋冬，无论游牧的日子多么颠沛，都不曾熄灭。大额吉每天晚上都要起来一次，给这灯添油续捻，她用自己的命来守着这盏灯，直到去世。

如果有人问我，是从什么时候开始这么称呼两个母亲和两个父亲的，我也说不清楚，只知道每天早上给我熬好茶，给我烤热了袍子和靴子，把我从羊皮筒子里拽出来的母亲是大额吉。在马鞍上搂着萨如拉塔拉姐姐从彩霞里飞来的母亲是我的小额吉。领着我出牧放羊，教我认识各种牧草的父亲；冬天用雪给我搓脸蛋，以免落下冻伤的父亲；给我的海骝马修整铁掌的父亲，是我的大阿布。在蒙古包前下了马，总是有羊腿骨棒带给我，不等喝完奶茶就赶紧给我砸开那骨棒，把骨髓递到我舌头尖上的父亲；把我搂在他的鞍子上，和他一起追赶狍子的父亲，是我的小阿布。

大额吉和大阿布整天在我身边，小额吉和小阿布总是在新月升起的初一初二来看我。我老远就听到小额吉的歌声,那是比草原上的小路还要蜿蜒悠远的长调。我的小额吉、小阿布出牧在达赉湖的北岸,他们来的时候,肩上除了舍不得吃的羊腿,还有一个装满了山泉水的干羊肚子。每到那一天,风都乐得围着蒙古包打起转转,把许多的蓝蝴蝶从一头小牛犊身上吹到另一头小牛犊的身上。

大额吉穿上没有补丁的紫袍子,扎上橘红色的绸子腰带,换上洁白的包头巾，小心翼翼地用银碗斟满甘甜清澈的泉水，衬着湖蓝色的哈达,端端正正放在佛爷的像前。我老老实实坐在门西边的狼皮褥子上,等着听大额吉说话。大额吉总是在这个时候跟佛爷说一些平常我听不到的话——蒙古包的门不能天天敞开，心里话在佛爷的面前才能说出来;我们家的孩子、我们家的牛羊,还有我们家的天鹅和狼崽害怕呀,黑灾白灾你走吧,回到佛爷的脚底下像狗一样趴着吧,那里才是你们的家……喝完这碗不会在风雪里结冰的泉水，你们就痛痛快快地离开吧……

接着,小额吉会用她带来的泉水煮上羊肉。在喷香的肉味中,大阿布和小阿布促膝而坐,通宵达旦默默饮酒,两个额吉在旁边唱起她们出嫁时唱的歌。天亮了,我醒了,歌声和奶茶还是滚热的。

没有人在我的面前曲意掩饰,四邻相聚的时候,人们都会夸我像小额吉一样的长眼睛好看;还有一副高挑的身架子,很像我的小阿布。人们还说我手巧这一点是从大阿布的身上传下来的。我会做马鞭子,我挑选的皮鞭梢总是结实又爱出响。我还会使用吃肉的刀刻奶豆腐的模子。这都是大阿布教给我的。大阿布常常说:“马上坐一个手艺人,比坐着一个光会吃肉的人强,过河的时候你就知道了。”生我的父母和养我的父母,就这样把他们的生命融入了我的生命里。

我是小额吉给这片草原生的第一个孩子,我的名字就像露珠,在草原上的每一株草的草尖上滚过。人们念叨着我的名字，赞扬我的小额吉和小阿布，说是当年化作了湖水的呼伦和贝尔，如今转世在达赉湖岸边的草场上了，他们的袖子里装满了来自湖底的珍珠，每一颗珍珠就是一个漂亮的孩子。

有人在敖包前等待着小额吉和小阿布放羊归来，像叩拜佛爷那样五体投地，说家里遍地的牛羊在乱跑，就缺一个牵着头羊的好小子。小额吉和小阿布赶紧下马，说："要是你命里有儿子，我们过年打草的时候，就会把骏马拴在你们家的拴马桩上。"有的人家赶来满山坡二岁子羊，跟小额吉说："我们家里的勒勒车里还有数不清的珊瑚、琥珀和金银，有一辈子穿不完的华达呢和团花织锦缎，将来一定好好报答你肚子疼的恩情。"小额吉说："年年揣驹子的是健壮的母马，年年肚子疼的是高贵的女人。在我的眼睛里金银财宝不如一碗滚烫的奶茶，千万不要让我们背上不好听的闲话。你要是能等，就快快赶着畜群去寻找那黑绿黑绿的野韭菜吧，到时候你会在风里听见我的马蹄踏碎雪壳子的声音，那就是你的孩子来了。"

夏天来了又远去，小额吉和小阿布，起早贪黑，放马牧羊，也在茂密的草丛中顽强地播种生命。每当冰雪消融，就会有一个哭声嘹亮的婴儿和春羔一起呱呱坠地。小额吉在我的身后又一连给七家乡亲生了孩子。频繁怀孕，年年分娩，小额吉的身体像牛羊啃过的草场，被一座座蒙古包里的期盼累垮了。

这期间，小额吉还遇上了一个母亲最大的苦难。在父母出门帮人家剪羊毛的时候，我那八岁的哥哥孟和沙饿极了，骑着马过河去找父母，不知道为什么从马背上掉到河里，被湍急的流水冲走了。哥哥出殡前，小额吉用羊血和了草木灰，涂在哥哥小小尸身的胸脯处，她说可怜的孩子是饿着肚子走的，他的鼻子正在四处寻找额吉身上的奶味，母子的缘分没有断。要是自己以后生出了有黑红色胎记的婴儿，那就是她的儿子孟和沙回来了。小额吉后来一连生了好几个孩子，都没有发现黑红色的胎记。可怜的小额吉坐月子的时候，在人家的蒙古包里待不住，她总是不到满月就上马走开，因为在马上她不必掩饰自己心中的悲伤，不必把眼泪藏在衣服的袖子里。她呼唤着孟和沙的名字，呜呜地哭出声来，骏马和她的悲伤一起在空旷的草原上徘徊。

小额吉去世之前来了一趟，她从勒勒车下来的时候，弓着身子不敢直腰，是小阿布把她抱下来的。她歪在蒙古包东边的床上，当我把大额吉煮好的羊汤端给她喝的时候，她把我的头搂在胸前。她和大额吉说："我的姐姐呀，让你高高大大的儿子，来吸吮几口他小额吉干瘪的乳房吧。你这喝牛奶长大的儿子啊，还没有吃过母乳呢，我想记住他裹奶时的模样……"她嘴笑着，眼泪在脸上的皱纹里流出来，又上了勒勒车。她把自己生的八个孩子的家走了一遍，不久就去世了。

小额吉走得很安详。我们在许多天之后才知道这个噩耗。小额吉不许小阿布和萨如拉塔拉姐姐招呼她送出去的八个孩子来送葬。她说："你们没有见过自己的心，还没有见过牛马羊的心吗？都是像拳头一样紧紧攥着呢，分出来一个手指头，孩子们留给父母的孝心就不像拳头那么结实了。"

她把自己身上藏着的小口袋拿出来，传给了萨如拉塔拉姐姐。口袋里有九个最珍贵的宝贝，那是她在世的九个孩子落地时剪下的脐带。这九个脐带在小额吉心口上珍藏了一辈子。小额吉在把口袋交给萨如拉塔拉姐姐的时候说："没有额吉了，你要把这个保护好，将来他们走的时候要带上，不能让他们托生的时候身体有残缺。"这是小额吉唯一的嘱托，这个在草原上生养了一生的女人，没有其他放不下的事。那九个脐带已经干枯萎缩，像坚硬黝黑的小石块，一个一个都差不多，小额吉拿起一个就能说出这是哪一年生的哪个孩子的。萨如拉塔拉姐姐说，不知道额吉在一个个病痛难熬的黑夜里，曾经把这些“小石头”抚摸了多少回，亲吻了多少遍……

小额吉的经历变成了草原上人人传颂的故事，故事里我圣洁的生身母亲被尊称为“替佛爷给我们送孩子的媳妇”。后来奖励英雄母亲的时候，我和大家一起从广播喇叭里得知小额吉的名字叫赛吉娅，好命运的意思。如今她的名字还写在厚厚的地方志里，她的孩子已经一个一个带着自己的脐带走了，在世上想着她的人只剩我一个了。

我的大额吉是在我十五岁那年故去的。风湿病侵蚀了她的心脏，她常常胸闷、后背痛，发病的时候脸色青白，一头冷汗。我记得那是个静寂的早晨，草原没有一丝风，卧在河边的草丛中能听到蜻蜓飞翔的声音，站在山坡上能听到乌兰泡里天鹅翅膀击水的声音。大额吉给我扎腰带的时候又重复起她常常挂在嘴边的话：“我的骑海骝马的儿子啊，看着你长成了男子汉了，额吉可以闭上眼睛歇息了。”我说：“亲爱的大额吉呀，快让你不吉祥的唠叨顺着乌尔逊河漂走吧，因为你的儿子一听到这些话，心就像掉进了冰窟窿。”

我在凉快的山峦下放马，惦记着中午大额吉的肉干蜇麻子汤和黑面开花大馒头。我的海骝马，却好像有心事，它不吃草，蹄子直刨草皮，脖子直往家的方向挣。

自从畜群变成了集体财产，家里靠工分生活，日子没有以前那么富裕了。我放弃了读书，回嘎查当了马倌。那时允许牧民在集体化的同时保留少量自留畜，别人家都把自留羊当眼珠子一样心疼着，别说吃肉，连卖出去换点零钱都舍不得。只有我家冬天夏天都杀羊吃。大额吉说：“还是把膘情给我可怜的儿子吧，下夜的时候身上有肉，比穿皮大氅抗寒湿。”

那时候杀一只羊，可舍不得像现在这样先敞开肚皮造一顿手把肉，筋头巴脑都没啃干净，就把骨头扔出去喂了野猫。每当杀羊，大额吉要经心在意地忙活好几天，直到把最后一把肉末也做成美食。草原上再没有比大额吉更心思巧妙的女人了，经过她的料理，我们家一头羊能顶别人家两头羊吃。

大额吉杀羊手法相当利索，加上抓羊的时间，整个过程用不了一个钟头，而且不会落在羊腔子外面一滴血。她不慌不忙，像一个优雅的手语者在深情地讲述着心中的故事，全神贯注地操作，转眼就肉是肉、骨头是骨头、下水是下水地把那羊变成了一件件精美的作品，然后以不同的方式保存起来，供全家慢慢享用。

大额吉先用短把的套马杆，在羊群里套住一只八个牙的羊，放倒在青草密布的地上。她用膝盖抵住羊脖子，用锋利的尖刀在羊的胸肋下一划，三寸长的口子张开，她伸进一只手掐断羊的心血管，羊的痛苦还没有开始，便在这瞬间和它的灵魂一起消失了。

草原外面的人，可能听过蒙古族骑兵横扫欧亚大陆的铁血故事，却很少知道蒙古族人的心肠其实很软，就像那“天下第一曲水”莫日格勒河一般柔情绵延。男人会把受伤的牛用肩膀扛着回家，女人会用自己的乳汁哺育母羊抛弃的小羊羔，蒙古族人永远不会抛弃任何一个用眼睛看着自己的生灵。杀羊杀牛的时候，不允许刀在牛羊的身上拉锯，也不让血淤在牛羊的肉身里，那样意味着它们的灵魂还没有走开；更不能让牛羊看到自己的血，在蒙古族人的眼里，牛、马、羊和人一样聪慧多情。

大额吉从羊肚子中间开膛，然后取出所有的羊内脏，她用一支头上包了布的筷子抵住羊肠子头，两手不停撸着，迅速把羊肚子和羊肠子翻过来，洗净。大额吉用一只去了尖头的牛角当漏斗，把羊腹腔里洁净的血灌入羊肠，然后用一段段线扎住，正宗的羊血肠就这样制作完成。现在旅游饭店往羊血里加上花椒、大料、香菜和一半面粉制作出来的那种面血肠，是蒙骗人的东西。你说也怪，游客们竟然还吃得一个劲啧啧称赞，我想那是因为他们没有尝过原汁原味的羊血肠，因此不知道什么是真正的草原美食。

接下来，大额吉开始剥羊皮，她使用轻快的尖刀贴着羊肋条唰唰地往后探，待只剩下脊背处没剥的时候，便两只手拎两个羊后腿，膝盖压住剥开的羊皮，使劲向前推一把，整张的羊皮就下来了。

杀羊的当天我们不吃肉，我们只吃不易保存的鲜血肠；第二天我们吃下水汤，我们家的下水汤里比别人家多一样东西，就是大额吉在草原上捡来的花脸蘑，因此味道说不出来的好。大额吉把余下的羊肉切成细条，用盐和酒浸透，在阴凉的上风口晾成肉干，装进密不透风的羊肚子里面，放几个月都是鲜的。此后我们家的奶茶里天天有肉渣，稀粥里天天有肉丁。招待客人时，大额吉会烤风干羊心羊肝给客人下酒。剩下的骨头她也不丢掉，她把骨髓掏出来炼油，炸软软的原麦面果子，给我带着放马的时候吃。

每次杀羊大额吉要精心保留的，是二岁子羊的肩胛骨。在牧民眼里，二岁子羊的肩胛骨纹理中蕴含着许多信息，今年草场旱不旱，冬天雪大不大，有没有鼠害和虫害，请个僧人看看二岁子羊的肩胛骨就都明白了。还有嘎拉哈，就是羊的后腿关节骨，那是她给我的姐姐萨如拉塔拉攒着的。哪一个蒙古族姑娘出嫁的时候没有一口袋羊脂玉一样的嘎拉哈，在勒勒车里哗啦哗啦响呀？游牧人家的女儿嫁出门，因为娘家和婆家都在跟着畜群走，从此不知道自己会去哪里、额吉会走到什么地方，不知道自己与分离的亲人何年何月再相见。额吉让女儿带上一串儿时玩过的嘎拉哈，让女儿在想家的时候数一数、摸一摸，就不哭了。

草原上的马，在春天的时候跑青，因为青草刚冒芽，远看有，近看无，所以马不肯在一个地方停留，老是要奔着远处的绿色跑。春天已经走到了夏天，地上的草都已经长出了半尺高，我的海骝马呀，到处都有你爱吃的嫩草尖，你为什么如此躁动不安？莫非有什么事情要告诉我？

远远望见自己家的蒙古包，我就觉得不对劲，拴马桩上大额吉的白马不见了，天窗里伸出的炉筒子里没有炊烟。我一进蒙古包门，大额吉忙碌的身影不见了！更怪的是，佛爷当初嘱咐点七年不能熄灭、大额吉每天夜里起来续一次油、一点就是十五年的铜佛灯竟然熄灭了！

蒙古族人认为风走过的山冈像温暖的母体一般圣洁，那是他们用尽一生寻找到的原乡。大额吉身穿没有补丁的紫色蒙古袍，扎着橘红色的绸子腰带，换上了洁白的包头巾，卧于她的梦中之地。长生天覆盖着她历尽辛苦的躯体，云霞在她的脸上变幻奇妙的花朵。她看见亲手养大的儿子在丰沛的河流里饮马饮羊，茂密的牧草碧绿连天，便放心地闭上了眼睛。她的白马不愿意打扰她的长梦，在一旁徜徉觅食。

大额吉活着的时候常常说，人在小的时候就应该像羊羔那么温顺；人长大了就应该像骏马那样驰骋；人要遇到了相爱的伴侣，应该像达乌兰泡的天鹅那样一对对形影相随；人要是有了自己的孩子，就应该像母牛那样献出最后一滴乳汁；人到了该走的时候，就应当像骨瘦毛长的老狼，去寻找一个安静的地方，不慌不忙地等待长生天叫你的名字。

美食如书

美食如书。

莜面、土豆、羊肉，是乌兰察布人最家常也是最尊贵的食物。无论是居家还是聚宴，这是永远不可替代的老三样。这次来到乌兰察布，尽在这三种食物间流连忘返，吃着吃着就吃出了旷世的味道，品着品着，就品出了岁月悠远、土地深厚。

莜面是裸燕麦的面粉。北纬43°的大风，海拔两千米左右的强烈日照，是长生天对这种裸燕麦的恩赐，它们因此顺应自然，简单顽强地生长，在短短的无霜期里，就像一个貌不惊人的举重运动员，把浑身的能量，蕴聚在身体的上肢，倾注于最后那惊人的一举。当裸燕麦孕育出传宗接代的种子，便耗尽了全部能量，所以裸燕麦麦粒没有厚壳，只有一层稀薄的绒毛。裸燕麦的麦穗犹如摇铃般玲珑稀疏，麦粒远不如皮燕麦那样丰硕，但是磨出的莜面高蛋白低脂肪，富含β-葡萄糖，口感黏稠，味道醇香，其营养价值，全球其他各种燕麦皆不能与之媲美。

对于乌兰察布一代代农人来说，关于莜面的记忆苦乐参半。乐，是因为过年过节、春耕秋收要劲的时候，可以吃上一顿莜面。到了那天，巧手的女人们老早洗了头脸，挽起袖子开始搓莜面，圆筒的叫窝窝，细条的叫鱼鱼。莜面热腾腾地出了笼屉，没有油水，人们便撒几粒咸盐、几滴醋，切把葱花拌里面，呼噜呼噜吃下去，那叫一个爽爽的香、久久的饱。民谣中唱道："五十里的莜面四十里的糕，三十里的荞面饿断腰。"这沁肺腑又养体力的莜面吃食，是饥饿年代中的一丝安稳，是连阴天里一闪而过的阳光。苦的是，一顿莜面吃过了，腿旁的风沙还在刮，土里的种子还没发芽，盼了一春的雨还没有下，夜里肚子响得闭不上毛眼眼……农人们只好长叹一口气，把莜麦地都种上了相对高产的高粱、玉米，不管咋样，到秋天能多背回来几口袋粮食，毕竟活下去更要紧。

只有在温饱之余，人类眼前的食物才能彰显出文化感。我望着一桌子黄澄澄、油汪汪的莜面吃食，立马有了一连串的问号。莜面饼夹土豆丝，为什么叫老鸹含柴？朋友告诉我，很久以前有个饿得皮包骨的孕妇，看见乌鸦叼着草木枝飞去垒窝，于是哀求婆婆，不年不节时，做一顿莜面皮夹土豆丝给她吃，后来就有了老鸹含柴这道莜面饭食。把莜面薄薄地在菜刀面上搓成拇指肚大的片，蒸熟，看着很像木匠的刨花，可又为什么不叫刨花叫刨渣子？原来这是近邻山西人的口语。用土豆泥筛成一个个疙瘩，粘上莜面粉，加油料炒熟，一颗颗圆滚滚的，却是银样镴枪头，外筋内糯，起个名字叫莜面打傀儡，还真贴切。莜面打傀儡是否和木偶戏有关？木偶戏曾经叫傀儡戏，在阴山内外，木头做的帝王将相、才子佳人早已出村入庄，原是和汗滴禾下土的传统农耕相伴了一千多年的。生产力的发展决定了文化的命运，如今，傀儡戏大约也和人类许多的过往一样，进了非物质文化遗产博物馆。莜面宴上，服务员报出精丸丸、栲栳栳、拔鱼子一连串的菜名，却是说不出个来由，待到把年过半百的老板请出来，任他生于斯长于斯，也不能为我钩沉得一清二楚。记忆就这样渐渐远去了，好在土地奉献的食物还在，其淳朴的滋味依然活生生地留在人们的舌尖上，食物就这样无声地保留了文化。

当一款款裸燕麦速食品——牛奶麦片、麦米粥、麦米炒饭走向市场，古老的食物得到了升级和生机。当代生活，各种食品争先恐后地占据精英的饭桌，色香味是必须的，营养丰富是必须的，信手即食也是十分必要的。如今的乌兰察布,政府和企业联手支持农民多种裸燕麦,种好裸燕麦,农民脱贫了,企业将裸燕麦食品花样翻新,推向网络,唤来了许许多多的年轻人。或许,他们一天天坐在电脑前,匆匆忙忙地充饥进食,来不及研究——为什么这种麦片比进口麦片更香,便复归键盘上的博弈。但是,当他们终于坐到传统的莜面宴前,定会被莜面风情万种的故事吸引,大快朵颐之中,不由自主地把筷子停在空中,细细端详这历久弥新的美食。

乌兰察布位于"敕勒川,阴山下,天似穹庐,笼盖四野,天苍苍,野茫茫,风吹草低见牛羊"所指之地。秦汉伊始,游牧文化在这里印记重重,清朝雍正颁布"借地养民"政令之后,大量农耕移民拥入此地。自此,游牧文化和农耕文化在这里互相融合,无不你中有我、我中有你,饮食起居,礼仪风俗,谁也离不开谁。就说莜面吧,它的确不是草原人发明的吃食,但如今你再看,有哪个内蒙古人不爱莜面,莜面不仅做了草原城市乌兰察布所有饭店的看家饭菜,还蔓延到了整个内蒙古自治区,蔓延到了一线大城市,蔓延到了全中国,早已成了内蒙古美食的代表。

还得说说羊肉。乌兰察布的美食街上,到处都有"焖把炖"的招牌,意思包括羊肉的三种做法——焖羊肉、手把肉、炖羊肉。手把肉不用说,是人人皆知的草原美食扛鼎之作。焖羊肉的做法,是加了作料和少许水,把羊肉在锅里煮了又焖,直到百香浸透,肉质酥软微干。一个"焖"字,道尽精耕细作的手段。焖羊肉的口感不像手把肉那般生猛鲜脆,食之不可狼吞虎咽,当慢条斯理,小酌微醉;炖羊肉这道菜,对于厨师来说,料理起来自由度最大,羊肉炖烂,时蔬、菌类、豆制品等等都可做配料,往奶白色的羊肉汤里一放即可,用不着花椒大料,一撮盐,一把葱花足以。临上桌,或遇到东北食客,或遇到汪曾祺那样的美食家,还要洗净一两棵芫荽切碎撒下,保管让他吃得大汗淋漓,荡气回肠。越是简单,越能体现厨师的风格，一百个人，可以做出一百种炖羊肉。若追根溯源，炖羊肉是谁发明的呢？有人说，从成吉思汗时代蒙古族人就开始在铁帽子里面炖羊肉了，有人却说不对，炖羊肉讲究的是炖烂，入口即化，不适合行军，只有手把肉和涮羊肉开锅就能吃……总而言之，在内蒙古大草原，这厢争论依旧没完没了，那边说汉语的已经去牧牛放羊，讲蒙语的已在种菜种粮。诸如此类的问题，你打破砂锅也问不到底，时光荏苒，吃在当下。

乌兰察布还有一例"冰煮羊"，可谓登峰造极。桌子正中置一铁锅，先填入半锅白凌凌的冰块，再铺上一层红里透白的羊肉条，开火，羊肉在冰中由冰拔凉到缓慢转热，始静而突沸，随即加入白色的酸奶、紫红色的法国葡萄酒、琥珀色的秘制调料（我闻着有酱油咸盐少许，包含蚝油、蜂蜜、果酱）。煮斯须，搛出一块羊肉尝尝，其香，隐隐有山野芬芳，其嫩，微微若鲜贝口蘑，细嚼，脂溢满口润而不腻，再续入五色蔬菜等等，只见满锅食材荟萃，古今中外尽在其中，一时间鲜香四溢，意境全出，令我大呼相见恨晚。

席间便有人问，艾平老师来自呼伦贝尔草原，那里是蒙古族祖地，北方少数民族的发祥地，鲜卑人入主中原的出发点，你难道不知草原有冰煮羊这道美食？我说，还真不知道。记得各种资料每每记载，成吉思汗出兵远征，带着羊群作会跑的食堂，一路杀羊飨军，拢一堆干草牛粪点燃，取头上的铁盔翻过来作锅，白水煮带骨羊肉，是为手把肉鼻祖。后来发现肉切成薄片，沸水一烫，即可快速果腹，渐渐发展成了涮羊肉。二〇一五年夏初，我沿着海拉尔河、克鲁伦河考察，见到很多当年鲜卑南迁留下的古城残垣和旧石板墓，发现当年鲜卑人迁徙，是顺着河道迂回而行的。大地平缓，河流像恋家的嫁女，一步三回头地缭绕着草原，鲜卑人就这样沿着河道，走走停停一百余年，终于走到了大同，而后建立了北魏。后来，北魏太武帝拓跋焘派中书侍郎李敞祭祖，迢迢数千里回到呼伦贝尔嘎仙洞，留下石刻祝文，佐证了鲜卑民族这一艰苦卓绝的远征的确不是杜撰。想来当时迁徙的鲜卑万众，终年逐水草而游牧，一辈辈依偎着河道谋生，至于南迁前程，中原帝业，对于他们来说，远没有河流重要，找到了河，就有了水，就有了冰，就有了肉汤和奶茶，就有了羊肉的诸种吃法，水煮、冰煮自然不在话下。如果说草原森林是北方少数民族的摇篮，那么河流则是他们挚爱的母亲。

乌兰察布一道冰羊肉，让我于不经意间翻开了某些历史的铁页。

美食如书，读不完的大草原。

上海的绸缎，草原的香开

在蒙语中，巴尔虎人的白头巾原本叫陶拉盖恩包勒特，不叫“香开”。牧民取一块长方形或正方形的白色织物，折叠成不同形状，在头上缠绕，盖住头顶和上额，做出男女各异的多种造型——有的像延安的白羊肚手巾，有的像医生、护士的帽子，还有的在外层打出个花结，使人想起某出京剧里的人物，总之看似随意，却都款款有致。草原的夏日绿野长风，陶拉盖恩包勒特像一朵朵盛开的白芍药花，那种种的真丝质地流光溢彩，和天上的云朵、地上的蒙古包、阿妈手里的乳汁、雪堆似的羊群交相辉映，看上去美轮美奂；也很实用，可防晒、防风，抵御突袭的寒流，实为千年游牧生活留下的文化杰作。让我好奇的是，为什么陶拉盖恩包勒特会被改名“香开”。

二〇一八年初冬，蒙古族歌手布仁巴雅尔举办摄影集《呼伦贝尔万岁》首发式。这部摄影集收录了他拍摄的一百位呼伦贝尔老人的照片。正是在这本书里，我发现了有关香开的秘密。原来“香开”是汉语“上海”二字的音译，据说初见上海传来的丝绸时，牧民发不好汉语“上海”两字的音，就把上海叫成了香开。和所有时髦的词汇一样，一传十，十传百，结果不仅上海的白绸缎替代了粗纺的白棉布，香开也替代了陶拉盖恩包勒特。后来再由汉语转述，便有了文字的“香开”。呼伦贝尔草原和上海之间，什么时候有了丝丝缕缕的联系，后来婉约绮丽的上海又怎样一点点浸润了凛冽粗犷的草原，使绸缎成为游牧人的家常，对此，布仁巴雅尔的注释中并未言及。一个星期之后，他便撒手而去，把一生对草原的爱，留在了《吉祥三宝》的歌声里。

雨过天晴，空气里弥漫着马嘴里散出的青草气味，老牧人嘎拉森哥哥身着宝蓝色的织锦缎蒙古袍，佩橘红色的桑波缎腰带，戴着白色提花绫的香开，指着五彩缤纷的人群对我说："香开，香开，都是香开。"人们正身着盛装走向那达慕，香开已经进一步成为所有绫罗绸缎的代名词。

我不知道北方游牧民族是在何时伸出鹰爪般苍劲的手，捧起了月光般柔和的绸缎。遥想十三世纪前后，大半个地球尘烟滚滚，草原骠骑惊雷般掠过。在残酷的征战中，游牧的智慧显出丝绸一般的细腻。《东方风暴》一书为英国作家罗伯特·马歇尔所作，记录了从成吉思汗到忽必烈那一段的征战史，但是并没有遗忘一个小细节——蒙古士兵在战场上都穿着丝绸内衣。蒙古勇士们坚信，那蚕丝，从蚕的嘴里吐出来，缭绕了大约六里地的长度而不断，一定具有世上最坚韧的力量。当飞来的箭镞扎入士兵的胸膛，会被丝丝缕缕的蚕丝缠住，只要拉拽内衣，就可以拔出箭镞。他们坚信，这一招，足可拯救蒙古儿郎的性命。

到了元朝，当蒙古官员开始穿着绸缎衣裳，就着美酒和膏糖，沉浸在勾栏瓦子里听杂剧的时候，他们便回不去了。以致后来重返草原，再不能忍受风餐露宿、兽毛遮体的生活，他们的营帐很快变成王府，王府崇尚大都的锦衣玉食，奴役着"苦恨年年压金线"的工匠绣女……一代代王爷、福晋无不丝绸加身，披金戴银，属于他们的盛会和礼仪，尽显华盖云集、锦绣琳琅，每每上演"血色罗裙翻酒污"的骄奢……

漫长的封建时代，丝绸对于草原百姓而言，是可望而不可即的。我查阅过旧图片资料，看到在二十世纪三四十年代，呼伦贝尔牧民们身上的蒙古袍，往往是补丁上面叠补丁。姑娘出嫁，也就是一件新棉袍了事；生在牧场的孩子，夏天光着上身在草原上跑，冬天披块羊皮，守着牛粪火;呼伦贝尔副都统衙门的笔帖式终年穿着黑粗布长袍,只是胸前多了块丝绸的绣花补子;守城士兵身上的粗布蒙古袍,穿上就开始褪色,很多照片上,他们的袍子上身是黑蓝色的,下襟已完全灰白。我只在两张照片上见到了丝绸:一张上有个男人,刚从毡棚勒勒车上下来,穿着锃亮的锦缎坎肩,手里拿着法轮在转,身边有仆人伺候,显然是王公贵族;另一张摄于草原深处——在一座破旧的蒙古包门前,站着一个瘦弱的姑娘,她身着一件金红色的蒙古袍,头戴珊瑚蓝松石头饰,衣服肥大,头饰沉重,眼睛里含着胆怯和紧张,显然是在被拍照,而拍下来的并不是真实的自己。

上海的绫罗绸缎,走进茫茫大草原,应该是在中华人民共和国成立以后。

正如嘎拉森老哥哥所说,香开,香开,都是香开。我看见敖包山上的彩绸经幡在迎风飘扬,雪徐徐地下,雄鹰之翼慢慢飞过,那是信仰的香开。我看见颈上戴着景嘎项圈的摔跤手出场,每一次摘冠,长者都要在他的景嘎上加系一条彩缎,作为荣誉的标志,那是令人敬佩的香开。我看见,在布里亚特蒙古族的传统婚礼上,新郎要背着布料和马鞭给岳父岳母行大礼,以示自己足以给新娘富裕的生活,现在新郎背的东西变成了金丝纹锦,当他绕场走过,留下一片绚丽;富裕了,雍容华贵便成为一种生活样式——瞧,礼毕,他挽起美丽的新娘,新娘的身上是丝绒剪花礼服,那柔软的花朵轻轻飘起,这是新婚幸福美满的香开。我看见,牧民合作社在草场立起一排排丝绸旌旗,就像一个个彬彬有礼的导游在那里指引旅人绕行,那是守护大自然的香开。

香开,香开,都是香开——那窸窸窣窣的双宫缎、欧根纱,那薄如蜓翼的乔其纱,那徐徐舒展的双绉、顺纡绉,那柔光楚楚的重缎,在风吹草低的呼伦贝尔草原脱颖而出——数条素色长裙,摇曳着水墨写意的萨日朗花、金针花、小雏菊，款款而来，宁静的旷野活色生香，一派雅韵。一排英俊少年骑马而来，白色弹力丝绒赛马服，袖口的铜钉硬朗锃亮，衬托着他们铿锵的马蹄声，动感十足。一组额吉四季装很流行，其中有薄双绉长袖夏裙，配锦缎坎肩，可随着草原的天气变化穿搭；有用拉链代替了扣子的亲子服，这样额吉哺乳就方便多了……冬季那达慕的背景是晴天白雪，人们身着宝石蓝、樱桃红、秋香绿、玫瑰紫锦缎面配金边银扣羔皮蒙古袍登场，高举起蓝色的桑波缎哈达，环绕红彤彤的篝火而舞。蓝色的哈达在空中飘动，连成了一条天际之河。来自上海的绫罗绸缎，就这样升华成一种高贵的语言，向世界讲述草原的现在和未来。

草原如今是上海丝绸的最大客户区。在呼伦贝尔古城街区，民族服饰商店如雨后春笋般林立，每家店铺的主打，都是丝绸面料和民族服装制作。我因需要修改一件蒙古袍和萨仁姐姐相识。萨仁姐姐是草原上最有名气的老裁缝，非物质文化遗产传承人，妇女创业带头人，普通话讲得很好。她放下正在剪裁的锦缎，仔细端详过我在上海做的蒙古袍说："这不是蒙古袍。是'A'字形的旗袍，一是绲边太细太精巧，在草原上显示不出美，应该用织锦宽边嵌金银牙子；二是没有贴绣蒙古族传统纹样；三是玛瑙扣后面不要编蝴蝶花形，扣襻应该是直的，可以成对，也可以三个一组。"萨仁姐姐还夸了上海裁缝的手艺不错，衣服剪裁合体，配色雅致，上面的针脚像水獭的毛尖一样漂亮。

萨仁姐姐十二岁拿起剪刀和针线，开始给弟弟妹妹做衣服，她说那时候四处找别人穿烂的旧衣服，把没有磨坏的地方剪下来，一块一块缝起来，再做衣服，做出来的蒙古袍不结实，但是做功是一点不差的。后来生活好了，有了粗呢子和棉布，她便将老祖母的衣服从勒勒车里找出来照着做，慢慢创造出多款古老又时兴的蒙古袍。穿着她做的蒙古袍，走到哪儿都会有人羡慕。

我询问萨仁姐姐香开的事情,姐姐说:“哎呀……是谁带来了上海的绸缎呢?哎呀……风过了大兴安岭,草原就会绿,山丁子树就开花。早年供销社的马车来了,草原时兴过华达呢面的袍子;乌兰牧骑来了,草原时兴过彩条毛围脖;知青来了,草原时兴过军大衣;煤田的工程师来了,草原时兴过吊兜中山装,后来四面八方的志愿者来了,五洲四海的外国人也来了……地上飘过多少飞机的影子,我是数不清了,时髦的东西多得就像羊群和马群……这样和你说吧,看看草原的伊敏河也许就明白了,它流了一千年一万年还在流,谁能把从前的那一滴水找回来呢?”

彩霞透过窗子,在萨仁姐姐的眸子中闪光,在她身边的香开上闪光。

上海的绸缎,草原的香开……

五彩羊明镜

歌中唱道——蓝蓝的天上飘着白云——白云的下面是那雪白的羊群——雪白的羊群好像斑斑的白银……这时候，羊是远方，是诗，是跪乳，是吉祥、温顺，是你满心的疼爱。于是你俯下身子，轻轻地抱起一只小羊羔，就像抱起一个芬芳的婴儿，贴它绵软的小脸，把奶瓶送到它粉红色的嘴上。如果有一只母羊围着你咩咩，那你的心啊，顷刻会软成一汪水，你用父母的心态去对待羊，你怎么能夺人之爱呢？

转瞬之间，美酒飘香，全羊宴来了——你立马垂涎三尺，暗暗羡慕嫉妒那个持刀剪彩的高朋，恨不得冲上去尝第一刀肉。手把肉、鱼羊一锅鲜、酥羊尾、酸羊奶——你的舌尖根本无须诱惑，上面早已布满了刻骨铭心的记忆，于是你大快朵颐，乐此不疲，你的心里只有色味香形以及鲜嫩抑或软糯。你忘了白云下面的风景，听不到风中隐约的生命呢喃，你全身心地饕餮，但愿长醉不愿醒，你就这样活得左东右西，拧巴而无感。

这次羊肉美食节大赛赛场上，出现了一道叫作“五彩羊明镜”的佳肴，乒乓球状，蛋清包裹，上面有绿叶、花瓣装饰，但是难掩其实。我一看就知道是什么了。我不便说话，只是冷眼看着人们，从球体中掏出了一黑一白两种东西，还举箸观赏探讨，这让我不由暗暗唏嘘。渴望夺冠的厨师在兴奋地介绍他的杰作，这赤裸裸的食材，原来是羊眼珠。

人类曾经这样说：天上没有龙王，地上没有玉皇，喝令三山五岳开道，我来了……文韬武略架海擎天，克隆纳米转基因超导——没有什么不可以为我们所用，没有谁可以阻挡我们改变世界的脚步……我们就是这样自以为是，目下无尘。

草原上有一段往事已经鲜为人知，但是并没有在岁月中消逝。我在阅读生于呼伦贝尔草原的长调歌唱家宝音德力格尔的相关资料时，看到了她的讲述。那时候，她还是个七岁的小姑娘，每天牵着双目失明的阿爸，行走在草原上，这是一件既可以谋生又很快乐的事情，因为草原任何庄重的场合，都渴望他们的琴声和歌唱。月光如豆，霜天寂静，风的脚步没有方向，草原的初冬之夜凛冽而空旷。突然，饥饿的狼群从草窠里跳出来，将他们父女团团围住。阿爸凭着灵敏的耳朵听到了眼前的情形，他如大树一般沉稳，摘下身上的马头琴，席地而坐，徐徐奏出古老的长调《辽阔的草原》。幼小的宝音德力格尔，浑身发抖，声音抖颤，依然坚韧地跟着音乐唱出声来，那忧伤的琴曲，和雪花一起缓慢飘扬，让她的歌声变得安然而明亮……沧桑的草原，流泪的母亲，孤独的老马，折戟的天鹅，还有那覆盖万物的大雪，都走进了她的歌声。歌声弥漫旷野，徐徐注满苍穹。狼竟然像春天的风暴一样开始绵软，慢慢趴下来聆听这音乐，人不知道狼的心绪，只看到狼群慢慢退去。

阿爸的眼前一团漆黑，他对狼弹琴，无形中破了天机——动物是有情感活动的，尽管表现得有点乖张离奇。如果说音乐是架在人类心灵之间的彩虹，是沟通不同文化的语言，那么诸如此类的故事提示了我们，音乐的穿透力，不止于人类之间，前提是万物有灵。

在狼群已经远遁的草原上，我曾经带着音乐去观察羊群。就在我从后面走向羊群，从我所在的位置看羊群还是一片灰白，无法分清一只只羊的轮廓之时，羊群就出现片刻的轻度骚动，说明羊已经知道了我的到来。我把车停在离羊群十几米的位置，和牧羊人静默对坐。我打开了音响,音乐是具有传奇色彩的劝奶歌,我将声音调至最大。果然,就像新巴尔虎右旗的一位额吉告诉我的那样——听到悠扬的歌声,吃草的牛羊会叼着草尖停止咀嚼,游泳的骏马会悬浮在水中高扬起头颅,眼前的羊只只兀立不动,哪怕绿色的汁液顺嘴流出来,那神情就像一个个沉浸在故事中的孩子。我将音响关闭,羊如梦方醒,复又继续觅食,徜徉着前行。我再一次打开音响,它们重复了刚才的聆听,在这个过程中,我突然发现一个小秘密——所有的羊都用后背对着我,没有谁回过头来看我。后来,我倒车,应该并未惊动羊群,羊群里却有了另一次骚动,好像知道美好的音乐在离去。

牧羊人早已不是马鞍上的老阿爸了,而是远道来草原的打工者。他只能告诉我,听牧民说羊有后眼,不用回头,就可以看到身后很远的地方。

我怎么没有发现羊的后眼呢?

当年亚洲最大的肉类联合加工厂在呼伦贝尔,我是这个工厂的羊肉养大的孩子。寒冷的草原,草好,羊肉醇香,但是食物比较匮乏,羊的头蹄下水是职工宿舍家家户户的主打食材。作为厂长的父亲,是个料理羊的高手。我们家饭桌上的羊美食,可谓花样翻新,层出不穷。羊杂汤、烀羊尾尖骨、熘腰花、手拉羊肚,现在想想都垂涎。当然,烤羊腿、手把肉、烤全羊之类的扛鼎大块羊肉是很少吃的,那是厂子用来给国家换外汇的商品。但是我们获得的营养和美味,并不逊色,例如我们家常吃的水煮羊头,虽然便宜到五角钱一个,但是对于正长身体的我们姐弟四人来说,绝对是不可替代的营养之源。

不知道哪位邻居小朋友告诉我们说:“羊的眼睛最好吃,尤其是眼窝里包裹着眼珠的白油,香而不腻,酥脆爽口,不信你们回家尝尝。”我们说:“我家从来没吃过羊眼睛,对呀,我们只见过眼眶空空的羊头骨,没见过什么羊眼睛。”当然,我们也绝对不会想到其他什么超然物外的问题,比如羊的眼睛是不是布满了哀伤之类,只是看着那些津津乐道的小伙伴馋得直吧嗒嘴。有一天,家里来了表姐表弟,加上我们姐弟,叽叽喳喳,一共八个孩子。没有什么可招待的,父亲便在院子里支起铁炉子,一口气燎干净十个羊头的毛,刷洗掉上面的糊渍,上下劈开,置一口大锅开煮,香气顿时荡漾四溢,我们就守在锅边,流着口水等待大餐。第二天早上父亲起身一看,十个羊头的眼睛全部被洗劫一空,一地的小淘气,满嘴油光。当然我也忝列其中,说实话,吃相很不美。

我从此知道了父亲的一个秘而不宣的杰作。原来,他们每次满脸坏笑地端到桌上的“白玉条”“羊镜子”,就是他从羊头骨上悄悄摘除的羊眼球。他将煮熟的原料剖开,剔除黑色内核,切割成半圆形的宽条,裹上淀粉,用羊油一煎,撒上蒜末和野韭菜花,不仅嗞嗞啦啦地香,还让人完全没有茹毛饮血之类的联想,在那个年代里,简直堪称美轮美奂、钟鼓馔玉。关于羊美食,父亲的嘴里从来没有过什么张扬的字眼,可是他所做的细碎小事总是那么非同凡响。有一次一位全国闻名的战斗英雄来厂子做客,正值艰苦奋斗、多快好省的年代,除了羊肉,厂里的职工食堂并没有什么好吃的,于是父亲就把我家过年吃的白蘑吊汤,附以羊血羊杂碎和当地酸菜、野菜、炒卜留克丝配成一套涮羊肉,推上了宴客的餐桌,结果大受好评。这件事他也没有说过,我是在批判他的大字报中发现的。还有一次,他和母亲发起比赛,让我们姐弟四人做裁判,结果是三比一,父亲十字花切法的熘腰花因口感鲜嫩胜出,母亲的薄片熘腰花因口感略硬失败。父亲哈哈大笑,我们兴高采烈……依偎在父母身边的日子真好。

话说回来,羊的后眼在哪里呢?

网络上说,当羊瞳孔扩大时,状为矩形,羊的双眼位置偏向头的两侧,使其具有宽广的视野。绵羊视野为270°至320°,山羊视野为320°至340°。羊眼睛的这种位置与结构是它作为被捕食动物进化的结果。当羊竖起身子上行的时候,可以看到后面的万丈深渊。矩形瞳孔的羊因为瞳孔更大,在夜晚也能够看清楚周围,白天睡觉时瞳孔闭得更紧,能够更好地避光。

如今,太多的物竞天择教育了我们,人类十万年的卓越进化,似乎让我们无所不能,细细想,也就是避开了丛林的险境,不再束手充当老虎和熊的果腹之物,我们依然还是生物圈食物链上那个不可永生的小端粒,我们终将溶解在潮湿的腐殖层下,抑或沉入河海深处,唯一的不同就是有纷纷的花瓣和音乐相伴。我们的消失,不像水消失在水中那样构成另一种壮大,我们是四散而去,无影无踪。世上繁芜的生物一茬茬兴衰,不呈现前世的任何记忆。西尔万·泰松在泰加林的小木屋里观察了半年贝加尔湖,他说对于惧怕腐朽的人来说,贝加尔湖就是一座梦想中的坟墓,贝加尔水虱这种小虾会在二十四小时内清理完尸体,只在湖底留下象牙般的白骨。我想,那透明的湖水,有足够的力量,使湖底再一次剔透无物,我们终将找不到那些白色钙结构的骨殖。

万物平等,所有的生灵都是天造地设的千古之谜,一切生命都在生物圈里辗转轮回。一棵树,一株草,一只羊,一条鱼,和我们并无二致——在宇宙里拥有一个瞬间,在各自的瞬间里喜怒哀乐,追求幸福。让我们产生无知的原因,是亘古以来横在我们眼前的漠视。我们是否看见了羊的后眼?回想起来,父亲的工厂,当年每天要加工六七千只白条羊,作为下脚料的羊头在初冬的厂区堆成了山,雪常常会覆盖住这座山,如果没有雪,工人就会用席子加以覆盖,只因为进厂的羊群每天从这座山的旁边经过。草原深处的老额吉说过,不能在有第二只羊的地方杀羊,牧民杀羊的要领是让羊没有感到痛就已经闭上眼睛。我们看待生命,需要一个平等的视角。

我把父亲当年的故事,委婉地讲给了那位渴望夺冠的厨师。

不能在一起喝奶茶的日子

人们说灾难是一面照妖镜。我在这里想说的是，灾难更是一面显微镜。显微镜下，我们自己的，彼此的，普通者的，非凡者的，几乎所有人的，曾经隐没在岁月静好之中的内心，猛然被抖开，小到毫厘的一次选择，大到义无反顾的一场牺牲，那眉头紧蹙忍住的一滴泪水，那将众生扛在肩头的赴汤蹈火，通通纤毫毕见，真真切切……于是，我们知道了，当疫情莫测如海，每一个人的内心，都是大海中的水滴，斑斓而真实地呈现出大海的质感。

二〇二〇年一月十五日，我乘坐呼伦贝尔新开通的旅游列车进入草原腹地，窗外是白雪和青松组成的绝美视野，天地洁净而安详。朋友圈里隐隐传来消息……我当时不是没有警觉，但是没有弹跳反应。

七年前，我看到一个热爱草原的年轻朋友发的微博，说有一匹马正在呼伦贝尔学院院墙外流浪，有两天多了。我放大了图像一看，果然那马看上去很落魄，衰毛累累，满身灰尘。我立即开车到了那里，见那匹马正如图片所示，在车流和人流的尘嚣中，寻觅着可吃的草木，叫人十分心疼。我虽然想起了“冲动是魔鬼”一词，但还是火烧火燎地给呼伦贝尔学院的一位领导打了电话求助。那位领导不久告诉我，已经将马交给了某单位。热爱草原的年轻朋友后来告诉我，他到某单位找到了那匹马，开始时被拴在院里，有草吃，到后来就不见了。他的询问无人理睬，他认为各种情况皆有可能。他告诉我的时候带着埋怨的意思，此前我经常自我训诫“每逢大事有静气”,从这件事之后我变了,变得好像越来越能沉得住气了。

春节前,我慢条斯理地准备各种事宜,兢兢业业地给“呼伦贝尔号”草原森林旅游专列写了两篇宣传短文,接着采买了一堆游牧之地的吃食,让我先生带着飞上海和女儿一家过年。他十分想念我们的小外孙女,我也是,但是我必须留在呼伦贝尔陪母亲过年。

漫天白雪的呼伦贝尔依然是过年的氛围,无数私家车排气管滴下的水,把街道上的雪融化了,夜里又重新结冻,这样反复着,城市成了溜冰大道之网,到处可见一串串汽车追尾,可人们依然前仆后继地去购物或者送礼。按我以往的经验,呼伦贝尔天高地远,一般不会有什么值得惊慌的事情。如果上了《新闻联播》,也不过是因为气温降到-40 ℃以下而已,其他的状况到了这里,基本就是末端了。

我的自以为是使我陷入尴尬。我按计划陪母亲吃了年夜饭,半夜自驾返回鄂温克旗的寒舍。一路月朗星稀,大雪如水,不见一车一马。有种莫名的孤独感袭来,刹那间心就矮了下去。是谁说过“大自然总是善于躲藏起来”,原来当万籁俱寂之时,它会以压倒一切的姿态出场。我对自己说:“你这个人类,多么渺小。”

宅,对于写作者来说是长项。我初一没有下楼,在朋友圈得知疫情正愈演愈烈。初二上午,我戴上保暖用的纱布口罩外出,走了两家药店,见到的都是:酒精无货!口罩无货!售货员已经被问烦了,如果你追问一句何时能到货,她只回三个字——不知道。

问题是我的眼镜在这个时候坏了,久未使用的银行卡也被吞了,我常用的中成药,突然因一个大型体育活动变成了处方药,而开处方,需要去医院。这种由贯叶金丝桃和刺五加组成的药是兴奋剂吗?当地好像还没有接到停办第十四届全国冬运会的指令,参加开幕式演出的人们还在准备初七的彩排，街上流光溢彩，上上下下空前认真，无疑是想好好把握这次大展城市魅力的机会。说句题外话，这种机会的确应该多一些，那样呼伦贝尔人就会越来越聪明，越来越谦逊，越来越多地使用一丝不苟、细节决定品质、分秒必争等词汇。我认为博大精深不是完美无缺的代名词，任何地域文化都有去粗取精的必要。另外，家里的大米和每天刚需的一些绿叶菜快没有了，还有，厨房的下水管突然堵塞了，更重要的是，我以往每两天要进城一趟，看看老母亲。她生病以来，只要我不离开呼伦贝尔，我总是这样坚持着。母亲八十八岁了，虽然不能说话，但脑子非常清楚，当儿女出现在她眼前的时候，她都会露出笑容。让母亲多笑一次，对我们姐弟五个来说，刻不容缓。

很快，老朋友树君来了。他很忙，他母亲当时正因为重感冒住院，他的孩子一家又从上海回来过年。他从有限的备品中分出了两个一次性口罩和若干酒精给我。树君平日爱读书，不是学以致用那种，只是喜欢在书里漂游。他不让我下楼，他戴着口罩自己上了楼梯，两米之外把封好的塑料袋投给了我，还嘱咐我，要用酒精喷一下这袋子，说自己这些天正出入医院，必须有所防范。不经意中的言语行为，透出了一个人骨子里的修养。

接着，我外甥来了，他给我带来妹妹没舍得用的两个 N95 口罩和一百毫升酒精，更给力的是他居然给我带来了修理工。我们看到网上的广告，说一种蓝色的小蜡条放到下水管可以化解油污，便买了，隔几天放进去一根，不承想反而堵塞了下水管。修理工戴着口罩，一会儿蹲着，一会儿侧身躺下，拆下一组连着两个净水器的水管，清掉凝结的油污，又仔细装好。没有看见他口罩后面的神情，只看到了他的满头大汗。我预想工钱或许加倍，结果他只收了三十元。这个时候，他原本该在家待着，谁也不差这点钱。

朋友圈里充满各种防疫提醒，我发现了一个蒙文版的，立马传了出去。这些年写草原，朋友圈里微信群里有很多牧民朋友，我知道一般牧民家都有孩子在外面上学或者打工，草原和北京紧相连，已经不只是歌词了，而是很现实的问题——常年留守牧场的老人们往往不认识汉字，在这个时段，一个手无缚鸡之力的作家能做的事情太少了，为他们传递个有用的信息，对自己也是一丝安慰。

有了行头，我看过母亲，一通买买买，然后把车径直向远离尘嚣的大雪原深处开去。只有辽阔而清洁的草原能够让我一扫心头的阴霾。天蓝得犹如大海悬在空中，大地不染一丝烟尘，抓起一把雪看看，雪花有棱有角鲜活如初，清新的空气让人仿佛置身梦境。我摘下口罩，默默呼吸，享受洁净、享受安全。不远处，几匹马好像睡着了，一动不动地站立着，在阳光下简直漂亮极了。一个骆驼爬犁飞快地由远而近，我认出了那戴着羔皮帽的鄂温克牧人是谁，他大约和我一样，太寂寞了，正拉着他的老婆孩子在雪地上兜风取乐。

草原上的人们常说——蒙古包里没有不能在一起喝奶茶的日子。谁能想到，这不能拥抱，不能握手，不能围在一起喝奶茶吃肉的日子还真的来了。我看见，他们一家三口都戴着口罩，不知他们是否看到了我朋友圈里发的蒙文版的消息。好在他还没有看出我是谁，我迅速开车返回，不由泪目。

小朋友乌琼转来一个实时播报疫情变化的公众号，每天公布确诊、疑似和死亡的新冠肺炎患者的数量。当地平台也通知了，呼伦贝尔境内的满洲里和牙克石，都已经有了确诊病例。满洲里的患者是一个小伙子，他年前由武汉自驾过来，准备从呼伦贝尔出境，到俄罗斯西伯利亚一带旅游，走到满洲里就发病了，正在紧急救治；牙克石的患者是一个返乡人员，官方正大力寻找和他同一个车厢的接触者。接着海拉尔又出现了疑似病例……网上的消息更可怕，原本还有一半淡黄色的中国地图，几天就渐红了，乃至全覆盖。

期待着火神山医院，期待着雷神山医院，期待着治疗新冠肺炎新药的出现，期待着疫情拐点……我发现自己根本无法安坐于案前。我正在写一位脱贫致富的农家妇女，她靠绑笤帚致富，带动了整个屯子的贫困户脱贫，她的故事是先苦后甜。春节前我与她微信视频询问她一些相关细节的时候，她朗朗有声地笑着，还把她的丈夫、大病初愈的儿子和品学兼优的女儿叫到手机前让我看。因为她的人生故事孜孜矻矻，历尽艰难，我拟的题目叫《她的幸福不是一朵花》，潜台词就是她的幸福来之不易。当我写到她当下的快乐和幸福，叙事的调子却无端地低沉起来。我失去了激情，因为我的脑袋嗡嗡响，里面全是疫情。看看微信、微博，死亡离我们如此之近，并且让人猝不及防。

又从微信朋友圈里接到很多警示：公共场合、气溶胶、飞沫、一支大家共用的签字笔、与感染者前后脚在自动取款机上刷了卡等等，都有人传染人的可能；房间要通风，地漏要拿装水的塑料袋堵上，接过他人传递的物品要用酒精消毒……恰恰这时，片警来入户调查，让我填写一些个人信息，我接过他手中的笔就用了，过了挺长时间才想起来，连忙追加洗手程序，却为时已晚。那是一支无数个人用过的笔，细思不由极恐。反过来站在片警的角度想想，他岂不更危险？我无法找到这个片警，心里好像怀了鬼胎，更加坐卧不安。

突然想到小区超市，那里平日是个居民枢纽，信息由此汇集又流向四面八方。小区老板是一对夫妻，是不卑不亢的两个人，你来了，愿意买就买，不愿意买也不向你推销；我算好几年的老顾客了，也不叫你个姐啥的。他家的货好，小贵。老板每天开着小面包车到批发市场零揪，每次上货很少，就像给自己家买菜似的，精挑细选过了才上货。我跟他说了片警的事,他说片警手里有消毒酒精,没问题。接着又问我缺不缺酒精,我说快没了。他说:"那你下午拿瓶子来吧。"看看我的神情,他又接着说,"我托人上了点,原价给大家。"下午我果然拿到了平价的酒精。我说太谢谢了,他说不用,然后就忙自己的去了。

与此同时,我在网上看到有卖口罩的,价钱高于平常两三倍。卖主也是个熟人,平常总是处于义愤填膺的状态,看他的朋友圈,永远都是忧国忧民、嬉笑怒骂。我不想使用"发国难财"这个字眼,但的确当头挨了一闷棍。同时,我还有点纠结,我可以不出屋,可是身边的晚辈们比我更需要口罩。买呢,还是不买?

女儿女婿为我们在城区买了个电梯房,春节前已经装修完毕,水电煤气尚在调试阶段,正该去看看有无疏漏,没想到新小区也不能随便出入了。那天寒风瑟瑟,几位物业管理人员和一位看似机关干部的中年女性把守着大门。庚子之春,天有不测,一场雪连着一场雪,气温降到-36℃,那位女性已是一脸疲惫,一头霜花。他们看了看我的车牌,说登记测温后可以进去,最好补办一下出入证。我没有进去,转身到社区去办出入证。

接待我的是一位年轻女子,她同时接待着好几个人,并不断地接电话,还要和其他工作人员沟通情况。我告诉她自己不常住这个小区,只是来看看房子。我以为自己健康,有居民身份证,她没有理由不给我办。没想到她说不行——你就在你现在的小区待着,不能乱窜。我说:"你……"她打断我的话,飞快地戗我:"谁知道你是不是携带病毒。"这话说得真是——火气忽一下升到我的头顶。我强克制住自己,我说:"我知道你忙,可也不能这样说话啊!"谁知我话音未落,她突然就哽咽起来,看样子马上就要号啕大哭,嘴里叨叨着:"我从早上六点出来到现在,我……"

我呆呆地看着她。她穿着肥大的男式制服，戴着口罩。也许这是一个哺乳期的母亲？也许这是一个心怀委屈的妻子？或者，是一个焦躁的孕妇？我说："好好好，我不办了行不行？"作为一个一把年纪的老阿姨，我承受不了任何女性的眼泪。

回家一看微信，口罩只剩最后几个了，很无奈地买了下来。卖家说，他只用一个上午就把到货的口罩全卖光了，他为此高兴，感觉雪中送炭，手有余温。我想，他这样在人数有限的朋友圈里零售口罩，一上午能有多大的销售额呢？他的店铺停业了，他也是要吃饭的呀。理解了，我也就不拧巴了。

心里的感恩之情一点点蕴积，正月十五在朋友圈脱口而出——今天是元宵节，没有什么吃元宵的心情。能够安全地宅在家里，有饭吃，有书读，已经非常感恩。感恩，为了为百姓赴汤蹈火的白衣天使；感恩，为了为我们筑起血肉长城的子弟兵；感恩，为了为我们的生活坚持工作的各行各业的人们！愿为战胜疫情做着实实在在哪怕很小很小之事的普通人安好，愿我们的民族、我们的国家安好！

先生决定提前离开上海返回。他从上海出发时全副武装，由女婿用私家车送到机场，经严格检测后登上旅客稀少的飞机，飞机降落后一出机场，立刻被我用酒精进行了笼罩式喷洒。我将他用私家车载回家，时值夜半，未和任何人有过交集。

不管被传染的不安全系数到底多大，矫枉必须过正。一旦，万一，最正确的选择就是把病毒关在自己家门内——这个家庭里一向互相口诛笔伐的两大派，关键时刻竟然无比志同道合，即刻结成命运共同体。我们用电话拜托妹妹照看好老母亲，约好两周之后和她们见面。之后，便各自抱着手边的功课，遁入各自单独的空间。

关心则乱。"两耳不闻窗外事，一心只读圣贤书"，何其难也！你的亲人在远方，你的同胞在受难，你不是冷血动物，岂能安之若素？书本在手，手机却越发不可替代，如果说世界正命悬一线，那么手机是希望的窗口。主流媒体，朋友圈，亲友群，各种网站的声音，窗外物业人员的不断提醒，全中国全世界与疫情搏斗的呐喊，都从这个窗口涌到我的心里。

这个世界正在经历排山倒海般的震荡！

快啊，快！

呼伦贝尔市人民医院呼吸与危重症医学科主任史瑞峰，原本就要退休了，当她接到医院的电话之后，二话没说，买了机票就从北京返回呼伦贝尔，立即奔向满洲里，投入呼伦贝尔第一例新冠肺炎患者的救治工作。二〇〇三年，面对呼伦贝尔的第一例 SARS 患者，她说："一生所学，报效国家，舍我其谁？"然后便和第一例患者同时入驻隔离区，直到圆满完成任务。十七年后，她又做了新的排头兵——患者出院了，她还在隔离状态，当得知又有新患者出现，她说："疫情不退，我不退！"

快啊，快！

莫力达瓦达斡尔族自治旗人民医院的呼吸科医生杨永峰，门诊时发现了当地第一例新冠肺炎患者，他迅速将诊室彻底消毒，并请示了领导，只身一人担起门诊重任。由于治疗需要，必须将患者送到二百公里之外的传染病医院。一路上他始终和患者一起坐在封闭的救护车里。当他终于把患者安全交到当地医生的手里，由于天气极寒，他的眼镜和防护镜已经完全被水汽蒙住，什么也看不清了。他坚持着用手摸索着，处理好了患者的被子，避免了病毒传播。他返回莫力达瓦达斡尔族自治旗以后，医院又确诊了两例新冠肺炎患者，也需要送到扎兰屯的传染病医院治疗。他说："还是我来，我已经有经验了……"他不害怕吗？

终于有了好消息。在满洲里医院治疗的武汉小伙子治愈出院了，当走出隔离区，挥手和医生护士告别的时候，他告诉记者："是他们救活了我，可是我至今都不知道他们长什么样……"

纵使相逢应不识。我不知道你是谁，我却知道你为了谁。

与此同时，莫名的黑蝙蝠也从手机的窗口里不断飞旋而出……惊恐、绝望、谣言、欺骗、谜团，不无存在。我们都在惊涛骇浪之中，每一个心灵都经历着冲撞，起伏，洗涤，锤炼，然后徐徐落下，像千万个水珠，融入茫茫的大海，再一次成为茫茫的大海。

我们的生命里充溢着这个时代，这个时代将和一个民族的艰难成长一起载入历史。

就这样自我隔离，手捧手机，我日夜祈盼。

快啊，快！尘埃落定，万物安宁。